怪盗不思議紳士

我孫子武丸

目次

人物紹介

九条響太郎《くじょうきょうたろう》　私立探偵。警察も協力を仰ぐほどの実力の持ち主。怪盗不思議紳士とは因縁の宿敵同士。

草野《くさの》瑞樹《みずき》　戦災孤児。九条響太郎に見出され、探偵助手となる。

芦田《あしだ》蝶子《ちょうこ》　銀行頭取の末娘。響太郎を慕っている。

怪盗《かいとう》不思議《ふしぎ》紳士《しんし》　金持ちからしか美術品や宝石を盗まない盗賊。必ず犯行予告を出す。

山田《やまだ》大作《だいさく》　俳優。九条響太郎の替え玉を務めていた。

四谷《よつや》警部　九条探偵と懇意にしている警視庁の刑事。

一柳《いちやなぎ》　刑事　四谷警部の部下。

スミス少佐　GHQの将校。

龍乗寺《りゅうじょうじ》百合江《ゆりえ》　九条探偵事務所の依頼人。怪盗不思議紳士からの予告状を受け取る。

田中《たなか》スズ子《こ》　龍乗寺家の女中。

孤児と探偵——昭和二十年十月

瑞樹《みずき》は御徒町《おかちまち》駅近くの桜の木に登り、太い枝に跨《また》がり少し離れた道を見張っていた。まだ葉は青々と繁っていて、少し離れてしまえばそこに潜んでいる薄汚れた子供の姿はまず見えない。この辺りでは、あの大空襲を無傷で生き延びた数少ない木で、そこら中が焼け野原となった今、ノガミ（上野《うえの》）の闇市の人の行き来を見張るには絶好の場所にあった。少し向こうには不忍池《しのばずのいけ》があるはずだった。

何もかもが砂にまみれていた。人も、線路も、バラックも、空でさえも。

しかしあの大空襲があった時には、すべてが燃え尽きて灰になるのかと誰もが思ったのだ。たとえ砂まみれであろうとも、人々は今もこうやって大勢生きて動いていて、昨日まで何もなかったところに次々と掘っ立て小屋が出来ていく。日本人のたくましさというのか、人間というのはそういうものなのか。

動きを見つけて目を凝らした。

土埃《ぼこり》をあげて走ってくるのはピカピカに磨き上げられた黒いフォード。間違いない。ノガミの闇市を仕切る村田《むらた》組の組長、村田健蔵《けんぞう》の乗っている車だ。

瑞樹は紐《ひも》で首から下げていた笛をピピーッと短く吹いて、二メートルを超える高さの枝からためらいもせず飛び降りた。駅員から盗んだ省線《しょうせん》の正式の笛だから、駅から響いてきたものとしか思わないはずだ――仲間以外は。

全員が配置についたことを確信しながら、瑞樹は闇市の人混みを目指して走った。

昼飯時を過ぎ、一番の人出は収まりつつあったが、まだまだヤミ米などの食糧や物資を求める人々は、御徒町と上野の両方から列を作ってやってきていた。飢えた目をぎょろつかせ必死で店主に食い下がる男、疲れ切って座り込んでしまう復員兵、泣き続ける乳飲み子を背負いながらほとんど汁だけの粥《かゆ》を啜《すす》る女、店主の一瞬の隙を狙って何でも盗む浮浪児たち……。

瑞樹はその人混みの中にするりと入り込み、縫うように進んだ。数えで十三で、四尺(約一二〇センチ)と少ししかない身長はほとんどの大人の目には留まらない。稲妻のように足下を駆け抜け、時折ぴょんと飛び上がって村田が来るはずの方向を確認する。

いた。

車から降りた一行の先頭を切って歩いているチンピラが木刀を振り回して恫喝《どうかつ》するものだから、人垣はさっと割れて通り道が出来る。その後ろからのっしのっしとがに股《また》で歩いてくるのが村田だ。

　アメリカ映画の〝ギャング〟というのを真似しているらしく、白いスーツに身を包みソフト帽を被《かぶ》っているので目立つことこの上ない。四角くていかつく、ボコボコの肌をしているので、「雷おこし」のようだと瑞樹はかねがね思っていた。隣にはひらひらと長いスカートを穿《は》いた女がへばりついているが、血のように赤い唇をしているところを見ると、女房のはずはなく、カフェーの女給か何かだろう。

「邪魔だ邪魔だ！　とっとと道を空けろ！」

　向かい側にある粥屋の屋台の前に、〝軍曹〟がいるのを認め、目で合図する。〝軍曹〟は仲間の中でも一番小さいくせに気性だけは荒い少年だ。

　露払いのチンピラの視線が逆を向いた瞬間を見計らって、瑞樹は誰かに追われているようなポーズで飛び出した。チンピラの横をうまくすり抜け、そのまま村田組長の腰の辺りにぶつかって派手に転んで倒れてみせる。

　受け身を取りはしたものの、微妙にうまく血が出る程度に額を擦りむく。

「このガキ、何しやがんだ！」

「ご、ご、ごめんなさい！　痛っ……」

　額を押さえ、血を見て驚くふりもした。

「てめえ、この人が誰だか分かってんのか！　この市があるのはこの人のおかげなんだぞ！」

「すみません、すみません！」

「こらあっ！」

瑞樹が通り抜けてきた人垣から、サクマが飛び出してくる。瑞樹よりはやや年かさの、ひょろ長い体つきをした少年だ。

「泥棒！　うちの金盗みやがったやつだ！」

そう言って飛びかかって来るや、明らかに手加減した様子で顔を殴ってくる。

（ダメだ、サクマ！　本気で殴らなきゃ！）

そう思ったが、所詮《しょせん》子供の喧嘩《けんか》だからと誰もその演技を不自然とは気づかなかったようだ。

チンピラ二人にそれぞれ引き剝《は》がされる。

「おい、放せ！　そいつがうちの金盗みやがったんだよ！」

別のチンピラに羽交い締めにされながら、サクマが叫ぶ。

チンピラに腕を摑《つか》まれて立たされた瑞樹は、隙を見て逃げ出そうとしたが引き戻される。逃げられないと見るや、今度は逆にチンピラにしがみつき、訴える。

「違うって！　俺、泥棒なんかやってない！　ぬれぎぬだよ！」

「だったら調べさせろ！」

サクマが怒鳴る。段々調子が出てきたようで、本気の怒声になってきた。

「……組長、どうします？」

瑞樹を捕まえている方のチンピラが振り向いて訊《たず》ねると、村田はふんと鼻を鳴らした。

「いいじゃねえか。調べさせてやれ。ここは俺のシマだからな。俺のシマで盗みを働くってことは、俺から盗むってことだ。——やってねえって言うんなら、大人しくしてろ、分かったな」

最後の台詞《せりふ》は瑞樹に向けて、芋虫のような太い指を突きつけて言ったものだ。

チンピラと、その周りの人垣に見守られながら、瑞樹はサクマがゆっくりと近づき、自分の身体を調べるのを待った。

といっても、隠すところなどほとんどない。元は白かったはずの茶色いランニングシャツと国民服のズボン。ゲートルは、何もかも失った五月の空襲以来、巻いていない。靴はところどころ穴が開いているものの、まだかろうじてその機能を保っていて、常に裸足《はだし》の仲間もいることを考えると恵まれている方と言えた。

サクマは、両手を上げて突っ立っている瑞樹のズボンを外からパンパンと叩《たた》き、それだけでは満足できないといった様子でポケットの中をひっくり返す。

「靴も脱げ」

言われたとおりに靴を脱ぐと、サクマは両方を取り上げ、中を覗《のぞ》き込み、ひっくり返して振りさえした。

「金なんか一文もないだろ？　この落とし前、どうつけてくれんだよ」

「……てめえが逃げるからだろうが！　違うなら違うって言えよ」

「あんたが血相変えて追っかけてくるから……」

「――おい、ちょっと待て。俺の財布がないぞ！」

背広のあちこちを手で叩きながら、村田が突然大声を上げる。

「おい、てめえら全員そこから動くんじゃねえぞ！」

しばらく首を捻《ひね》っていた村田が、にやりと笑って瑞樹に近づいてくる。

「ははーん。てめえら、グルだな」

「何言ってん……ですか」

瑞樹は困惑した表情を作って聞き返す。

「さっき俺にぶつかった時に、スリ取ったんだろう。俺の財布を」

「だって……ほら、何にも持ってないじゃないですか！」

「分かってるよ。スった後、取っ組み合いするふりしてあいつに渡したんだろうが！」

村田が今度はサクマの方へ指を向ける。びくっとしたサクマが後ずさりするのを、チンピラががっちりと首に腕を巻き付け、逃げられないようにした。

「何言ってんだよ！　俺がこいつとグル？　意味分かんねえ！」

「いいから調べろ！　そいつが俺の財布を持ってるに違いねえ！」

暴れるサクマはチンピラ二人に調べられ、あっという間に裸にひん剝《む》かれた。

「おやっさん……どこにもねえです」

「何だって？」

「だから違うって言ってんだろ……」

裸で地面に座り込んだまま、サクマは疲れた様子で呟《つぶや》く。

「こいつらじゃねえって……？」

村田は一旦《いったん》納得しかけたように見えたが、今度はぐるりと周囲の人垣を睨《にら》みつける。

「おい、お前ら全員、動くなよ。動いたらそいつが泥棒だ。泥棒を捕まえた奴には一円……いや十円やるぞ！」

瑞樹がちらりと人垣に目をやると、その隙間から信じられないことに〝軍曹〟の心配そうな顔が覗いていた。とうにどこかに消えているはずの〝軍曹〟が。瑞樹が睨みつけると、彼は最悪のことをした。

逃げ出したのだ。

さっきぶつかった瞬間、瑞樹は確かに村田の革財布を抜き取った。しかし、サクマに渡したのではなく、倒れるのと同時に地面を滑らせて人垣の足下に放り込んだのだ。〝軍曹〟は素早くそれを拾ってさっさとこの場を立ち去るはずだった。どうしても事の成り行きが気になってつい居残ってしまったのだろう。間違った判断だ。そして今また、やつは間違えた。

「おい、逃げたぞ！」

声があがり、たちまち〝軍曹〟は二人の見物人に摑まれ、引きずり出された。

「俺が捕まえた！」「俺だ！」

言い合う二人に対し、村田は手を振って「どっちでもいい！　両方十円払ってやる！」と人垣に押し戻し、自ら〝軍曹〟を調べようとする。

「おい、やめろ！　俺はちょっとションベンしたかっただけだよ！　逃げたわけじゃねえ！」

「黙ってろ！」

村田が〝軍曹〟の横面を張り飛ばす。瑞樹の身体はびくっと動いて助けに行こうとしたが、歯を食いしばって踏み止まった。何があっても他人のふりをしなければならない。たとえ、財布が見つかろうと。一旦〝軍曹〟を見捨てて一人で逃げた方がましだろうか。後で奴を助け出すことができるだろうか。

必死で考えていると、村田が落胆した様子で〝軍曹〟を突き飛ばす。

「持ってねえじゃねえか。どういうこった？」

――何だって？

瑞樹は思わず〝軍曹〟を見、〝軍曹〟もこちらを見て訳が分からないという表情をする。

瑞樹は驚きを押し隠し、村田に言った。

「ね、だから言ったでしょう？　俺じゃないって」

なぜ〝軍曹〟が財布を持っていないのか分からないが、とにかくこの場は一旦逃げなければどうにもならない。

「放せよ！　放せ！」

すっかり青ざめていた〝軍曹〟はややほっとした表情で喚《わめ》くが、村田はあっさりと放してはくれなかった。

「おい、俺の財布をどうした！」

「だから知らないって！　俺はあんたに近寄ってもないだろ！」

「貴様ら、そこの地下道にたむろしてる浮浪児どもだろうが。グルになって取ったに決まってる。絶対逃がすなよ！　一人ずつ爪剝がしてでも聞き出してやる」

まずい。理屈の通じる相手じゃない。瑞樹は再び逃げようともがいたが、村田の言葉でチンピラの力は再び強くなっていて、うまくいかなかった。

その時、余りにも場違いで呑気《のんき》な声が聞こえてきた。

「あ、あのー、組長さん」

村田の後方、黒塗りのフォードが停めてある辺りから、眼鏡をかけた青びょうたんみたいな復員兵がおずおずとした様子で指を差している。

「何だお前は」

「い、いや、ぼかあただここから見てただけのものなんですけどね、そ、その……そこのお姉さんの足元にあるのは、何なのかなって、も、もしかしたら、もしかしたらですけど、組長さんがお捜しの財布って、それなのかなって……」

「ああ？　足元だあ？」

全員が、村田と共に愛人らしき女の足元へ視線を向ける。

「な、何？」

女が驚いた様子で後ずさりすると、長いスカートで見えにくかった足元に、鰐《わに》革の茶色い財布が落ちていた。

村田は無言で近寄り、財布を拾い上げると、土をはたいて上衣《うわぎ》の内ポケットにしまった。

「きっと、あれですね、その子がぶつかったときに、落ちたんですね」

「そうだ！　やっぱりこいつのせいじゃないか。人騒がせな奴だ。……もう、この辺りで走り回るんじゃないぞ！　分かったか！」

バツが悪いのをごまかすように瑞樹を怒鳴りつけ、憤然と車へ戻っていった。

「おやっさん、視察は……？」

「今日はもういい。帰るぞ」

チンピラと女は慌てて組長の後を追う。全員が車に乗り込むと、フォードは人垣を押しのけるようにしてUターンし、来た道を戻っていった。

人々は、呪縛《じゅばく》を解かれたように日常を取り戻し、動き始める。しかしそれより少し早く、瑞樹は動いていた。

村田たちに人々が目を奪われている間に、落ちている財布を見つけた眼鏡の復員兵がすっと人垣に消えたのを見逃さなかったのだ。

瑞樹は素早く靴を履いて復員兵の後を追った。

一瞬目を離しただけなのに、人垣を抜けてもそれらしき姿が見当たらなかった。復員兵姿の男は数え切れないほどいるが、どれもさっきの男でないことは体つきで分かった。

こいつも違う、あいつも違う……きょろきょろと見回しているとき、一度違うと判断した男に目を戻した。

帽子もないし眼鏡もかけておらず、姿勢もまるで違う。さっきの男は何だか猫背で弱々しかったのに、しゃきっと背を伸ばし、悠然と歩いているのだ。

しかし、瑞樹の目はごまかされなかった。さっきの男が、一瞬で帽子と眼鏡を取り、姿勢と歩き方を巧妙に変えたのだ。

——何者だ？　絶対逃がさねえ。

瑞樹は素早く、しかし足音を最小限に抑えて男の後を追った。

男はゆったりと大通りを歩き続け、不忍池のすっかり花の落ちた蓮《はす》池のところで立ち止まり、池の様子を眺めている。

わずかな安息を求めてか、ちらほらと辺りに人はいるものの、ほとんどが腹ぺこで、疲れ切った表情で座り込んでいる。誰も他の人間など気にしてはいない。

「わたしに用があるんだろう」

男は向こうを向いたままだったが、それが自分にかけられた言葉であることが瑞樹には分かった。

ゆっくりと近づき、少し離れたところから横顔を覗き込んで、男の視線の先に何かあるのかと確かめた。目を惹《ひ》くようなものは何も見当たらない。広々とした蓮池が拡がっているだけだ。

姿勢が変わり、眼鏡を取っただけのようなのに、青びょうたんのような印象だったはずのその横顔は、何とも鋭く、触ると切れそうなものに見えた。身長も最初思ったよりも高く、六尺（約一八〇センチ）近くありそうだし、これまでの機敏な動きを見ていても、何かしら鍛えられている様子だ。ある程度自信があるとはいえ、子供の自分が一人でどうにかできる相手でなさそうなことは分かっていた。

「……あんたが〝軍曹〟から財布を盗んだんだろう。それがどうやってあの姉ちゃんの足元にあったのかは分かんないけど」

「〝軍曹〟？　ああ、そういう呼び名なのか、あの子は。そうだ、あの子が逃げ出してすぐ、捕まってしまったからね。引きずり出される前に、財布は抜き取った。その後、誰も見てない時を見計らって、地面を滑らせただけだよ。君がやったみたいに」

「あれを見たのかよ。今まで誰にも気づかれたことねえのに。お前一体何者だよ」

「まあ、君よりは多分、そういうことに詳しい人間ではある」

面白がっているような口調で、瑞樹を見下ろす。気に入らない。

「……まあいいや、何でも。俺たちには、あの金が必要なんだ。ほんとは村田の野郎から奪い取ってやりたかったけど、あんたが邪魔をしたんだから、あんたから代わりにいただく」

背後のバタバタした足音から、〝軍曹〟とサクマがようやく追いついたことに気づいていた。何も言わずとも、二人は瑞樹を加えると扇形になるよう拡がって、男の逃げ道を塞《ふさ》いだ。男が逃げるとしたら、池の中しかない。二人ははあはあと肩で息をしてはいるが、いないよりはいた方がいいだろう。男は逃げ道を断たれたことに気づいた様子だったが、にやりと笑っただけだった。

「それはすまなかったね。しかし、わたしが財布を抜き取って返さなかったら、君たち全員どうなってたと思う？　村田がどんな奴か、分かっててあんなことをしたのか？」

瑞樹はかっとなって言った。

「村田がどんな奴かって？　それはこっちの台詞だよ！　あいつのおかげで、どれだけたくさんの人が苦しい思いをしてるか、あんた知ってるってのか。え？　あんたこの辺の人間じゃねえだろ。腹ぺこの復員兵みたいなかっこしてるけど、近くでよく見たら、いいもんたらふく食ってる人間の匂いがすらあ」

男の瞳《ひとみ》が、罪の意識に翳《かげ》るのを確かに見た。間違いない。このご時世に、飢えとは無縁の人種もいる。一部の金持ちとえらい役人、それにやくざだ。どれかは分からないがこいつもそういう奴の仲間なのだ。

「……確かにわたしは、幸い君たちのような辛《つら》い思いはしていない。しかし、村田健蔵のことはよく知ってる。この一週間、あいつのことを調べてきたんだからね」

「調べて……きた？　どういうこったよ。あんたサツか？　サツだってあいつとグルになって、みんなから搾り取ってやがんだぜ！」

男は苦々しそうに顔を歪《ゆが》めて、頷《うなず》いた。

「……全部知ってる。確かに今、警察もまともに機能してはいない。わたしは内務省のある人から個人的に依頼され、とりわけやくざと警察の癒着が問題となったこのノガミの闇市を探っていた、探偵だよ」

「探偵？　何にしろ役人に雇われてるんならサツのイヌと一緒じゃねえか」

「そう言われたらその通りだね。しかし、信じてもらいたい。もうすぐ、連中の癒着の証拠を摑み、村田には闇市から手を引かせる。といって単純に闇市をなくしてしまっちゃ、君たちだけでなくたくさんの人が困ることも分かってるからね。難しい問題なんだ」

闇市がなくなれば困る人がいる——役人のイヌの台詞とは思えなかった。一瞬、この男を信じようかという気持ちになったが、〝あんこ〟のことを思い出してその思いを振り払った。今も湿った地下道の片隅で、筵《むしろ》にくるまって高熱に苦しんでいる〝あんこ〟。あいつを助けるためには、何としても金がいるのだ。

「ご託はもういいよ。とにかく、俺たちには金がいるんだよ。仲間を今すぐにでも闇医者に診せなきゃなんねえ。有り金全部置いてってもらおうか」

男は顔をしかめた。

「仲間の命を助けるためだったか……。泣けるね。君たちのような子供を全員助けることができたらいいんだが、あいにくそこまでの金は持ってない。申し訳ないが、もっと違う使い道があるんでね。と言っても、君は納得できないだろうな。ここに百円ある。どんな病気か分からないが、運が良ければ闇医者も何回か診てくれるだろう。これで勘弁してくれ」

そう言って男はくしゃくしゃの札束をポケットから取り出して差し出す。

百円――ものすごく大金のようにも聞こえるが、あらゆる物の値段が毎日のように上がっている今、さほどの額ではない。しかしもちろん、ないよりはましだ。そもそもこいつがいなければ、俺たち三人簀《す》巻きにされてこの池に沈んでいたかもしれないのだ。こいつから金を奪うことが正しいことでないのも分かってはいた。

しかし、瑞樹の反対側、男の背後にいた〝軍曹〟が動いた。

〝軍曹〟は出征する父親から最後にもらったという肥後《ひご》の守《かみ》を後生大事に持っていて、それを腰に構えて突進した。

「やめろ、〝軍曹〟！」

瑞樹はもちろん、〝軍曹〟に怪我をして欲しくなかったから警告したのだが、無駄なことだった。

投げ飛ばされるか、腕を捻り上げられるかくらいはするものと思ったが、男の身体を通り抜けたかのように、〝軍曹〟は突き出した肥後の守を瑞樹に向けて、たたらを踏んでいたのだった。

見ると、男はまったく動じることもなく同じ場所に立っていて、ニコニコ微笑んでいる。

「やめとけ、サクマ。俺たちでどうにかなる相手じゃない」

サクマが〝軍曹〟に続いて飛びかかろうとしている気配を感じ、瑞樹は制した。

「三人で一斉に……」

「諦《あきら》めろ。お前たちが十人いても無理だ」

じっと男を見つめたまま言うと、興味深そうな表情に変わる。

「――君がみんなを仕切ってるのか？　サクマ君より小さいようだが。さっきの計画も君が立てたんだな？」

瑞樹は答えなかったが、肯定したのと同じことだった。

「なるほどな。〝軍曹〟が早めにどこかに逃げてさえいれば、うまくいったんだろう。君が何も持ってないことが分かってあっさり見逃されればそれでよし、怪しまれそうならサクマ君との芝居で二人を調べさせて無実を証明。二段構えのよく考えられた計画だ。――君は頭がいいし、機敏だし、わたしの変装も見破ってここまで追ってきた。もう少し年がいってたら、警察官に推薦するところだ」

「冗談やめてくれ。真っ平ごめんだ」

「そう言うと思ったよ。まあいい。――そら、この金で仲間を医者に診せてやれ。闇医者はやめとけ。腕も信用ならんし、ぼったくられるのがオチだ。御徒町のイエズス会に行ってわたしの名刺を渡すんだ。最善を尽くしてくれる」

足元に放り投げられた札束を拾うと、そこに名刺が挟まっている。

『九条《くじょう》探偵事務所　九条響太郎《きょうたろう》』

「九条……響太郎⁉」

驚いて顔を上げた瑞樹の前から、男は消えていた。

慌てて振り向くと、九条は元来た闇市の方角へ悠々と歩き去りながら前を向いたまま軽く手を挙げる。

「あんたがあの……あの九条響太郎なのか！」

「そうだよ、草野《くさの》瑞樹くん。何か用があったらいつでも来たまえ。歓迎するよ」

後を追おうとした足が凍り付いた。

——何でこいつ、俺の名字を……？　こいつらにも教えてないのに……。

九条が立ち去ってしまうと、ほっとした様子の〝軍曹〟とサクマは集まってきて、金と名刺を覗き込む。

「結局、百円手に入ったからまあいいよな。さっきはちょっと油断したけど、あんな奴、三人がかりだったらやっつけられたんじゃねえの？　びびっちまったのかよ」

「馬鹿野郎、あいつ、九条響太郎だぞ」

「九条……響太郎？　誰だよ、それ」

「知らねえのかよ。不思議紳士《ふしぎしんし》は知ってんだろ。金持ちから美術品や宝石を盗みまくる大泥棒」

サクマがパチンと指を鳴らして、

「ああ、知ってる知ってる！　怪盗不思議紳士！　警察はいっつも出し抜かれてるんだろ？」

「そうだよ。九条響太郎は警官じゃないけど、警察に協力して何度か不思議紳士を追いつめたんだ。最近はそれどころじゃないからか、どっちの話もとんと聞かなかったけどな」

最後に不思議紳士と九条響太郎の対決があったのはもう何年も前のことで、まだその頃は、瑞樹は決して裕福とは言えないものの、まずまず幸福な家の普通の子供だった。近所の年上の少年たちから、さも自分の目で見てきたように聞かされる大盗賊の話は数少ない娯楽で、紙芝居を見るよりわくわくし、何度も同じ話をせがんだものだった。

その盗賊が初めて現われたのは、瑞樹が物心つくかつかないかの頃であったらしい。

曰《いわ》く、いけすかない金持ちからしか盗まない。そして、盗みの前にはわざわざ予告を出し、沢山の警官や探偵たちが守りを固めるのを待ってから、その警戒の隙をついて目的の品々を盗んでいくのだという。その際、警官を眠らせたり、縛り上げたりすることはあっても、一滴の血も流すことなく、暴力ではなく知力でもって盗みを成功させるのだ。巧みに様々な人物に変装をするだけでなく、魔法としか思えない奇怪な技で、宙を飛び、姿を消し、壁を通り抜けるとさえ言う。その世にも不思議でかつ紳士的な犯行から、新聞や市民たちは「紳士泥棒」「不思議怪盗」などと噂するようになったのだが、本人もそれを気に入ったのかいつの頃からか予告状で「不思議紳士」と自ら名乗るようになったのだそうだ。

時には、とうとう姿を現さなかったと皆が安心したところで、よくよく調べてみれば名画が精巧な贋作《がんさく》に変わっていたこともあった。あるいは、警察に協力した探偵・九条響太郎の仕掛けた罠《わな》にまんまとはまってついにお縄になったと思われたこともあった。しかしその後、不思議紳士を乗せた護送車は八名の警官ごと姿を消し、翌日桜田《さくらだ》門の警視庁前に堂々と置かれていたという。中には六名のガスで眠らされた警官が転がっていて、不思議紳士と共に消えた二名は、万が一の保険としてあらかじめ潜り込ませていた仲間だったようだ。盗みには失敗したので、この時の九条響太郎との対決は痛み分けだったと見なされている。

一方、九条響太郎についてはさほどよく知らない。恐ろしい事件があると、大人たちは「九条さんが解決してくれたら……」などとまるで救世主のように噂していたものだが、瑞樹たち子供にとっては不思議紳士の方が余程憧《あこが》れの対象で、それを邪魔する探偵などというものは、偉そうにしている金持ちや警察、憲兵隊の手先としか見えず、せいぜい不思議紳士を引き立ててくれる良き敵役といったところだった。

しかしその後、日本を巡る状況はどんどんと変わっていった。開戦、進撃――やがて転戦、そして空襲――。

たくさんの家が燃え、人が死んでいく中で、どんな大金だろうが美術品だろうが、盗みなどしている余裕もなければ、たとえしてもニュースにもなりはしなかっただろう。

この数年間、不思議紳士や名探偵殿が何をしていたのか知らないが、今後は再び脚光を浴びるときが来るということなのだろうか。瑞樹にはそれがいいことなのか悪いことなのか分からない。

「サツの味方なら俺たちの敵だな。わざわざ名刺置いて行きやがったのか。たんまり金持ってるんだろうから、今度事務所に盗みに入ってやろうか？」

「ああ。そのうちな」

瑞樹は生返事をしながら、九条響太郎の消えていった方角をしばし睨みつけていた。

御徒町のイエズス会……確かそう言った。あいつの言葉を信じて〝あんこ〟はそこへ連れて行くべきか。何だかシャクな気もするのだが、闇医者が信用できないことは百も承知だし、この名刺にはある種の力があるだろうとも分かっていた。もし闇医者に任せて〝あんこ〟が助からなかったら、自分は一生悔やむだろう。

ここはどれほどシャクだろうと、まずはイエズス会に行こう。そしてもし〝あんこ〟に何かあったら――。

その時は九条響太郎に責任を取らせてやる。瑞樹はそう心に誓った。

探偵と令嬢——昭和二十二年四月

九条探偵事務所は、銀座《ぎんざ》四丁目の裏通りに面した赤レンガの建物の三階にあった。この辺りも空襲の被害はすさまじく、三越《みつこし》なども全焼、四丁目交差点は瓦礫《がれき》の山だったが、今やそんなことが信じられないほどに再建は進み、かつて以上の活気に溢《あふ》れている。かろうじて焼け残った松屋《まつや》や服部《はっとり》時計店ビルは今も進駐軍にＰＸ（売店）として接収されたままで、よそよりもたくさんの米兵たちがでかい顔でそこらを闊歩《かっぽ》しているが、それももうすっかりこの街の風景として慣れてしまった。

事務所のあるビルの一階と二階は戦前からある洋食店で、クロケットという料理が絶品だったらしい（今はなかなかいい食材がない中、ジャガイモコロッケを出してくれるが、瑞樹にはそれも充分過ぎるほどのごちそうだった）。まだ開店前のその洋食店の脇にある細い階段をトントンと上りながら、瑞樹は初めてこの事務所を訪れたときのことを思い返していた。

〝あんこ〟が一命を取り留めたこと。村田組がなぜか手を引き、闇市が自治的に運営されるようになり、人々の暮らしが少しはましになりそうだということ。それらの報告だけはしなければいけないと思い、ほとんど足を踏み入れたことのない銀座までやってきたのだった。

あの時はまさか、自分がこうやってここで働くようになるなどとは思ってもみなかった。いや、それを言ったら、あの頃はその日その日を生き延びることに精一杯で、一年先、二年先に自分が何をしているかとか、考える余裕もなかったのだった。

たまたまあの時、響太郎からの頼まれ仕事を一つ、引き受けた。ノガミである男を半日監視してその様子を報告する、ただそれだけの仕事だった。それで最初は十円もらった。次に頼まれたのは、もう少し日数のかかる仕事で、三十円稼いだ。

今になって分かるが、あれはどれも試験であり、訓練に過ぎなかった。恐らくはどこかで実際の仕事ぶりを見つめていたことだろう。

瑞樹は徐々に響太郎を信頼するようになり、金のためだけでなく、彼のために働くことに喜びを感じるようになっていた。そんなある日、響太郎は瑞樹に、専属の助手としてこの事務所で働く気はないかと切り出してきた。月々の給金を払い、すぐ近くに下宿も用意してくれるという。ノガミの仲間たちと少し離れてしまうことにためらいはあったが、響太郎のしている仕事が世の中を少しでもよくするためのものだと信じ、こちらへ移り住んだのだった。

切り子細工のようなガラスの嵌《はま》ったドアに鍵《かぎ》を差し込んで回そうとしたところで、ドアが少し開いていることに気づき、回想は断ち切られた。誰かもう来ている。響太郎ならきっちりとドアを閉めるはずだから誰か別の人間だ。

　来客を告げるカウベルが鳴らないよう、そっとドアを押し開けて滑り込む。

　目隠しになっている木の衝立《ついたて》の陰からそろそろと顔を出すと、三角巾《きん》を被《かぶ》り、ふんわり拡がったスカートを穿《は》いた若い娘が鼻歌を歌いながら嬉《うれ》しそうに掃除をしているのが見えた。歌詞がないが、しばらく聴いていると「銀座セレナーデ」だと分かった。去年流行《はや》った藤山一郎《ふじやまいちろう》の歌だ。

「……お前、鍵持ってたのかよ」

　衝立の陰から出て行きながら声をかけると、芦田蝶子《あしだちょうこ》は机を拭《ふ》く手を止めてすっと胸を押さえた。

　まったくこのお嬢様は、驚いたときでも優雅でいやがる、なんともいけすかねえ、と瑞樹は思った。

「もう！　いきなり出てこないでよ！　心臓が飛び出るかと思ったわ！」

「大げさなこと言うなよ。――あんたいつ、先生に鍵もらったんだよ。ここはいつも俺が開けることになってんの」

「男の人ばかりじゃ掃除も何かと行き届かないでしょう？　お父様に言って、合い鍵をいただいたんです」

　蝶子の父親、芦田嘉一郎《かいちろう》は新都《しんと》銀行頭取であり、何があったかは知らないが響太郎はその命の恩人であるらしい。三十をとうに過ぎていまだ独身を貫いている響太郎に何かと目をかけつつ、できれば末娘を嫁にもらってくれたらいいと思っているのがありありの親バカだ。この事務所も、芦田頭取のコネでたいそう安く借りているという話だから、合い鍵も父親に言えばあっさり手に入れられたということなのだろう。戦争末期も軽井《かるい》沢《ざわ》の別荘だか何だかにずっと疎開していて、空襲などとは無縁だったというから、正真正銘の箱入り娘だ。

「ダメだよ、そんなの。ここは先生の大事な仕事場なんだぜ。少し散らかってるように見えても、先生はちゃんと何がどこにあるか分かってるんだから、俺だって物を動かさないように慎重にやってんだよ」

それに、合い鍵を預かるようになったのもつい最近だということは黙っておいた。

いずれにしても、蝶子は瑞樹の言葉など聞く耳を持たない。

すっかり事務所の一員か響太郎の嫁にでもなったような勢いで、机や書類棚、椅子やソファにハタキをかけ、窓をピカピカに磨き上げた。

芦田家に出入りする響太郎を以前から憎からず思っていたようだが、先日満二十歳になったということもあって本格的に押しかけ女房を目指しているのかもしれない。

瑞樹は馬鹿馬鹿しくなって彼女を無視することに決め、事務所の郵便受けに入っていたものを持ってきて郵便物を机の上に置くと、新聞を読み始めた。新聞は毎日隅から隅まで、意味が分からなくても読むように、と響太郎に言われているので、このところ欠かしたことはない。読めない漢字も少なくなってきたし、推測できるようにもなってきた。

一番紙面が割かれているのは、もうすぐ行われる第一回参議院選挙というものについてだ。明治以来の貴族院を廃し、新たに参議院というものを作るらしいが、瑞樹には今ひとつその違いも意義も分からない。

ある意味関係なくもない記事もあった。教育制度が変わり、小学校の六年間、中学校の三年間は義務教育となったのだ。瑞樹も本来なら今からでも中学校に行かねばならないところだが、そんなのは真っ平ごめんだと言ったら、響太郎が何とかしてくれたようだ。その代わり、こうやって新聞を読まされたりするし、突然教養を試されるような質問をされることもある。

退屈で難解な政治・経済欄をどうにかこうにか乗り越え、社会欄を見るなり、瑞樹は思わず立ち上がって声を上げていた。

「不思議紳士だって⁉」

「きゃあっ！」

掃除を一通り終えたらしい蝶子は向かいの椅子に座ろうとしていたようだったが、瑞樹の声に驚いてまたまた胸を押さえていた。

「やめてったら！　心臓が……」

「飛び出ねえから心配すんな」

三角巾を取ると、この間まで三つ編みにしていた髪は、今はほどかれて巻き髪になっていて、花のような髪飾りまでついていることに気づいた。ますます気に入らない。

「けっ。二人の銀座に恋の微風《そよかぜ》、ってか」

瑞樹が歌詞を引用してからかうと、最初ぽかんとした様子だった蝶子はその意味に気づいてみるみる真っ赤になった。

「なっ、何言ってるの！　わたくしは別に――」

そう言って立ち上がったその時、カウベルが鳴って響太郎が入ってきたので、彼女の顔はますます赤くなり、響太郎に背を向けてしまった。

「おはようございます、蝶子さん、瑞樹くん」

ソフト帽を帽子掛けにかけながら、何も気づかない様子でにこやかに挨拶《あいさつ》する。瑞樹は、響太郎が脱ぎかけたツイードのジャケットを立ち上がってさっと受け取ると、丁寧にハンガーを通す。まだ顔を赤くしている蝶子はそれを見て少し悔しそうにするが、何も言えないでいるようだ。

ツイードの三つ揃いは少し暑い季節になったかもしれない、と瑞樹は思った。響太郎は暑さ寒さに対して驚くほど鈍感なので、周りが注意してやらないといけないのだ。

「今日は、何か急なご用でしたか」

響太郎が机に置かれた郵便物を一つ一つ見ながら訊《たず》ねると、蝶子は無理矢理自分を落ち着かせた様子で、にっこりと笑ってみせた。

「いいえ。実はわたくし、これからこの事務所のお世話をさせていただこうかと思いまして。父にお願いして、こうして合い鍵もお預かりしましたの」

そう言って蝶子が胸元から合い鍵を取り出してみせると、滅多に表情を変えない響太郎がさすがにぎょっとした様子で目を剝《む》き、助けを求めるように瑞樹の方を見てくる。

「え、あ、いや、それは……どうなんでしょう。あまりいい考えとは思えませんが……なあ瑞樹くん」

瑞樹は顔を逸《そ》らし、すっとぼけてみせた。

「さあ、ぼくには分かりません。先生がお決めになったらいいんじゃないですか」

少なくとも響太郎の前でだけは丁寧な言葉遣いをするようにしている。いずれ誰の前でもそうなることを自分でも望んではいるが、まだどうもそこまで素直にはなりきれていない。特に蝶子のような気に入らない相手には。

「そんなことより先生、こんな記事が」

「ん、なんだ？　……」

瑞樹が差し出した新聞の見出しに目を走らせるや、響太郎は奪い取るように新聞を摑《つか》み、読み始めた。

最初はどこか、わくわくしているようにさえ見えた。それがやがて困惑に変わっていく。響太郎は普段から決して感情を表に出す方ではないが、毎日一緒に過ごす内、瑞樹はちょっとした眉《まゆ》の動き、動作の端々から少しは読みとれるようになっていた。

「不思議紳士が、戻ってきたんですね！」

「うん……ああ、どうかな」

戦局が悪くなるにつれ、不思議紳士の犯行は鳴りを潜めた。一方響太郎も、徴兵されて特殊な任務であちこちを転々としていたようだ。何年も姿を見せないのは、不思議紳士も徴兵されたのではないか、あるいは空襲で死んだのではないか、という説もちらほら出る。泥棒とはいえ不思議紳士を英雄視し、その不在を残念がるものは少なくなかった。瑞樹もかつてその一人だったし、今でもまだ大きな声では言えないが、ある種の憧《あこが》れは消えてはいなかった。

「この記事を読んだかい」

「いえまだ。見出しだけです」

「よく読んでみなさい」

「はい。……えーと……『怪盗不思議紳士は生きていた⁉』……か」

記事はこう続いていた。

『十日未明、浅井《あさい》男爵邸に数人の賊が侵入、当主である浅井男爵を含め四人を殺害の上、宝石、美術品を多数強奪した模様である。現場には「不思議紳士」と書かれたカードが残されており、一連の不思議紳士を名乗る犯行と同一の集団によるものであると警察は見ている。不思議紳士は、決して人を傷つけない洗練された犯行と、政治家や資本家からしか盗まないことから「義賊」などともてはやす向きもあったようだが、四年前の犯行を最後に鳴りを潜めていた。不思議紳士は徴兵されたか、あるいは空襲などによってすでに死亡しているのではないかとみる警察関係者もいる。今回の犯人が本当に不思議紳士であるなら、その推測は誤りだったということだ。あの敗戦からようやく立ち直りつつある東京が、再び闇に包まれることのないように、捜査当局には切にお願いしたい』

読み上げる内、響太郎の困惑の原因が瑞樹にも分かった。

「浅井男爵様、いつぞやのパーティでお見かけしたことがあります。もう何年前かしら。あのご家族が亡くなられたんですの？　なんて恐ろしい……」

蝶子は口を押さえ、身をすくませている。

「……先生、これは本当に不思議紳士なんでしょうか？　不思議紳士がとうとう殺人に手を染めたんでしょうか？」

「分からない。例のカードを残しているなら、警察は当然過去のものと比較していることだろうね。書類や証拠品がちゃんと残っていればの話だが。もし同種のものだと断定できたところで、すぐさま不思議紳士だということにもならないだろうが……」

「お二人とも、本物の不思議紳士じゃない方がいいと思ってらっしゃるみたいな言い方ですわね。不思議紳士なんて名乗ってたって、所詮《しょせん》泥棒ですわよ？」

蝶子が何だかすねたような様子で口を挟む。

「それはそうなんですが、どんな犯罪者にもある程度決まった手口というものはありますからね。同じ人間なら、そうそうやり口は変わりません」

「だって、四年も経ってるんでしょう。戦争で街もすっかり変わってしまいました。人だって変わるのは当然じゃないですこと？」

この女にしてはえらくもっともなことを言うな、と瑞樹は少し感心した。

不思議議紳士の沈黙の理由や正体は分からないが、日本国民全員が、この数年で未《いま》だかつてない変化にさらされたのは確かだ。沢山の死を見なかったはずがないし、自分自身も死にかけたかもしれない。何かそういった経験で、人を殺すことを何とも思わなくなったとしてもおかしくはない。あるいは元々金持ちたちに対し持っていたうらみつらみを、さらにもっとひどくさせるような出来事があったのかもしれない。

「確かに、蝶子さんの仰《おっしゃ》るとおりです。いずれにしろ、この不思議議紳士を名乗る犯人が本物であれ偽者であれ、一刻も早く捕まえてもらわねば困るということには変わりありません」

「先生も、捜査に協力するんでしょう？」

瑞樹が言うと、響太郎は首を振った。

「とんでもない。捜査のことは警察に任せておくよ。欧米の最新技術も入ってきてるはずだし、わたしのような探偵の出る幕じゃないよ」

「そんな……」

この一年と少し、探偵助手という仕事にはやりがいを感じていたものの、凶悪な犯罪者を追いかけるといった派手なことはほとんどなく、いつか不思議紳士のような好敵手がまた現れてくれないものかとさえ思っていた。九条探偵事務所の名がでかでかと新聞に載り、その助手として自分の名前も少しは載ったりする日を夢想したりもした。この記事を見て、そんな夢想が現実になる日も遠くないと思ったのだ。

「九条先生、お茶でもいかがですか？　父がセイロンから取り寄せたとっても香り高い紅茶を持ってきたんです。ちゃんと本場の淹《い》れ方を教わってきたんですのよ」

「ありがとうございます。しかしあの……」

「分かりました！　じゃあ淹れて参りますね」

響太郎の煮え切らない返事を遮って、蝶子は備え付けの小さなキッチンに立ち、コンロでお湯を沸かし始めたようだった。

響太郎は頭を掻《か》きながら投げやりな様子で椅子に腰を下ろし、天井を見上げる。

瑞樹は冷ややかに睨《にら》みつけ、やや声を潜めて言った。

「先生。このままでいいんですか」

「……ん？　何がだい」

「分かってるんでしょ。蝶子さんのこと。あの女、先生にぞっこんですよ」

響太郎は目を合わせず黙ったままでいる。

「このままずるずるとあの人のやりたいようにさせてたら、後戻りはきかないですよ。そうなったとき、先生はどうするおつもりなんですか」

「……分かってる、分かってるよ。確かに君の言うとおりだ。しかしな、こうやって一等地に事務所を構えて仕事ができてるのも彼女の父上のおかげだ。そのお嬢さんをそう無下にはできんだろう」

「なるほど。じゃあいっそ、結婚でもなんでもしちまって、彼女には、一人には広すぎるあの家の管理でもしてもらったらいかがですか。他に別に当てがあるわけでもないんでしょう。性格はあれだけど、顔はまずまずだし、家柄も資産も申し分ない。悪い取引じゃないんじゃないですか」

「……なんだ、今日はえらく突っかかるな」

「いい機会だからです。――大体、先生みたいな人がどうしていつまでも独身でいるんですか？　自分から手を挙げる花嫁候補はいくらでもいたでしょう」

「そんなこともないがね。――分からないか。こんな仕事をしていては、家族や友人、大切なものが増えれば増えるほど弱みも増えるんだよ。弱みがあれば敵は必ずそこを狙ってくる。戦争中ならみんな明日をも知れない身なんだからなおさらだ。お互い悲しい思いなどしたくないだろう」

「でも、戦争は終わったし、殺人事件なんかの危ない事件は警察に任せるんでしょう？　だったら――」

「あら、何の話ですか、ひそひそと。お行儀が悪い。さあ、紅茶が入りましたよー」

蝶子がいつの間に持ち込んだのか、華奢《きゃしゃ》で壊れそうなワゴンに載せてお茶のセットを運んで来たので、瑞樹は口を噤《つぐ》んだ。

「あなたの分も淹れてあげたわよ、感謝なさい」

「けっ。誰も頼んでねーっての」

「あっそう。このバタークッキーと一緒にいただくととってもおいしいのに？」

「バタークッキー……もあんのかよ」

バタークッキーは大好物だった。しかしそんなことを言えば子供っぽいと馬鹿にされるに決まっている。

「さあ先生、どうぞ」

蝶子は押しつけるようにティーカップとクッキーの皿を机に置く。

「あ……ありがとう」

瑞樹がじっと睨むと、響太郎は申し訳なさそうに目を逸らす。

他のことなら、あんなにも鋭く冷静な響太郎が、蝶子のことにはまったく対処できないらしいのが、どうにも不思議だった。もしかすると本当は困っているのではなく嬉しいのではないかとさえ思うのだが、そう考えると余計に腹が立つのだった。

蝶子の目を盗んでクッキーを一枚だけ食べてやろうか、と考えていると、カウベルが勢いよく鳴った。今日は千客万来だ。

依頼人かと身構えていると、衝立の向こうから姿を見せたのは刑事たちだった。

「これはこれは、四谷《よつや》警部。お久しぶりです」

先に入ってきたのは猪首《いくび》のずんぐりした中年刑事。響太郎が机を回って出てくると、にこやかに手を差し伸べ、強く握手した。

「九条君も、元気そうで何よりだ。――ん、この方は、芦田さんのところの……？」

「蝶子です」

そう答え、軽く身体を沈めるような挨拶をしてみせる。

「あー、やはりそうでしたか。すっかり大人っぽくなられて、見違えました。――こちらは、覚えておいでかどうか分かりませんが、うちの部下の一柳《いちやなぎ》です」

そう言って、入ってきたものの衝立の傍らで突っ立っている背の高い若い刑事を紹介した。

一柳刑事は紹介されてもぶすっとしたままで、響太郎や蝶子とさえ目も合わせようとしない。瑞樹のことなどはまったく眼中にない様子だった。

もう春だというのに、二人とも揃って薄汚れたベージュのコートを着て、帽子を脱ぐ気配もない。

「それで今日は……まさか、不思議議紳士の件じゃないでしょうね」

「知っとるのか。なら話が早い。もちろん、その件だよ。協力してくれるだろうな」

「わたしはあくまで民間人ですよ。新生警察に、わたしなど必要ないでしょう」

「それがそういうわけにもいかんのだよ。何しろ、不思議議紳士のことをよく知ってるものが、もうほとんど残っておらんのだ。死んだもの、消息不明のもの、東京を離れたもの……もうすぐ法律も変わって全国の警察も再編されることになってはいるが、お恥ずかしい話、今はまだグチャグチャだよ。我々にはまだ君の力が必要なんだ」

「しかし……」

躊躇《ためら》っている響太郎を見て、一柳刑事はふんと鼻を鳴らして初めて口を開いた。

「警部、今回の事件は凶悪で、残忍極まりないものです。民間人が尻込《しりご》みするのも当然ですよ。不思議紳士を名乗っちゃいるがかつての不思議紳士と関係あるかどうかも分かりません。無理強いはしない方がいいと思いますがね」

瑞樹はかちんと来て思わず言った。

「何言ってんだ。先生が尻込みなんかするかよ」

「……何だ、お前は？　探偵ってのは専属の靴磨きが雇えるほど儲《もう》かるのか」

「俺は靴磨きじゃねえ！　九条先生の助手だ！」

一柳は笑い、警部に近づいてわざとみんなに聞こえるように囁《ささや》いた。

「助手だあ？　……警部、聞きましたか。こんな子供しか助手に雇えないとは、名探偵とやらも程度が知れるというもんじゃないですか」

「何だとてめえ――」

「瑞樹くん！」

一柳に飛びかかる寸前、響太郎の鋭い声に止められた。瑞樹は歯を食いしばり、一柳を睨みつけながらも後ろへ下がった。

「一柳刑事、わたしの助手が生意気な口を利いて本当に申し訳ない。まだまだ礼儀だけは身に付かなくてね。──しかしわたしの優秀な助手を馬鹿にしたあなたも悪い。こんな子供しか雇えないのではなくて、彼にしか務まらないと思うから雇っているのです」

響太郎が毅然《きぜん》としてそう言ってくれたので、瑞樹は怒りなど吹き飛ぶような思いだった。

九条響太郎の助手は、自分にしか務まらない。それは何よりも嬉しい賛辞だった。

「いいでしょう。ちょうどこの瑞樹くんも、大きな事件に関わりたくてうずうずしているようです。頃合いかも知れません」

四谷警部は顔を輝かせ、一柳は顔をしかめた。

「じゃあ……」

「ええ。協力しましょう」

探偵と怪盗

蝶子を残して四人で事務所の下へ降りると、黒い鉄の棺桶《かんおけ》のように見えるニッサン七〇型が停められている。警官二人はこれで移動しているらしい。

「警部の車ですか」

響太郎が訊《たず》ねると、四谷警部は首を振った。

「まさか。やっとのことで掻《か》き集めて捜査本部に何台か割り当てられた貴重な車だよ。これからは我が国も警察専用車両を持たねばならんと言われているが、今の予算じゃまだまだそこまで手が回らん。ＧＨＱのお達しで今年中に内務省は廃止され、警察は各都道府県の管理になるという話もある。お偉方は事件のことよりそっちで頭がいっぱいらしい」

「それは思った以上に大変そうですね。では、必要になることもあるかもしれませんから、我々は自前の車で追いかけることにします。瑞樹くん」

「はい！」

滅多に乗る機会はないが、瑞樹はもちろん自動車が大好きだったし、響太郎の愛車はこれまた特別だった。事務所のある洋食屋の建物から一つ置いて隣の一階を車庫として借りている。瑞樹はそこへ走っていき、南京錠《なんきんじょう》を外すと、観音開きの木の扉をいっぱいに開いた。

狭い空間にちんまりと収まっているのは赤い二人乗りのオープンカーだ。世界にわずか二〇台しかないというメルセデス・ベンツ一五〇スポーツロードスター。曲線を多用したデザインに、目鼻のように見える三つのヘッドライトはカエルのようで愛嬌《あいきょう》がある。そして何よりも変わっているのは、エンジンが座席の後ろに据えられているため、車体後部がまるで流星のように長く伸びていることだ。詳しくは教えてくれないが、戦争が始まる前、ドイツのさる貴婦人から贈られたものなのだという。瑞樹は初めて見たときからこの車の虜《とりこ》になっていた。いつかは自分でこれを運転してみたい。

実のところ、ノガミにいた頃に仲間と一緒に米兵の軍用車を盗んで乗り回したこともあり、運転の仕方は一応覚えていた。車庫の鍵《かぎ》も持っているのだから、ちょっと借りてみたいという誘惑に駆られたこともあるが、それはすまいと決めていた。乗ってもいいかと聞いてみることさえ今はできないでいる。恐らくはとんでもなく高価なものに違いないし、そうでなくても響太郎もまたこの車に特別な思いを抱いていることが傍《はた》目《め》にも分かるからだ。

響太郎が慎重にエンジンを始動させ車を外へ出すのを待って、瑞樹は再び車庫の扉を閉め、きちんと南京錠をかけてから右側の助手席に乗り込んだ。車庫は空なのだから錠を下ろすのは無駄のような気がするのだが、響太郎は常に習慣としておけと言うので、瑞樹は黙って従っている。

後ろにつけたロードスターを見て、ニッサンの運転席の一柳が振り向いて目を剝《む》くのが見えた。たかが探偵風情が一体何でこんな車に、と驚いているに違いないと想像するといい気分だった。

ニッサンが発進すると、響太郎は大人しくその後ろについて走る。最高時速は一二〇キロ出るのだと知っていたが、それは瑞樹も未体験の速度だ。いつか、自分の運転で試すことができるだろうか。交差点に立つ交通整理の警官が皆、傍らを颯爽《さっそう》と走り抜けるロードスターを惚《ほ》れ惚《ぼ》れした目で見送る。

黒いニッサンと赤いロードスターは日毎に復興していく町並みを二十分足らずで走り抜け、赤坂《あかさか》の浅井男爵邸に辿《たど》り着いた。大きな鉄の門を抜け、石畳の車回しに入ると捜査本部の車両らしき黒い車が数台とたくさんの自転車が停められている。この事件のために多くの警官が掻き集められているらしいことが分かる。

有名な建築家によって明治に建てられたという瀟洒《しょうしゃ》な洋風建築が、広大な庭も含めて丸ごと残っていることに瑞樹は理不尽さを覚えずにはいられなかった。東京中が焼け野原になったように思える中、まるで別世界のように戦争の傷跡すらないとはどういうことなのか。しかも浅井男爵といえば、戦時中は陸軍の要職にあったにもかかわらず戦犯指名を免れ、今も貴族院に議席を持っていたはずだ。一家惨殺とはまったく穏やかではない話だが、焼夷弾《しょういだん》で焼かれ、遺体の判別もつかぬまま葬られた多くの市民がいることを考えれば、さして同情する気にはなれない。新聞記事にあったように、もうすぐ華族制度も廃止され貴族院もなくなるらしいが、それで不公平な世の中が変わるのかどうか、瑞樹には今ひとつ分からなかった。

四人が車を降り立つと、大きく張り出した玄関ポーチに立っていた二人の制服警官が四谷警部を見てぴしっと踵《かかと》をつけて敬礼する。去年変わったばかりの新しい制服には、サーベルがないことも相俟《あいま》っていまだに違和感を覚える瑞樹だった。代わりに警棒を持たされてはいるものの、本人達も少々不安なのではないだろうか。掻き集めた拳銃《けんじゅう》は自動車同様数が足りず、持っているのは一部のものに限られているという話だ。

「ご苦労」

四谷警部は軽く手を挙げて開きっぱなしの玄関扉をくぐる。敬礼したままの警官達はじろりと異物を見るように瑞樹を睨《にら》んだが、瑞樹はわざと重々しく挨拶《あいさつ》してみせ、三人に続いて急いで中へ入る。

玄関ホールの高い天井を見上げた瑞樹は、ここは教会などではなくて本当に一家族が住むための家なのだろうかと疑念を覚えてきょろきょろと辺りを見回してしまう。

「賊の侵入経路は？」

特に驚いた様子もない響太郎が警部に並んで歩きながら訊ねる。

「無理矢理侵入した形跡はないんだよ。今周囲を虱潰《しらみつぶ》しに調べているところだが、高い塀には忍び返しもついているし、何か道具を使って乗り越えたにしても痕跡《こんせき》が残るはずだ。玄関扉もどこの窓も、破られてはいない。普通に正面から入って正面から出て行った可能性が高い。どういう手を使ったかは分からんが」

「……内部に、以前から手引きする人間を潜り込ませていたのかもしれません。だとすると不思議紳士の用意周到なやり口に似ている。普通の強盗ならそこまではせんでしょう」

「わたしもそう思ったよ。しかしな……まあこちらへ来てくれ」

先導する警部に従って赤い絨毯《じゅうたん》の敷かれた階段を上り、吹き抜けを囲む廊下を進み、ちょっとしたホテルができそうなほどの数の扉をやり過ごしてようやく二階の奥の部屋へ辿り着いた。入り口にも中にも制服警官と共に作業服の男達がいるようだった。

「ここは浅井儀一郎《ぎいちろう》男爵の書斎で……四名が殺害された現場だ」

全員中に入ってから警部がそう言ったので、心の準備もなかった瑞樹は、入ってすぐ右手の壁や床に派手に飛び散った黒い染みを見てぎょっとした。

人の死体はこの数年散々見慣れているし、些細《ささい》な諍《いさか》いから殺し合いになるのも見てきた。しかし、沢山の人が殺された後の血だまりだけを見る方が、嫌な想像をしてしまい気持ちが悪い。

　響太郎が厳しい表情で血だまりに近づき手を合わせたので、瑞樹もそれに倣った。浅井男爵がいけすかない金持ちだったのかどうか分からないが、とにかく今は成仏を願っておこう。

「生き残った使用人の話と現場の状況を総合すると、こうだ。夜中に全身黒ずくめの二人の賊に叩《たた》き起こされ、拳銃で脅されて長女の部屋へまず案内させられたそうだ。そこで使用人は縛られ、猿ぐつわをされた」

「使用人は殺さなかったわけですか？　では犯人の顔は？」

「帽子を被《かぶ》り、口と鼻は黒い布で覆っていたので見えたのは目だけだったようだ。──そして、浅井男爵の長女──といってももう二十二だから立派な大人だがね──を人質に取ったままここに住んでいる家族全員をこの部屋に集めた。というのも、あそこに隠し金庫があったからだ」

　警部が指差した反対側の壁には本棚が並んでいる真ん中に隠されていたらしい金庫がぱっくりとその扉を開いていて、響太郎はもちろん瑞樹もその存在には気づいていた。

「最新式の金庫で、ダイヤル錠の番号が分からなかったんだろうな。浅井男爵は相当に暴行を受けている。それでも男爵が口を割らなかったのだろう、奥方の指を折ったようだ。奥方は、両手の指を折られ、結局喉《のど》を切られて殺されている。そしてさらに長女も指を三本、折られていた」

　ひでえ、と瑞樹は初めて心から思い、違和感を持った。不思議紳士がいくら金持ちを殺してもいいと思うようになったとしても、女子供にそこまでのことをするだろうか？

　響太郎は別のことを考えていたようだった。

「男爵は奥方が殺されても口を割らず、長女の指が三本折られたところで、ようやく口を割ったということですか」

　賊も相当だが、男爵もなかなかに非情な人間らしい、と瑞樹は思う。奥方より娘が可愛かったか。

「恐らくな。その後、残った三人はこめかみを一発撃ち抜かれて絶命している」

「使用人は殺さなかったのに、主人はもちろん妻や子供まで殺した。ふむ。……もちろん、縛られていたのですよね？」

「ああ。目的を果たしたにもかかわらず、無抵抗の家族を全員殺害。何か恨みがあるものの犯行かとも思ったのだが……男爵の遺体の脇に、これがあったんだよ」

　そう言って葉書大に折られた硬い厚紙を見せる。

「指紋はなかったから、触って構わんよ」

　響太郎が受け取ったのを、瑞樹は横から背伸びして覗《のぞ》き込む。外国映画で見るような招待状めいた紙に、流れるような字が赤いインクで書かれていた。

『この者、真の国賊なり。よって今宵天誅《てんちゅう》を下す。不思議紳士』

「『天誅』とはまた奴らしくもない……。しかしこのインヴィテイション・カードは、見覚えがありますね。以前のものと同種のものに違いない。インクの色も、筆跡も似ています。カードの種類やインクの色の件は一度も報道されたことはないはずですから、もし不思議議紳士を騙《かた》る偽者だとすると、あのカードを一度でも見たことがあるもの、あるいはその関係者ということになりますね」

「おいおい。滅多なことは言わんでくれ！　警察関係者に犯人がいるみたいに聞こえるじゃないか」

四谷警部は声をひそめて言ったが、書斎に残っている警官は一人しかおらず、一心不乱に金庫の周囲を調べていてこちらの声が聞こえた様子はなかった。

「失礼しました。しかし、実際その可能性も頭の隅に入れておかなければなりませんよ。戦争が不思議紳士を変えたと考えられるのと同じくらい、普通の国民、正義を守る側だった警察官、そういった人々もまた大きな転換をさせられたのですから」

「それはそうだが……」

「いずれにしろ、この賊が本物の不思議紳士かどうかは二の次で、捕まえてみればはっきりすることです。そして、何としてでも捕まえなければならない。ようやく希望が灯《とも》り始めたこの街を再び闇に落とすような所業は断じて許されません」

「まったくだ」

頷《うなず》く四谷警部。

その後、響太郎は使用人と会って話をし、屋敷を一回りすると一旦《いったん》辞去することとなった。

「古いつきあいの情報屋がまだ生きていますので、一度そちらも当たってみます。事務所には誰かいるようにしておきますから、逐次連絡を取り合いながら情報を交換しましょう」

「頼りにしてるよ」

瑞樹は響太郎が普段より生き生きとしていることに気づいた。やはりこの人は、大きな事件を追いかけているときの方が嬉《うれ》しそうだ。凶悪な事件が起きたことについては間違いなく悲しんでいるし腹を立てているようだが、生まれながらの狩人《かりゅうど》なのだろう。その能力を別のことに使わねばならなかった時代は、彼にとって忍従の時であったに違いない。

赤いロードスターを停めたところへ戻ると、風防ガラスの運転席側ワイパーのところに白い封筒が挟まっているのを見つけ、響太郎は不審げにそっと取り上げる。封はされていなかったようで、ふっと吹いて中を覗くと一枚の紙を取り出した。

一目見るなりさっと顔を強《こわ》ばらせ、周囲に視線を飛ばす。

「どうしたんですか、先生」

既に助手席に座っていた瑞樹の質問には答えず、つかつかと玄関まで戻り、先刻からずっと立っている二人の警官に話しかける。

「あの赤い車に誰か近づくのを見ませんでしたか」

「いえ、自分は誰も見ておりませんが……」

困惑げに一人が答える。

「誰も？」

響太郎が鋭く聞き返すと、もう一人が頷きながら付け加えた。

「ここしばらく、九条先生……とあの坊やを除けば警官しか出入りしておりませんので」

「全員の顔を覚えていますか？」

「いやまさか。あちこちから集められてますので。……何か問題でも？」

響太郎はしばし見返していたが、やがて嘆息して手を挙げた。

「いや、いいです。忘れてください」

そう言って封筒を背広の内ポケットにしまうとロードスターに戻ってきて、運転席に乗り込み黙ってエンジンをかけた。

「どうしたんですか？　さっきの手紙は？」

「……いや。何でもない」

何でもないわけはないでしょう、そう言いかけたが、響太郎の厳しい表情に瑞樹は口を閉じた。それ以降、事務所に帰り着くまで響太郎は一言も発さず、何事か考え込んでいるようだった。

響太郎はロードスターを車庫にしまうと、南京錠をかけている瑞樹に向かって言った。

「事務所の留守番を頼む。戸締まりをきちんとして、見知らぬ来客には充分注意するんだ。今晩中には戻ると思うが、それもはっきりとは分からない。毛布がどこかにあったはずだから、仮眠してくれてても構わない。腹が減ったら下からわたしの名前で出前を取ればいい。それと、蝶子さんがまだいたら、さっさと家に帰らせてくれ」

「分かりました！　あの……」

立ち去りかけた響太郎を瑞樹はなぜかつい呼び止めてしまった。

「何だね？」

「……気をつけてくださいね」

ずっと強ばっていた顔から、ほんの少し笑みがこぼれた。

「言われるまでもない。君も、常に周囲に気を配っておくんだよ。いつなんどき、何が起きるか分からない。探偵には常にその覚悟が必要だ」

「はい」

響太郎の背中が見えなくなってから、瑞樹は事務所への階段を上った。

事務所の鍵が開いていたのであらかじめ気がついていたが、中にはまだ芦田蝶子が居座っていた。

「お帰りなさい！　……先生は？」

「また出かけたよ。今日は遅くなりそうだって。夜まで俺が留守番頼まれたから、あんたは家に帰んな」

「そんな……、今晩はわたしの手料理を食べていただこうと思ってましたのに……」

「えっ、あんた料理なんかできんのかい」

「失礼ね。好きでやってるわけじゃないけど、これでも色々と花嫁修業はさせられてるんですからね。ま、あなたのような人の口に合うものは多分作れないと思いますけど」

何だか馬鹿にされているように思ったが言い返す言葉は見つからなかった。

「とにかく待ってても当分先生は戻ってこない。俺はちょいと昼寝させてもらうよ」

瑞樹は、客からは見えないところに押し込んである柳行李《こうり》から毛布を引っ張り出してくると、クッションを長椅子の肘《ひじ》掛けのところに置いて枕にし、横になって目を閉じる。いつまでも出て行く気配がしないので薄目を開けてみると、蝶子は同じ場所に立ったまま、そっちが響太郎のいる方角だとでも決めたのか、ドアの方を向いてベーと舌を出していた。

慌てて目を閉じ、寝たふりを続けていると、コツコツと足音を立てて事務所を出て行くのが分かった。鍵をかける音が聞こえたので、ようやくほっとする。

瑞樹は実のところ、蝶子という女性を恐れていた。響太郎があんな女に惚れるわけはないと思っていたものの、万が一ということもある。あれは九条響太郎のような男にはふさわしくないし、逆に、あんな女とくっつくようなら九条響太郎もその程度の男だったということだ。といって、響太郎の背後を守る、頼りになる女性——そういう人がいてくれたらいいとは思っていた。響太郎にふさわしい女性だ。具体的なイメージはないものの、いつかそういう人が現れてくれるのではないか。しかし断じて芦田蝶子ではない。いい加減そのことに気づいて妙なちょっかいを出すのをやめてくれないだろうか。

そんなことを考えている間に、眠りに落ちていたようだ。

瑞樹は母の夢を見た。

台所で料理をする母。父と兄と三人で、笑いながら夕食を待っている。質素ではあるけれど、温かい食事。もう二度と口にすることのない——

はっと飛び起きると、事務所の台所からコトコトと何やら音がし、いい匂いが漂っているのに気づいた。

ひょいと蝶子が顔をこちらへ覗かせる。

「起きた？　ちょうどよかった。もうすぐできるから」

瑞樹は毒づこうとしたが、喉が詰まって声が出ず、心の中だけに留《とど》める。

（クソ女！）

「もう七時だというのに先生はまだ戻っていらっしゃらないのかしら。——ま、温め直せば食べられるものにしておいたから、もし帰っていらしたら食べさせてあげて」

「……余計なお世話なんだよ。俺だって、下から出前取ろうと思ってたんだからよ。あそこのジャガイモコロッケは絶品なんだぜ」

「いい匂いじゃないか。わたしはいただくよ」

近くで響太郎の声がして、瑞樹は驚いて振り向いた。

「先生！　いつ戻ったんですか！」

「九条先生？　お帰りなさいませ！　食べて……くださるんですか？」

蝶子は台所から飛び出してきて響太郎を見上げ、久々の再会のように目を潤ませる。

「せっかく蝶子さんに作っていただいたんですから、もちろんいただきますよ」

「よかった……すぐ用意します」

少しこぼれたうれし涙を指で拭《ぬぐ》いながら蝶子は忙しく往復し、応接テーブルの上に真っ白な皿と銀のナイフとフォークを並べた。もちろんここにはそんなものは置いてないので、料理と一緒に持ち込んだのだろう。朝の時点で持ってきていたのだろうか。

「牛タンの煮込み……タンシチューです。フランスパンによく合うと思います」

皿の上に分厚い肉切れが置かれ、茶色いソースがかけられる。パセリとにんじんが添えられた。

「素晴らしい。完璧《かんぺき》ですね」

響太郎は言ってから一口食べ、大きく頷く。

「うまい。プロの味だ。——瑞樹くんもいただきなさい」

言われなくてももはや遠慮する気はなかった。蝶子には苛立《いらだ》つが、食欲の前には一旦忘れよう。

二人はあっという前にタンシチューを平らげる。

「デザートもあるんですよ。イチゴが手に入ったので——」

「ああ、蝶子さん。申し訳ない。一旦戻りましたが、実はまた出なければならないのです。デザートをいただいている暇はないようです。もう留守番も必要ないので、瑞樹くんも帰って構わない」

「え、ならぼくも先生と一緒に――」

「いや、一人で大丈夫だ。ありがとう。車を出すから、扉を閉めておいてくれるかな」

そう言って響太郎は立ち上がり、脇に置いていた帽子を被る。

「分かりました」

立ち上がった瑞樹の顔を見て、蝶子が近寄る。

「ちょっと待ちなさい」

「何だよ」

無言のまま、テーブルに置かれたナプキンを取って瑞樹の口元を拭う。

「ソースがついてる」

啞然《あぜん》とし、怒るべきなのか礼を言うべきか分からず、黙って響太郎の後を追いかける。

階段で響太郎を追い越して車庫の前まで走っていき、南京錠を外す。扉を開いたところで響太郎が追いつき、中へ入った。

ロードスターが出たらすぐ扉を閉めよう、と扉の脇で待っていると、エンジンのかかる音とほとんど同時に耳をつんざく爆発音が聞こえ、地面が震えた。車庫の中から爆風と炎が噴き出して、瑞樹は脇にいなければ危なく吹き飛ばされるところだった。

「せん……先生っ！」

熱風から顔を守りながら車庫を覗くと、炎と煙が充満していて何も見えない。

「先生！　先生っ！」

上から、物音を聞きつけたらしい蝶子が走り下りてくる。

「今の音は？」

振り向いた瑞樹の顔に浮かんだ表情を見て、蝶子の顔色が変わる。

「……嘘……嘘でしょ」

依然燃えさかる車庫に、ふらふらと近づこうとする蝶子を、瑞樹ははっとして引き戻した。

「嘘よね……嘘だって言って！　あれは先生じゃないって！」

瑞樹は何か言おうとしたが、答えられず膝《ひざ》から崩れ落ちた。

孤児と弁護士

五月になった朝も、瑞樹はいつものように事務所の鍵《かぎ》を開け、窓を開けて爽《さわ》やかな風を入れていた。先生の言いつけ通り、事務所に届いた新聞を取り込んで隅から隅まで読むことも続けている。

それが終われば掃除だ。事務所に片づけをするところはもはや残っていない。散らかす人間がいないからだ。機械的にハタキをかけ、わずかな埃《ほこり》を掃き寄せて捨てる。

電話がたまに鳴ると飛びついて出るが、ほとんどは交換手のミスによる間違い電話だ。ごく稀《まれ》に事件を知らないらしい客から依頼をしたいという電話があると、連絡先を聞いてメモを残し、「九条先生がお戻りになったらこちらからご連絡申し上げます」と言って切る。簡単な仕事だ。

九条先生がお戻りになったら――。

そう口にするたび、喉元《のど》に突き上げる物があるが、ぐっとこらえて呑《の》み込む。

昼飯は食べない。食べに行っている間に電話が鳴るかもしれないし、依頼人が来るかもしれないからだ。せっかくの依頼人を自分のせいで逃してしまっては、申し訳が立たない。

　一方で、響太郎の事件記録も読み漁《あさ》っていた。何もしないではいられない。響太郎の机の袖《そで》引き出しの中に、特別に綴《と》じられた事件記録を見つけていた。もちろん、不思議紳士に関する物を最優先にした。今まで、ラジオのニュースや人の噂の聞きかじり程度の知識しかなかった不思議紳士について、捜査側の視点で詳しく知ることは刺激的だった。

　こんな紙の記録でなく、響太郎からじかにもっと色々と教えてもらいたかった。瑞樹はそう思いながら唇を血が出るほど嚙《か》み締めるのだった。

　毎晩八時になったら、戸締まりをして出る。一階の洋食店で店員の賄い定食のようなものを特別に安く作ってもらって食べ、部屋に帰って寝る。それが、響太郎がいなくなってから、瑞樹が自らに課した一日の過ごし方だった。響太郎からもらっていたお金をある程度貯めてはいたが、それもじりじりと減る一方で、事務所と下宿の家賃の催促が来たら、一体どうすればいいのか分からなかった。

　今日もそろそろ昼だ。腹具合で瑞樹は時間を知った。毎日我慢してはいるが、晩の一食だけでは育ち盛りの瑞樹にはもちろん足りない。日々やせ細り、ノガミ時代の姿に近づいていくのを実感していた。

　何日ぶりかで玄関のカウベルが鳴り、瑞樹は跳ね起きるように立ち上がった。

「いらっしゃいま……」

玄関からつかつかと入ってきたのが今最も会いたくない相手なのに気づいて、瑞樹は再び響太郎の椅子に座り込んだ。

「……瑞樹……くん？」

心配げな声音で話しかけてきた芦田蝶子を、瑞樹はもう見ていなかった。

「まだこんなこと、してたのね。この事務所は今月、引き払うつもりよ。だからもう——」

瑞樹は立ち上がって机を全力で叩《たた》き、怒鳴った。

「そんなことさせない！　先生が、先生が戻るまで、この事務所は！　ぼくが守る！」

一瞬蝶子を睨《にら》みつけたが、その顔に憐《あわ》れむような表情が浮かんだので耐えられず目を逸《そ》らした。

「……どうして？　どうしてなの？　いえ、認めたくないのは分かるわ。わたくしだって、信じられなかった。信じたくなかった。でも、あなたもその眼で見たでしょう！　先生の……先生のあの姿を。先週、葬儀も行われたのよ。大勢の方が先生との別れを惜しんでおられました。あなたも本当はあそこに来るべきだったのよ」

喪服のような黒いドレスに身を包んだ蝶子は、声を震わせながら言った。瑞樹に近づいて肩に手を置いたが、彼はそれを振り払った。

「浅井男爵邸の事件を抱えながらも、四谷警部が必ずや爆弾を仕掛けた犯人を捕まえてくださるとおっしゃったわ。あなただって、犯人を捕まえてほしいと思うでしょう？」

「先生が死ぬわけないじゃないか。九条響太郎が死ぬわけないんだよ。しかもあんな！　あれは……あれはきっと、不思議紳士を油断させるために、死んだふりをしたんだ。そうに決まってる。あれは……あの死体は多分、人形か何かだ」

瑞樹は必死で、蝶子を言い負かそうとした。深い考えがあるわけではなかった。

「あなたは先生が車に乗り込むのを見てたんじゃないの？　それにあの……焼けたご遺体は警察が念入りに調べたのよ、もちろん。人形なんかでごまかせるわけないじゃない」

蝶子の声にも苛立《いらだ》ちが混じり、口調がきつくなってくる。

まぶたを閉じると、業火に包まれたロードスターの姿が脳裡《のうり》に浮かび、瑞樹は慌てて目を開け、窓外の青い空に目を転じる。日毎にビルディングが伸びて行き、狭くなっていく空。先生はこの東京の空の下で必ず生きている。そうじゃないか？

「……九条響太郎の一世一代の大芝居なんだ。そう簡単に俺やあんたに解けるような仕掛けじゃないのは当たり前だ。不思議紳士を騙《だま》さなきゃいけないんだから」

蝶子は長いため息をついた。

「……もう少し、時間がかかりそうね。余りいいこととは思えないけど、お父様にお願いしてしばらく事務所はこのままにしておいてもらうわ。あなたの下宿のことも何とかしてもらわないと……」

蝶子は事務所を見渡すと、机やコート掛けを名残惜しそうに眺め、そこに響太郎の温もりが残っているかのように手を触れてさすって回る。

「……あなたには、きっと分かってもらえないのでしょうけど……わたくしは……わたくしは本当にあの方のことを……」

喉を詰まらせ、最後まで言葉にならなかった。

瑞樹は自分が責められているような居心地の悪さに、逆に腹が立ってきた。しかしこの蝶子が、もはや何の後ろ盾もなくなった天涯孤独の自分を気にかけてくれる唯一の人であることも確かだ。自分のことは放っておいてくれと言いたかったが、そういうわけにいかないことも分かっている。どこにもこの苛々を持っていく場所がない。

「……そうそう。肝心な話を忘れるところでした」

軽く洟《はな》をすすりながら、蝶子は話題を変えた。

「あなたにお話があるという方がいらしたので、今日こちらへ来ていただくことになっているの。先生の葬儀の時にいらしたんだけど、あなたが来ないものだから困ってらして、多分ここにいるんじゃないかと連絡を差し上げたんです」

「俺に？　話？　一体誰が？」

「わたくしもよくは存じ上げないのですけど、何でも九条先生の弁護士だそうで……」

「弁護士？　弁護士って、裁判で容疑者の味方をしてやるあの弁護士？　九条先生、なんか捕まる予定でもあったのかよ」

「弁護士と言っても刑事裁判だけが仕事じゃないの。色んなお仕事があるのよ。例えばそう――」

蝶子が細い指を顎《あご》に当てて小首を傾げたとき、控え目なノックの音がした。

「噂をすれば……どうぞ！　お入りください！」

蝶子が自分の部屋のように声をかけると、中折れ帽を被《かぶ》った茶色いスーツの小男が入ってきた。丸眼鏡をかけ本当にここでいいのかという様子で事務所を見回している。

「西川《にしかわ》先生！　この子が、例の子です。草野瑞樹くん。ほら、ご挨拶《あいさつ》なさい、弁護士の西川先生よ」

蝶子に言われると反発したくなるが、九条先生の弁護士というのなら失礼な態度はとってはいけないのではないかと思われた。

「草野瑞樹です。……ぼくに、何の御用でしょうか」

「あー、ようやくお会いできました。お住まいと伺っていたところは何度お訪ねしてもお留守だし、大家に伝言を頼んだのに一向にご返事がないし、ほとほと困っておったところです。よかったよかった」

帽子を脱ぎ、大人にするように握手を求めてきたので瑞樹は反射的に手を出していた。大人にしては小さな手だったが、意外にも力強く瑞樹の手を握ってくる。五十前後だろうか。ぴったり撫《な》でつけた髪には白い物が交じっている。

「こちらで、よろしいですか？　あ、ではこちらで」

応接用の長椅子に自分が座り、向かいを指し示したので、瑞樹と蝶子は彼の向かいに並んで座ることになった。分厚い革の鞄《かばん》をテーブルの上に置いてパチンパチンと留め金を外し、中から書類袋を取り出す。

「わたくしは、昔から九条家の財務管理を一切任されております西川というものです。以後お見知りおきを」

そう言って、名刺を一枚瑞樹に手渡してきた。名刺をもらうのは初めてで、瑞樹は何だか大人になったような気がして嬉《うれ》しくなった。

「芦田様には先日お渡しいたしておりますね？　そうですね。――では、用件を申し述べさせていただきます。芦田様にも関わりのあるお話ですのでご一緒にお聞き下さい」

瑞樹は、これから一体何が始まるのかと不安になって蝶子の顔を見やったが、彼女も何も知らない様子で小さく首を傾げる。

「まず、九条響太郎様が、あのような形でご逝去されましたこと、深くお悔やみ申し上げます。わたくし自身、響太郎様――九条様がまだ学生の頃から拝見しておりましたものので、本当に驚き、嘆いておったところです。近しいご関係のお二人の心中いかばかりかと存じます」

言葉付きは小難しくて心がこもっていないようにも思えたが、表情は哀悼に満ちていて、誠実な人柄であるようだった。弁護士というのはこういう話し方が普通なのだろうか。

「まだ悲しみ明けやらぬ時に何とも無粋ではございますが、今日参ったのは響太郎様の遺言状についてでございます」

「遺言状？　響太郎様が、遺言状を遺されていたのですか？」

蝶子が、驚いた様子で口を押さえる。

「はい。真珠湾《しんじゅ》の少し前頃ですかな、初めて作られて、それ以来、時折見直しをなされています。戦時中はもちろんですが、戦争が終わった今も、一般の方と比較すれば危険なお仕事をされております。いつ何があるか分からない、と常々おっしゃっていました。近親者が誰もいらっしゃいませんので、多くの不動産や高価な所蔵品をどうするか、使用人の処遇など細かいご指示があるのです。……そして実は今年初めにも大きな変更がございました。主に草野様に関することです」

瑞樹にはまだこの弁護士が何の話をしているのか全然分かっていなかった。

「こちらに遺言状の写しがありますが、全部を読むと長くなりますので、要点だけお話しします。九条家の本宅の屋敷と土地、それとおよそ二十万円。これは、このところの物価変動を心配された九条様が円だけでなくドルや有価証券に分散して預けておられます。これらを信託財産として草野瑞樹様にお譲りする、とのことでございました。それ以外の財産、先代から受け継いだ不動産や美術品などは、ほとんどあちこちに寄付という形になります」

数枚の紙を綴じた遺言状の写しを瑞樹の目の前に置き、一枚ずつめくってみせた。

「まあ、なんてこと」

蝶子は驚いたように言い、瑞樹の肩に両手を置いてきた。

「九条先生は、そこまであなたのことを考えていてくださったのね」

「……え？　どういうこと？」

「だから、響太郎様が住んでらしたあのお家と、当分生きていくのに困らない十分なお金をあなたに遺してくださったってことよ」

二十万円と言えばそれだけで土地付きの家だって買える金額だ。つい先日、都が発売した復興宝籤《たからくじ》というのを行列して瑞樹も一枚手に入れたのだが、一等賞金は千円だった。もちろん外れだったが、千円が当たったら一体何が買えるだろうと夢想している間は本当に楽しかった。その千円の二百倍ものお金、そしてもちろんそれよりさらに高額であろう響太郎の居宅。それが自分の物になる……？

瑞樹は混乱し、嬉しさと悲しみと怒りの混じったわけのわからない感情に揺さぶられた。

「何言ってんだよ！　そんなもの……そんなものいらねえよ！　だって先生は、先生は……」

立ち上がって怒鳴ったが、それ以上言葉が出てこなかった。

西川弁護士は目をぱちくりさせながら瑞樹を見上げていたが、困惑した口調で言う。

「ええ、もちろんこれはあくまでも九条様のご意向ですので、草野様には相続放棄ということも可能です。信託財産ですので、草野様が成人なされてからもう一度ご判断いただくことになるかと思いますが……」

「いえ、申し訳ございません。この子、まだ混乱してるだけなんです。──もちろん、受け取るんですよ。それが先生のご遺志です。そんなことも分からないの？」

　蝶子は西川に頭を下げると、瑞樹に向かって説教するように言う。

「そうですか……それで、芦田様なのですが。九条様はご自分が亡くなった場合、できれば芦田様に草野様の後見人になっていただきたいと思われていたようで。ただ、失礼ながらまだお若い上におひとり身の芦田様にはややご負担が大きすぎるかとも存じます。報酬はございますが、恐らく芦田様にとっては微々たる額になりますし……。九条様も無理に押しつけるようなことは望まれておりませんでしたので、これはご辞退いただいても構わないと思います。その場合、わたくしが務めさせていただくことになるかと思いますが」

「わたくしが……この子の後見人に……？　九条先生がそんなことを……」

「後見人って何だよ」

「あなたが成人するまで、財産なんかを管理して、成長を見届けなきゃいけないってことよ。──そうですわよね？」

「左様です。恐らく近々児童福祉法、というものが制定されまして、草野様のような方は皆、孤児院──これからは児童養護施設、と呼ばなきゃいけないそうですが──に送られることになるでしょう。九条様はそれを心配なさっておいでででした。後見人がいて、生活の基盤があれば、それを免れることができるでしょう。学校の問題もございます。これまでは九条様の口利きで大目に見ていただいていたようですが。そもそも孤児は溢《あふ》れていますし、戸籍もボロボロですからね。しかし段々とそれも埋められていきます」

「ちょ、ちょっと待ってくれよ！　それって親代わりってことだろ？　何で俺がこのお嬢様に面倒見てもらわなきゃいけないんだよ。何の関係もありゃしないじゃないか！」

「九条様が、それだけ芦田様のことを信頼していらしたということでしょう」

蝶子は驚いたように言った。

「先生が、わたくしを信頼……？　そんなまさか。そんなこと、ありえません。先生はわたくしのことなんか、いつも子供扱いして、全然意に介していらっしゃらなかったって、よく承知しております。正直、鬱陶《うっとう》しい女だと思われても仕方がないと思っておりました。わたくしがただ一方的にあの方に想いを寄せていただけで……」

「九条様は、草野様同様、芦田様のことも大変気にかけておられたことはわたくしよく存じております。遺言状を書き換えるときでも、第一に考えていらしたのは、何がお二人にとって一番幸せになる道であるかということでした」

蝶子は両手で顔を覆うと、さめざめと泣き始めた。

「そんな……そんなお話は、先生が生きていらっしゃる時にお聞きしとうございました……」

先生は死んじゃいない、この馬鹿女。瑞樹は心の中で呪うように繰り返した。

蝶子は白いレースのハンカチーフでそっと押さえるように涙を拭《ぬぐ》い取り、きっと西川弁護士を見据えて言った。

「承知いたしました。わたくし、後見人をお引き受けいたします」

「おい、だから俺はあんたに面倒見てもらう気なんかないって」

「じゃあ、孤児院に行きたいの？」

「そりゃ行きたかないよ。行きたかないけど……」

「じゃあ諦《あきら》めなさい。わたくしだって、あなたみたいな不作法で生意気な子供を息子にしろなんて、他の誰に頼まれてもお断りします。お嫁入りだってしてないのに！　他ならぬ九条先生のご遺志だから、お引き受けするのよ」

そう言われるとぐうの音も出なかった。先生は生きている……はずだ。しかし今は死んだふりをしている。葬儀も行われたし遺言も執行されてしまう。それが先生の意向であるというのなら、従っておくしかないのかもしれない。

瑞樹ははっとして事務所を見回した。

「そうだ。弁護士さん、この事務所にあるものは、一体どうなるんです？　本棚や机に沢山資料もあるんですが」

西川は驚いた様子で遺言状の写しを再び手に取り、頭から一枚ずつめくりながら見直す。

「……え？　それについては、あー……ございましたございました。『銀座賃借事務所内の全備品、書類等』。これですな。これも、『草野瑞樹に』とございます。草野様に、相続されることとなります」

瑞樹はしばし考え、大きく頷《うなず》いた。

「分かりました。先生の遺言に従います」

西川はほっとした様子で微笑み、何度も頷く。

「そうですか。それはよろしゅうございました。では書類を作成し、手続きを進めねばなりませんので、早速取りかからせていただきます。少々時間を無駄にしてしまいましたので急ぎませんと……。ではまた、数日中にご署名をいただかないといけませんが……それはええと……」

二人の間で目が泳ぐと、蝶子が助け船を出した。

「芦田家にお電話をいただければ。わたくしが瑞樹くんを連れて参ります。芦田の番号は……」

「ああ、それは承知いたしております。ではそういうことで」

西川は書類を再び鞄にしまい込むと、帽子をちょんと被り、立ち上がった蝶子が、見送る間もなく急ぎ足で事務所を出て行った。

「……お忙しい方の手を煩わせてしまったようね」

瑞樹は黙ったまま座っている。

「ねえ……瑞樹……くん。ここにある本や書類をもらって、どうするつもりなの？」

「……さっきも言っただろ。この事務所を守る。先生が戻るまでここを続けるんだよ」

蝶子は呆《あき》れ顔になる。

「続ける？　続けるってどういう意味？　九条先生がいないのに九条探偵事務所は続けられないでしょう？」

瑞樹は歯噛みしながら言い返した。

「……ぼくにできることだって何かあるはずだ。先生はぼくの素質を見込んでくれて、助手に雇ってくれたんだ。色んな事を教わった。まだまだ教えて欲しいことはあったけど、幸いここには先生が遺してくれた——いや、先生のこれまでの仕事の記録がたくさんある。警察にも残ってないだろう不思議紳士の資料もね。ぼくはこれを読んで勉強しながら、一件でも二件でも、誰かの依頼をこなしていく」

「依頼？　誰があなたに依頼するって？　まさか、九条先生の名を騙《かた》って依頼を受けるつもりじゃないわよね？　それは詐欺よ。九条先生に対する冒瀆《ぼうとく》よ！」

「そんなことするもんか！　……もちろん、先生が不在だってことは伝えるよ。助手でよければお引き受けしますが、って言えばいいじゃないか。お代は、成功したときだけで結構ですって言えばいい。タダだったら、誰だって断りゃしないだろ？　沢山引き受けて、解決したものだけお金をもらう。それならどう？」

思いつきで喋《しゃべ》っているだけだったが、言っているうちに悪い考えではないような気がしてきた。依頼をこなしていくうちに成長もできるだろう。そうすれば成功率もあがる。評判を呼んでどんどん依頼が来る。草野探偵に、って直々に指名が来るようになるかもしれない。

しかし、蝶子は呆れ顔を通り越して、憐れむような視線を向けてきたので、一瞬でそんな高揚感は吹き飛んだ。

「……あなたはもう少し頭のいい子だと思ってたわ。小憎らしいから認めたくなかったけど、先生が気に入る理由も少しは分かったような気がしてたわ。でも、やっぱり子供は子供なのね。一番始末が悪いのは、自分が子供だと分かっていないことよ。いくら頭がよくても、自分のことが分かっていない人間は、大人とは言えないのよ」

言い返したかった。いくらでも反論できそうな気がしたが、その言葉の内容よりも、本当に失望しているらしい蝶子の表情が、口調が、瑞樹を打ちのめした。誰かに失望されることがこんなにも辛《つら》いことだとは知らなかった。これまで取るに足らない存在だと思っていた蝶子になど、どう思われてもよいはずなのに。

「いい？　わたくしがあなたの後見人になるってことは、あなたはわたくしの言うことを聞かなきゃならないってことなのよ。そしてわたくしにはあなたを大人にする義務があるの。教育だって受けてもらわなければならない。どこかでいい方を見つけて、個人教授でも受けさせることになるでしょう」

「新聞だって、大体読めるようになったんだぜ……」

弱々しく言い返すが、彼女が正しいことは分かっていた。

「どうだか。ただ読めたって、書けるの？　どの程度理解してる？　国史や地理、理数だって学ばなければ、内容は半分も理解できていないと思うわよ。きっと先生だって、そろそろ新聞だけでなく他の勉強もさせようと考えていらしたに違いないわ」

「まさか。俺は先生にもっと探偵のやり方を教えてもらうつもりだったけど、勉強は別に……」

「あなたは先生がどれだけ沢山の物事を勉強しておられたか、分かってないようね。最新の科学も、不思議紳士の狙う美術品のことも、我が国で起きていること、地球の反対側で起きていること、そんなこと全部をずっと勉強し続けておられたのよ。その勉強をするためにはそのもっと基礎の基礎が分かってないと無理なの。それくらいのこと、分かるでしょう？　基礎を飛ばして先生みたいな名探偵になろうだなんて、どれだけ無謀な話か、理解なさい」

今度こそ、何一つ反論できなかった。戦火のせいで初等科さえちゃんと修了できず焼け野原に放り出された瑞樹には、生き延びるために必要のない知識は取るに足らないもののように思えていた。しかも、鬼畜米英と教えられていた連中が乗り込んでこの国を占領するや、今の学校では新しい教科書を作るのが間に合わないからといって、昔の戦意高揚を煽《あお》った教科書をあちこち真っ黒に塗り潰《つぶ》して使っているのだという。為政者が変われば教える内容も変わってしまうのなら、そんな知識に一体何の意味があるのかと思わざるをえなかった。

「……学校に行かなくていいんなら、勉強するよ。でも、事務所は続ける。いいだろ？二十万円もあるんだったら、ここの家賃だって当分払えるだろ？」

「状況によっては考えてもいいけれど、これだけは忘れないでね。信託財産というのは、その使い道は後見人が決めるの。つまりこのわたくし。あなたは成人するまで、一人の判断で勝手にお金を使うことは許されないの。よく覚えておきなさい」

「何だよ、それ！　そんなの詐欺じゃねえか！」

瑞樹が立ち上がって叫んだとき、ノックの音がした。

探偵と役者

睨《にら》み合っていた二人はしばらくそのノックにどちらが対応するか待っていた。その間にカウベルの音がしてドアが開き、次いで「ごめんなさいよー。どなたかいらっしゃいますかね？」という御用聞きのような声が聞こえてきた。

瑞樹が少し我に返り、

「はい、どうぞお入り下さい」

と声をかけると、薄汚れた国民服の男が衝立《ついたて》の陰からそろそろと姿を現した。卑屈に腰を屈《かが》めてはいるが、恐らくぴんと立てば背の高い、細身の男のようだ。按摩《あんま》がするような黒い色つき眼鏡をかけているが、きょろきょろ見回しているところ盲目というわけでもなさそうだ。

「こちらが九条探偵事務所で、間違いないですか？」

「はい。お仕事の、ご依頼でしょうか？」

瑞樹はとにかく混乱した心と頭を鎮め、頑張って営業用の態度を取り戻そうとした。

「いやいや、依頼だなんて、とんでもねえ。今日はその……お悔やみを言いにね、参りましたようなわけでして、はあ」

何だ依頼人じゃないのか、と失望しつつ、ゆっくりと国民帽と色つき眼鏡を取って正面を向いた男の顔を見て、瑞樹は息が止まりそうになった。思わず一歩後ろへよろけ、机に腰をぶつけてしまう。

「せん……先生？」

瑞樹が浮かべた驚愕《きょうがく》の表情を見て、蝶子も慌てて男の顔を見つめ直し、声にならない悲鳴を上げる。ひゅーっと息だけが吸い込まれる音がし、蝶子はその場に崩れ落ちるように長椅子にしがみついた。

「九条……先生？　やっぱり、やっぱりこの子の言うとおり……？」

少し痩《や》せ、無精髭《ひげ》も伸びていて汚らしくは見えたものの、そこにあったのは間違いなく九条響太郎の顔だった――が。

男はやや慌てた様子で後ろへ飛び退き、両の手のひらをかざして二人を落ち着かせるように言った。

「あー、ちょっと待ったちょっと待った。お二人とも、慌てないでよーく聞いてくだせえ。俺は確かに、九条先生によーく似てる。そのことは承知してます。でも残念ながら、名探偵九条響太郎じゃあねえんです。驚かせて申し訳ない」

瑞樹も蝶子も、しばらく目をぱちくりさせながら男の顔を見、頭から足先まで舐《な》めるように見て、お互い顔を見合わせ、再び男に視線を戻した。

「……先生じゃ……ない？」

「九条先生じゃ……ない？」

二人は同時に言った。

「へい、そりゃもう。さっきも言ったでしょ、お悔やみに来たって。存じてますよ、九条先生が亡くなったってことは。何ですか、爆弾でやられちまったとか。ひでえ話ですねえ、まったく。せっかく戦争が終わったってえのにそんな亡くなり方するなんて」

蝶子が長椅子の背に摑《つか》まりながらよろよろと立ち上がると、そろそろと男に近づく。今にも摑みかかりそうな態度に脅えた様子の男に、そーっと顔を近づけながらゆっくりと周囲を回り始めた。獲物を狙う蛇のようだ。

「……ほんと、響太郎様にそっくり。だけど確かに、どこか違う。それに何だか……臭いわ」

「ああ、しばらく風呂《ふろ》入ってねえし、着替えてもないからな」

蝶子はすっと手を伸ばし、男の頰をつまんで、引っ張った。

「痛い痛い痛い！　何すんだよ！」

「本物なの……先生、よく変装されてたそうだから。他の人が先生の変装してるのかと」

瑞樹ははっとした。

「貴様、不思議紳士か！　その一味だな！」

拳銃《けんじゅう》を取ろうと机の反対側に回り込む。ポツダム勅令によって所持が禁止されたもののいまだ多くの拳銃が闇社会には溢《あふ》れていて、響太郎も万一の場合を考えて一丁だけこの机の隠し引き出しに忍ばせていたことを瑞樹は知っていた。

「だから違うって！　今このお嬢さんが変装じゃないって確認しただろうがよ！　それに、言ってるだろ、俺は九条先生じゃないんだって。不思議紳士が先生に変装したら何て言うと思う？　変装するからには先生のふりしなきゃいけないだろうが。『やあ、ただいま、瑞樹くん』とかなんとかさ」

その台詞《せりふ》の声色とその時の表情がまた響太郎そのものだったものだから、瑞樹も蝶子も再び雷に打たれたようにその場に立ちすくんだ。

「……響太郎……様？」

「ああごめん。違うんだ、今のは」

「何でぼくの名前を知ってる」

「いやもちろん、あんたたち二人のことはよく知ってるよ。先生から色々聞いてるからね」

「あんた一体……誰なんだ？」

「だからそれを話そうとしてるんじゃねえか。とにかく落ち着いてくれ。落ち着いて……まあそこに座って話そうぜ。な、お嬢さんも、そこの坊やも」

男は二人を警戒するようにゆっくりと回り込むと、先ほどまで西川弁護士が座っていた椅子に滑り込む。瑞樹と蝶子は目で会話しながら、どうやら危険はなさそうだと判断して先ほどの位置に戻った。

「うん。これでいいや。これでいい。これで落ち着いて話ができるな。——ふー。何だか喉《のど》が渇いちまったな。何かあるかな、お茶とか、ま、おチャケでもいいんだけど……」

「あんたが誰なのか、先にそれを話してください」

瑞樹がぴしりと言うと、男は諦《あきら》めたように両手を上げる。

「ああ分かった分かった。そうだよな。——俺の名前は山田《やまだ》大作《だいさく》。役者……俳優、かな。舞台にも立つし、戦前は映画に出たこともある。戦意高揚のために作られたくだらねえ映画にも。どれも端役だけどな」

どうだ、というように二人を見返すが、全然何の説明にもなっている気がしない。

「実のところ、全然それだけじゃ食っていけねえ。兵隊に取られてる間はまだ食えたからよかったんだけどな、戻ってきたら、さあやることがねえ。そんなとき、ふらっとどこからか九条先生が俺に会いに来てくれてよ、仕事をくれたんだ。まあ言ってみりゃ、九条響太郎の吹替、代役だな。替え玉、影武者って言った方が分かりやすいか」

瑞樹は思わずあっと声を上げてしまった。記録を読んでいても、響太郎の神出鬼没ぶりに納得がいかない部分があったのだ。不思議議紳士並みにおかしな業を使っているとしか思えなかったが、替え玉がいたとするなら少しその説明がつくのではないかと思った。

「せいぜい月に一度か二度で、場合によっては何ヶ月も呼ばれないことはあったんだけど、要は九条先生と同じ格好をして、どこそこにしばらく滞在する、とかうろちょろして帰る、とか、まあそういう簡単な仕事を引き受けてたんだよ。理由は大抵説明してくれなかった。俺のするべきことを指示して、終わったら後で金がもらえるって寸法だ。あんまり人と喋《しゃべ》る必要はないことが多かったけど、一応声色は練習したし、歩き方やしぐさは叩《たた》き込まれた。でもそれで、日給にして何十円、時には百円もらったこともあったな。あれはいい仕事だった。汽車で九州の別府《べっぷ》まで行って温泉に浸《つ》かって、たらふく旨《うま》いもん食って酒飲んで、それで百円だ。こんないい仕事はねえなと思ってたね」

蝶子が驚いたように声を上げる。

「そういえば、先生、別府に行かれてしばらくこちらを留守にされたことがございました！　わたくしも母と一緒について行こうとしたら、『絶対来てはいけません』って怖い口調でおっしゃって……」

「あはあ、そいつあ、俺だ。東京駅の決められたトイレに入ると、隣の個室には先生がいる。そこで素早く服と荷物を交換して、俺が先に出るんだ。俺は何食わぬ顔して汽車、それも今、普通じゃ日本人は乗れねえはずの一等寝台に乗ってのんびり別府だ。俺が別府にいる間、先生はどこか全然別のところで何かしてたはずだよ。何をしてたかは聞いちゃいないけど。俺は多分、誰かに監視されてたんだろうなあ。ひとけのないところに一人で行くなってことだけは注意されてた。それさえしなきゃ、危険はないだろうって。……待てよ。今考えるとあれか。ある意味危ねえ仕事だったたってことかな？」

瑞樹はようやく事情を理解しつつあったが、まだ混乱から立ち直ってはいなかった。

「一体どうして先生は、ぼくや蝶子さんにまで、そんな大事なことを隠してたんだろう……」

「先生は、あんた達にばれないよう、相当気を遣ってたぜ。草野瑞樹と芦田蝶子。二人の写真を見せられて、この二人には近づくなって念を押されてた。銀座にはなるべく来ないように、ともな。先生のことをよく知ってるあんた達を長時間騙《だま》すのは無理だって分かってたんだ」

「ぼくは、先生の助手なんですよ！　たった一人の。ぼくにだけは、教えてくれててもよかったはずなのに……」

「いやあ、そりゃ、あれじゃねえの。敵を騙すにはまず味方からって言うじゃねえか。あんたたちが知らなくていいことは知らないままでいた方が、敵も騙しやすいってこったよ」

そうかもしれないが、やはり響太郎に影武者の存在を隠されていたことには、一抹の寂しさは禁じ得ない。そしてそのことは何だかひどく瑞樹の心をかき乱した。

――影武者？　影武者だって？

「くそっ！」

瑞樹はあることに気づいて愕然《がくぜん》とし、頭を掻《か》きむしった。

「くそっ、くそっ、くそっ！」

「おい、どうしたんだよ」

「何よ、どうしたの？」

「何でだよ！　おかしいじゃないか！　先生には影武者がいたんだぜ！　影武者がいたんだ！」

「だから、そう言ってるじゃねえか」

瑞樹は立ち上がって大作に指を突きつけ、喉を絞るようにして叫んだ。

「じゃあ何で！　何で、先生が死んで、あんたが生きてるんだよ！　何のための影武者なんだよ！　爆弾で殺されたのは、先生に変装した別人だったんじゃないかって考えたこともあった。でもそんな必要なかったんだ。いつも使ってる影武者のあんたがいたんなら、あんたが代わりに死んでれば、先生は助かったんだ！」

「そ、そりゃそうだけどさ……」

「……ごめんなさい。この子、自分で何言ってるか分かってないんです。……瑞樹くん！　瑞樹くん！」

蝶子は瑞樹の肩に手をかけて座らせようと力を入れたが、瑞樹はそれを振り払った。怒りとも悲しみともつかぬ感情に目がかーっと熱くなった。

「本当なら……本当なら先生は今でも……」

「――いい加減になさい！」

蝶子は瑞樹の顎《あご》を左手で押さえると、右手でぱあんと音高く頰を張った。瑞樹は痛みよりもその音と彼女の行為自体に衝撃を受け、頭の中が空白になる。その後からじんわりと頰から頭へ痛みが拡がる。

「何……しやがんだよ……」

「今あなたは言ったわよね。『何で先生が死んで、あんたが生きてるんだ』って」

「……い……そんなこと、言ってねえ……」

「いいえ、言いました。あなたは、本当は分かってるんでしょ。九条先生が……亡くなったんだって」

「……違う……」

蝶子は瑞樹の顔をがっちりと両手で挟み、目と目を合わせて繰り返した。

「九条先生は、亡くなったのよ」

瑞樹はぶるぶると首を振ろうとしたが動けなかった。覗《のぞ》き込んでくる蝶子の目にいっぱいの涙が溜《た》まっているのが見えたが、それも一瞬にしてぼやけてかすんでしまう。

「わたくしたちの、大好きだったあの先生は、もうこの世にいないの。亡くなったの。とっても悲しいことだけれど、辛《つら》いことだけれど、その事実はどうしようもないの。いくらでも泣きなさい。でも、どれだけ泣いても喚《わめ》いても、先生は戻らないの。いい加減そのことは認めなさい！　……お願いだから、それを認めて、前に進みましょう。お願いよ……あなたを見てると、辛すぎるの……」

涙で何も見えなくなった瑞樹は、ぎゅうっとしがみついた蝶子に息が苦しくなるほど締めつけられる。

「……ぼくはただ……先生に……先生に会いたいんだ……もう一度……」

「わたくしだって。わたくしだって、どんなに先生にお会いしたいか！」

堰《せき》を切ったように涙が次から次へと溢れ、瑞樹は小さな子供のように声を上げて泣いた。負けじと蝶子も泣いているようだったが、抱き合った身体から伝わる声はもはやどちらのものかも分からなかった。

身体の水分が全部涙と鼻水になったのか、尽きることはないと思われた涙もやがて涸《か》れた。胸の奥のつかえがほんの少し楽になったのを確かに瑞樹は感じていた。

蝶子がハンカチーフで顔を拭《ふ》いてくれたが、そんなものでは足りなかった。瑞樹はごしごしと手の甲や手のひらで顔や顎を拭き、ズボンのお尻《しり》でまたその手を拭いた。

蝶子は慌てて台所へ走っていき、流しで顔を洗っているようだった。

ふと前を見ると、つまらなそうに長椅子の上であぐらを掻《か》き、国民服の上着の裾《すそ》から手を突っ込んでぼりぼりと腹を掻いている大作の存在に気づいた。

「……どうも、すみませんでした。みっともないところをお見せして」

瑞樹が精一杯大人ぶってそう言うと、大作は大げさに手を振って、

「いやいやいや、いいんだよ。先生が亡くなったんだもんな。そりゃあ悲しい。俺だっ

て悲しいよ。ほんとだよ。いい人だったもんなあ。ほんと気前のいい人だった」

いい人、と気前のいい人、というのはだいぶ違うような気がした。考えてみたらこの人は、響太郎に仕事を頼まれはしていたかもしれないが、一緒に過ごす時間はほとんどなかったのではないかと気がついた。仕事中以外でも、二人が並んでいるところを見られたりするのは極力避けた方がよかったに違いない。こいつは先生の普段の姿など何も知らないに違いない、と思うと、再び理不尽なまでの怒りが沸き起こるのだった。

まだ真っ赤に泣き腫《は》らした目のまま、しかしどこかすっきりした様子の蝶子が戻ってきて座り、大作に尋ねた。

「……それで、山田さん、とおっしゃいましたっけ。お悔やみを、ということでしたが……わたくしたちは先生と親しい間柄ではございましたが、親族というわけではありませんし、もちろんお香典も弔花も受け付けてはおりません。お墓の場所でしたら地図を書いて差し上げてもよろしいですけど……？」

「あー、いえね。もちろんお墓には手を合わせたいと思っとります。まあでも香典、なんてえ気の利いたもんは、ご覧の通り持ち合わせちゃおりません。……いや正直言いましてね、素寒貧なんでさ。このところろくにものも食べちゃいないような状態でして」

「はあ」

しばしの沈黙。大作は、二人が何か言うのを待っているようだったが、どちらも口を開かないので、堪《たま》りかねたように言った。

「いえつまりね、こうなったら腹割ってお話ししますが、そのう、先生から何か俺のことをお聞き及びじゃないでしょうか？」

「はあ？　何も伺ってなかったから、驚いたんじゃありませんか。瑞樹くん……助手の草野さんも同様なのはご覧になった通りです」

「そう……そうですよねえ。あんなに驚かれるとはなあ。こっちがびっくりですよ、んー、困ったなあ」

「困った……とは？」

「んー、いや、ですからね、腹割ってお話ししますが、先生は何かその、遺言とか、なんかそういったものを遺しちゃおられなかったですかね？」

腹割って、腹割ってと言いながら一向に話の方向が見えない。しかし「遺言」という言葉に瑞樹と蝶子はびくりと反応してしまった。

「ん？　何か、あったんですね？　遺言のようなものが？」

決して頭はよさそうではないのに、そういうところは鋭いようだ。

「……遺言状は、あったようです」

渋々蝶子が答えた。

「なるほどなるほど。俺の聞いた噂じゃ、九条先生はご家族もいらっしゃらず、日本一の名探偵として稼ぎまくった財産を受け取る人もいないとか。このままだと何もかもGHQに持ってかれるんじゃないかってもっぱらの噂で」

「いくら何でもGHQは関係ないと思いますが……それに別に、先生は探偵業で稼ぎまくったなんてことはございません。極めて良心的な探偵料でお仕事をされていたんですよ。お宅は元々、資産家だったんです。それも遺言状ではあちこちに寄付したりする予定になっているようです」

「あー、なるほど。それが伺いたかったんですよ！　そのあちこち、の中に、俺の名前、山田大作、ま、ちんけな名前ですがね、そいつがなかったかなーってことを伺いたかったようなわけでして」

「いえ、どうでしょう。わたくしはちらっと拝見しただけですので……あなたは？」

「そんな名前はなかった」

瑞樹もざーっと流し見しただけではあったが、個人名はほとんど書かれていなかったし山田大作、というような名前がなかったのは確かだった。

大作は、舌打ちし、首をがっくりと落とした。

「そうかー。まあそうかもなー。いや俺だってそんなに期待してたわけじゃないんだ。駄目でもともと、そう思って来たんだよ。しかしなー。都電乗り継いで、途中歩いて、はー、全部無駄足かあ。いや参ったなあ……腹も減ったし……あ、そうそう。お茶を一杯、いただけませんかね？　もう喉がカラッカラで。ついでにまんじゅうとかせんべいとかあったら、そりゃもうありがたくいただきますよ」

蝶子は不愉快そうな顔をしたものの、再び立ち上がって言った。

「確か何か残っていたような気がいたします。少し古くなっているかもしれませんが」

「あ、俺の胃は鉄の胃って呼ばれてましてね、もう大抵の古くなったもの、腐ったもの、カチンカチンになったものでもまず腹壊すことはありません。何でも処分いたしますよ」

蝶子は黙って台所に行き、お湯を沸かし始める。

瑞樹は冷たい目をじっと大作に注いでいた。自分もかつて、響太郎に拾われるまで、四六時中腹を空《す》かせていた。ほんのわずかな食べ物——残飯や野草も含む——を仲間と分け合い、命を繋《つな》いだものだ。焼け出される前でさえ、決して裕福な家ではなかった。飢えの苦しみ、貧しさの情けなさは充分承知しているつもりだ。しかしそれにしてもこの男の人品の卑しさには、どうにも受け入れがたいところがあった。

「あんた、どこか身体でも悪いのかい」

瑞樹はもはや敬語を使う必要はないと判断していた。響太郎にそっくりでありながら、中身はまるで違うこの男に。

「身体？　病気はねえよ。飯が食いてえだけだ。銀シャリが腹一杯食えたら言うことねえんだけどなあ」

「なら、働きゃいいじゃねえか。役者の仕事がなくたって、そこらじゅうで人足募集してるぜ」

こんな年の離れた子供に乱暴な口を利かれても大作は一向に意に介した様子はなかっ

た。

「あー、ああいうのはどうにも向かねえ。俺の話聞いてただろ？　九条先生がいてくれたから、俺は何とか食えてたんだよ。そういう、こう、じーっと座ってて金が入ってくる、そういう仕事がいいやね」

「あんた、やっぱり最低だな」

瑞樹はせいぜい辛辣《しんらつ》に言ったつもりだったが、大作はこともなげに笑い飛ばした。

「ああ、よく言われるよ。この面相、悪かねえだろ？　結構、拾ってくれる女がいるもんなんだよ。でもまあ、そのうち追い出されるね。愛想尽かされて。どこかに一生養ってくれる女がいたら、それが一番いいんだけどな」

瑞樹は呆《あき》れるしかなかった。こんな男を見るのは初めてだった。

「……なあ、あの芦田ってお嬢様は、結局九条先生の何なんだ？　探偵助手じゃないんだろ？　コレか？」

声を低め、小指を立ててみせる。

「……あんたには関係ない」

蝶子のことなど何とも思っていないのに、この男にそんな下卑た言い方をされると無性に腹が立った。

「九条先生を好きだったのは確かだろ。だったら、俺にも目があるってことじゃねえか？　九条先生の代わりに、俺で手を打たねえかな？」

「あるわけねえだろ！　あんた、九条先生と似てるのは顔だけだぞ！」

「……そんなに怒鳴らなくてもいいだろうが。なんだ、お前も狙ってんのか？　あんな年上が好みか？」

「てめえ、ぶっ殺すぞ！」

思わず立ち上がったところへ台所から声がかかった。

「瑞樹くん！　駄目よ、そんな物騒な言葉遣い」

言いながら、お盆にお茶と菓子を載せて運んできた。菓子は、いつぞや客がお礼にと持ってきた高級な羊羹《ようかん》だ。楽しみながら響太郎と二人で少しずつ食べていたのだが、あの事件でそんなものの存在はすっかり忘れてしまっていた。切り口は砂糖を吹いて干涸らびてしまっている、その干涸らびたところだけを蝶子は薄く薄く切って持ってきたようだった。

「ああ、こりゃありがたい。羊羹なんてのはまず長持ちしますからね。全然問題ないいただきますよ」

そう言って口に干涸らびた羊羹を放り込むと味わうようにもぐもぐと口を動かし、ゆっくりとお茶を啜《すす》った。

「甘いなあ……甘い……干涸らびると味が濃くなりゃしませんかね？　小豆もいいもの使ってる。こりゃいい羊羹です、間違いない。安物じゃこの味は出ません。お茶も薄いけど玉露でしょう、これは。さすが九条先生のところにあるものは何でも一流だなあ」

まったく調子が狂う。瑞樹は怒っていいのやら何だか分からなくなってしまった。

「先生も、この羊羹はたいそうお好きでした。わたくしが西洋のお菓子を色々と持ってきても、結局このご近所の羊羹を食べるときの顔が一番嬉《うれ》しそうなんです。悔しいったらありゃしません」

蝶子はしんみりとした口調でそう言ったが、大作は一向気づかない様子でがぶがぶとお茶を飲む。

「へー、そうですか。やっぱり顔が似てると好みも似てくるのかなあ」

うっ、と蝶子は一瞬口を押さえたが、こらえたようだった。まったく無神経なやつだと瑞樹はまた腹を立てる。

「あー、しかし、九条先生がいたから生きて来られたのは、別段俺だけじゃないよな。坊やだってこれから、働き口がなくなるわけだろ？　どこか別の探偵事務所にでも働き口を探すのかい？」

「坊やとかお前に呼ばれたくねえ。——先生はな、十分な金と家をちゃんと俺に遺してくれたんだ。俺はいつか必ず先生みたいな探偵になって、この事務所を続ける」

大作はあんぐりと口を開け、瑞樹を見つめた。瑞樹は一瞬誇らしかったが、すぐに口を滑らせたことに気づいて後悔した。

「何だって？　お前みたいな子供に家と金を遺して、俺には一銭もなしなのかよ。何だよそれ。俺だってあいつのために散々働いたんじゃねえかよ。別に命を賭《か》けてるつもりはなかったけどよ、考えてみたら俺があいつの代わりに殺されててもおかしくなかったってことじゃあねえのか？　爆弾でどっかーんってよ。あれが俺でもおかしくなかったって話だろ？　だったらさ、百円と言わず二百円でも千円でももらってもよかったんじゃねえか？　え？」

「何てがめつい人なの。要は先生が亡くなったからっていうんで、ハイエナみたいにたかりに来ただけなのね。ああ、汚らわしい！　もう、あなたに遺されたお金が一銭もないって分かったんですから、諦めてさっさと出て行ってくださらない！」

「けっ！　俺ががめつい？　ああ、ああ、がめつくもなろうってもんだよ。配給の食糧なんか微々たるもんだってのに、闇市の米の値段は日毎に跳ね上がる。昨日は十円だったものが今日は二十円だ、三十円だと貧乏人の足元見て吹っかけやがるんだからな。今の世の中金、金、金だ。金なしでどうやって生きていきゃいいってんだ」

そう言いたくなる気持ちは痛いほどよく分かった。しかし、働かないものが食えないのもまた当然のことだった。病人でも傷痍《しょうい》軍人でもないくせに、楽な働き口でなきゃ働きたくないなどと呑気《のんき》なことを言っている大作に同情してやる気はさらさらなかった。

しかし――。

突然、瑞樹の頭にある考えが忍び込んだ。それは到底自分で思いついたとは思えない、まさに悪魔が吹き込んだかのような、異常な思いつきだった。

ありえないことだと、すぐにその考えを捨てた。しかしその捨てたはずの考えは黄金のように魅力的で、瑞樹はそれを再度拾って確かめずにはいられなかった。

何度確かめてもその思いつきは素晴らしく、賭けてみる価値があるとしか思えなかった。

瑞樹は慎重に口を開いた。

「……あんたは、役者だって言ったな。そういう仕事なら、いくらでも引き受けるってことか」

「ああそうだな。役者の口をくれるってのか？　お前が？」

自分の考えに穴はないか、問題はないか。瑞樹は必死で考えた。

もちろん穴はある。問題だらけだ。しかし、どれも何とかならないことはない、はずだ。そう結論した。

「九条先生があんたにさせたのと同じことだ。替え玉をやってもらう。但し、日雇いじゃない。住み込みの常雇いだ。生活費全部出して、その上月百円出すよ」

一瞬大作は喜びかけたようだったが、すぐに不信の表情になる。

「何だって？　……そりゃまあ願ってもない話だが、一体誰の替え玉をやるってんだ？」

つくづく勘の鈍い男だと瑞樹は心の中で嘆息する。

「馬鹿だな。あんたにできる替え玉なんだから、決まってるだろう。九条響太郎だよ」

偽探偵と偽助手

「九条響太郎の替え玉……？　だって、九条……先生は亡くなったんだろうが。替え玉の出番なんかねえじゃねえか」

大作は相変わらず意味が分からないらしく首をひねっていたが、蝶子は瑞樹の真意を察した様子で顔色をさっと変えた。

「あなたまさか……」

瑞樹は彼女の言葉を遮って続ける。

「いいか、俺は名探偵九条響太郎が見込んだただ一人の助手で、弟子だ。家と一緒にこの事務所も資料も全部受け継いだ。いつかは一人で九条先生の跡を立派に継いでみせる。でも、悔しいけどその……」

瑞樹が言い淀《よど》むとすかさず大作が言った。

「まだガキだもんな」

頭は悪そうなのに、妙なところで察しがいいらしい。にやにや笑いながら言う大作に、瑞樹は顔をしかめるしかなかった。

「……そうだよ。さすがにこの俺が、九条探偵事務所を継ぎました、引き続きよろしくお願いしますと言ったところで、仕事を頼んでくる人間なんかいるわけがない。だろ？　だから、俺があんたを雇う。あんたは俺の言うとおり喋《しゃべ》って、動いてくれればそれでいい。そうすりゃあんたの生活は俺が保証する。立派な家に住んで、ぱりっとした服を着て、毎日腹一杯飯が食えるってわけだ。どうだい、悪い話じゃないだろう」

「ちょっと待ってくれ。お前の言ってることはどうにも分かんねえな。俺は確かに九条先生に似ちゃあいるよ。だからこそ先生の替え玉を何回もやった。だけどよ、先生は亡くなっちまったわけだろ？　俺が今頃のこのこ出てきて九条響太郎でございと言ったところで、他人の空似だってのはすぐばれちまうじゃねえか」

「……この子は、あなたが本物の九条響太郎だったたって言うつもりなのよ。爆弾で亡くなったのが、他人の空似の替え玉だったたって発表するんでしょう」

蝶子が冷ややかな口調で言った。

大作は一瞬眉《まゆ》を吊《つ》り上げて考えていたようだったが、すぐに膝《ひざ》を打った。

「あ、なるほど。そうかそうか、俺こそが九条響太郎って……うーん。しかしそりゃどうかな。俺は確かに歩き方とか、ちょっとした声色くらいは練習したけど、親しい仲の人を騙《だま》せるとも思えねえし……」

「何言ってんだよ。先生には家族がいねえんだぜ。使用人は何人かいたけど、親しいって間柄じゃない。このところ一番一緒にいる時間が長かったのは多分俺だよ。……それに、先生のことを一番よく見てたのは、もしかするとこのお嬢さんかもな」

「一番よく見てただなんて……そんな……」

　そうはっきり指摘されると、この期に及んでまだ少し照れくさいらしく、蝶子はもじもじと身をよじる。

「一番身近にいた人間二人が、この人こそ九条先生ですと言ったら、誰も疑いやしない。そうだろ？」

「――ちょっと待ちなさい、瑞樹さん。わたくしはそんな、先生のお名前を汚すような真似に協力するつもりはありませんわよ」

「……ああそうかい。じゃああんたは当てにしないよ。でも俺の邪魔だけはしないでくれ。先生の仇《かたき》を取る方法は、これしかないんだからな」

「仇を……取る？　馬鹿な考えは捨てて。犯人はきっと、四谷警部達が見つけてくださるから」

「犯人は不思議紳士だよ。そんなことは分かり切ってる。警察が奴を捕まえられないこともね。あいつを捕まえられるのは九条響太郎だけなんだ！」

「何言ってるの？　たとえこの人とあなたが組んだって、九条先生の代わりは務まらないわ。そんなこと分かってるでしょう」

「確かにそうだな。俺たちが束になったって九条先生みたいにはなれねえ。――でもな、不思議紳士はどう思うかな」

「え？」

「奴の気持ちになって考えてみなよ。爆弾で殺したものと思ってた先生が、実は生きてたと聞いたらどう思う？　悔しがるだろう。九条響太郎は不死身なのかと恐れるだろう。そこが狙いだよ」

瑞樹が自信たっぷりに言うと、蝶子は不安げに大作と目を合わせる。

「……どう、思われます？　この子の言ってること」

「うーん。ま、俺も関係ある話だってことをさっぴいて考えるなら、そう間違っちゃいない気はするね」

「そんな他人事みたいにおっしゃらないでください！　もし九条先生が生きているってことになったら、不思議紳士はまた何を企むか分からないってことなんですよ？」

「何を企むかって……何を企むんです？」

「それはつまり……分かるでしょ」

「まさかその……どかーん、と？」

「同じ手は使わないんじゃねえかな。ピストルでドスンといくかもな。ちゃんと顔を確かめてな」

瑞樹は楽しげに言った。

「おい！　やめてくれよ！　縁起でもねえ。そんな、命がいくつあっても足りねえような仕事は真っ平ごめんだ。いくら大金積まれたって割に合わねえ。……あんたの先生は可哀想だと思うが、命まで賭《か》けるほどの義理はねえしな。金は喉《のど》から手が出るほど欲しいが、帰らせてもらうよ」

慌てた様子で立ち上がり帰ろうとする大作に、瑞樹は涼しい顔で言う。

「いやあ、そいつはどうかな。あんたはもう、首までどっぷり危険に浸《つ》かっちまってると思うんだよな」

「……どういう意味だ？」

大作が出て行こうとした足を止めて瑞樹を見下ろす。

「だってさ、九条響太郎そっくりの男が、真っ昼間に九条探偵事務所に出入りしたんだぜ？　この近所には九条先生を知らない奴なんかいない。明日には銀座中の噂になってるかもな。生きて歩いてる九条先生を見た、って」

「けっ。俺だって誰かに顔見られたらびっくりされるだろうってことは分かってたさ。だからこうやって顔を隠して来たんじゃねえか。歩き方だって、普通にしてたら九条先生とはそんなに似てねえし」

「——もし。もし万が一、何の噂にもなってなかったら、俺がその噂を流してやる。そんで時々あんたの住んでるところまで行くよ。誰かがあんたの存在に気がつくまで」

「何だって？」

「『九条響太郎の亡霊か？』なんて最近流行のカストリ雑誌に取り上げられるかもな。

そうなったら、九条響太郎は本当は死んでなかったんじゃないか、あんたこそが九条響太郎なんじゃないかって誰かが言い出すのは時間の問題だろう」

「……その時ゃその時だ。九条先生の替え玉やってたことはあるけど、本人じゃねえ、他人の空似だってはっきり言うよ」

そうは言ったものの、大作は明らかに不安そうだった。

「世間はそれで納得するかもな。でも、不思議紳士はどうだろう？　納得するかな？助手の俺が時々こそこそ会いに行ってたとしたら？　違うかもしれないけど、念のため殺しといた方がいいんじゃないかって、そう考えやしないか？」

大作は目を剥《む》いて瑞樹を見つめた。

「――おめえ、とんでもねえガキだな。俺を脅すつもりか」

瑞樹は鋭く大作を睨《にら》み返し、精一杯どすを利かせた声で言った。

「ああ、そうだとも。あんたには何としても九条先生を演じてもらう。何が何でもだ。九条先生になってくれるって言うのなら、俺は全力であんたを不思議紳士から守ってやる」

「おめえみたいな子供に一体何ができるってんだ。そんなこと言われたって全然安心できないね」

「信じてくれ。元々こう見えて喧嘩《けんか》じゃ大人にも引けをとらねえ方だったけど、先生に柔術の手ほどきも受けたし、いざとなりゃ飛び道具も使える。あんたは俺にとって大事な切り札なんだ。みすみす殺されるようなことは絶対にしねえ」

ピストル、と口に出すのは憚《はばか》られたので曖昧《あいまい》な言い方をした。

「子供じゃ頼りになんねえのは分かるけど、誰か俺よりましな仲間はいるのかい？　どうせいねえんだろ。それに、今どんなところに住んでるのか知らないが、チンピラだって簡単に押し入れるような安下宿じゃねえのかい。それだったら、九条先生の立派な家で寝る方がどれだけ安心か。――お願いだよ、頼む。俺に、力を貸してくれ」

瑞樹はついに懇願口調にまでなった。

「ふーん。急に殊勝になりやがったな。――まあでも、脅して言うことを聞かせようってのよりはいいやね」

大作は、再び長椅子にどんと腰掛けると、肘《ひじ》を膝につき、顎《あご》を手で支えながら瑞樹と蝶子を見比べる。

「やって……くれるのか？」

瑞樹の問いには答えず、大作は蝶子に話しかけた。

「あんた、どう思う。やっぱり反対なのか」

「もちろんです。そんな……そんな馬鹿な計画、うまくいくとは思えませんもの。危険です。不思議紳士であれ誰であれ、爆弾をしかけるような悪辣《あくらつ》な犯罪者なんですよ？　あなただけじゃありません、瑞樹さんにだって容赦しないでしょう……」

「あんたは、先生の仇を討ちたくはないのかい」

蝶子は胸をつかれたように押さえ、顔をしかめた。

「……仇……そんなこと、考えたこともございませんでした。警察にお任せするしかない、と思ってましたから」

「この子は警察には捕まえられないと思ってるみたいだけど、あんたは？　今の警察に何とかできると思うか？」

蝶子はしばし考えていたが、黙って首を振り、唇を強く嚙《か》む。

「もし、目の前に犯人がいたら、どうする？」

「え？」

驚いたように大作を見返すと、再び目を伏せて考え込み、やがて静かに言った。

「わたくし、自分でも意外なんですけれど、もし、もし目の前に先生を殺した犯人が現れたら、わたくし自身の手で殺したい……そう思います。ええ」

その声音が余りに冷静だったので、瑞樹は言葉を聞き違えたのかと思い、しばし彼女の顔をじっと見つめてしまった。

「ふん。九条先生ってのは、たいそうみんなに慕われていたらしいなあ。家族でもないのに、危険を冒してでも仇を取るだの、うら若いお嬢さんに犯人をこの手で殺したいなんて言わせるだの、全然ぴんと来なくて、羨《うらや》ましくもねえや」

一体何を言おうとしているのか分からなくて、瑞樹と蝶子は黙って大作の話を聞いていた。大作はそんな二人をじっと見返していたが、やがて首を振って言った。

「――どこまでできるか全然自信もねえが、しばらくその坊やの遊びにつき合ってやるよ。九条響太郎としての生活を味わってみるのも悪くねえだろ」

「ほんとか！」

嬉《うれ》しさの余り立ち上がった瑞樹を押し留《とど》めるように大作は指を突きつける。

「ただしだ！　俺はやばいと思ったらいつでも逃げるからな。芝居がばれそうになったとき、不思議紳士だろうが何だろうがこのままじゃ殺されると思ったとき、俺はいとも簡単に逃げ出すぜ。許してくださ い嘘でした九条響太郎じゃありませんって、泣いて命乞《ご》いするね。どうにもみっともねえ俺の姿を見りゃ、本物の九条響太郎じゃねえってこたあどんな馬鹿にも分かるだろう。それでいいってんなら、しばらくの間九条響太郎役を演じてやろうじゃねえか」

「ああ、それでいいよ。それでいい。よかった……」

「それともう一つだ。俺が九条響太郎だって保証してくれる人間がお前一人じゃどうにも心許《こころもと》ない。このお嬢さん――蝶子さん、って呼んでいいかい？――蝶子さんも協力してくれなきゃ無理だ。九条先生が行くからってんで別府までついていこうとしたんだろう？　もし本当に九条響太郎が生きてたってんなら、そこに蝶子さんの姿が見えなかったら怪しくないかい？」

「それは……確かにそうだけど……」

「どうだい、蝶子さん。もしかしたらその手で仇を討てるかもしれないぜ？」

大作が尋ねたので、瑞樹はどうせ協力などしてくれないのだろうと思いながら蝶子の表情を窺《うかが》った。

蝶子は大作から視線を外すと、しばし机の方を見やった。主《あるじ》を失った椅子が、ちょうどよく響太郎が窓の外を眺めていたときのように向こうを向いている。

蝶子はそこに響太郎の姿を見ているのか、じっと見つめたまま言った。

「……九条先生ならきっと、そんなことはやめなさいとおっしゃったでしょうね。ええ。間違いありません」

「そうかい。じゃあこの話は――」

肩をすくめた大作の言葉を蝶子は遮る。

「でももう先生はいらっしゃらないのだから、わたくしはわたくし自身で考えます。先生にはもうわたくしたちを止めることはできないのよ。みんなを置き去りにして、勝手に亡くなってしまったんですから」

「じゃ、じゃあ俺の計画に、乗ってくれるんだな?」

「――あなたは放っておいたら何をしでかすか分かりませんからね。後見人としても、しっかり目を光らせておかないと。それと、山田……さん?」

「大作でいいよ。大ちゃんでも」

「……大作さん。あなたのことも、わたくし全然信用してませんからね。もし、先生の名前を不当に利用して何かいい思いができると期待してらっしゃるのなら、不思議紳士が手を下さずとも、わたくしがあなたの息の根を止めるかもしれなくってよ」

「……物騒なお嬢様だな。肝に銘じとくよ」

不穏に見つめ合う二人の間に割って入るように立ち上がると、瑞樹は手をパンパンと打った。

「よし。これで契約成立だな。——大作さん、あんたは自宅に戻ったら、うまい口実を考えて、しばらく留守にしても不審に思われないようにしておいてくれ。こっちの準備が整ったら電報を打つから、必要最低限の荷物だけにして、後は置いてきてくれ」

「家を用意してくれるんなら、引き払った方がいいじゃねえか。家賃がもったいないだろう」

「いざというときさっと寝泊まりできる場所があっても困らねえし、あっさりばれて計画がすぐおじゃんになるかもしれねえ。家賃は払ってやるから、何ヶ月かまとめて借りたままにしときな」

「……払ってくれるんなら、それでいいがね。何にしろ、支度金がいるな。あっちこっち払いも済ませとかなきゃならねえし。誰も俺を捜したりしねえ方がいいだろう？」

「借金があんのかよ。——まあいい。住所を書いておいてくれ。五十円、その住所宛に届くようにしておくよ。嘘を書いて逃げられたんじゃたまらないからな」

「案外抜け目ねえな。多少は頼りにできるのかもしれねえな——味方としてはよ」

大作は、瑞樹が差し出した紙とペンを使って、池袋《いけぶくろ》の住所を書いた。

「敵に回したら必ず後悔するよ。電報を見たら、すぐ飛んで来るんだぜ」

三日後、瑞樹は大作の住所に電報を打った。

「ジュンビヨシ　スグコラレヨ」

逃亡する可能性も考えないではなかったが、そんな不安をよそに大作は再び同じ姿で雑嚢《ざつのう》をぶら下げ事務所へとやってきた。

記者と刑事たち

この五月、第一次吉田茂《よしだしげる》内閣は総辞職。政権は日本社会党中心の片山《かたやま》連立内閣へと移った。相変わらずの食糧危機、刻々と変わる社会状況に、先の見えない不安な状態は続いていた。そんな世間をよそに、瑞樹たちは周到な準備を進めていた。

九条邸は資産家の九条家にしては小さめの家ではあったが、それでも客室五部屋に書斎や広間、厨房《ちゅうぼう》と食堂を備えた立派な洋風建築だった。使用人達は一旦《いったん》全員解雇したものの、代々九条家に仕えていて信用の置ける執事の丸山《まるやま》だけは、すべての事情を話した上で雇い直し、協力してもらうことにした。それ以外に、響太郎と面識のないメイドを二人、雇い入れた。計画を知る者は最低限にしたかったからだ。

そして山田大作という男を、より完璧《かんぺき》に九条響太郎に見せるための工作。

風呂《ふろ》に入れ、散髪をして髭《ひげ》を剃《そ》らせ、響太郎の遺した服を着せると、見た目だけなら「やつれた九条響太郎」には充分見える。三日も食事をさせると血色もよくなりますます響太郎と瓜二《うりふた》つになった。しかし、大作が持ち込んだシラミが屋敷中に逃げ、根絶するのには結構な期間を要した。

しかし見た目と立ち居振る舞い、喋《しゃべ》り方だけでは到底足りない。付け焼き刃になるのは仕方がないが、最低限の知識と教養を身に付けさせなければ、それなりの人たちとの会話は五分と持たないような男だった。瑞樹と蝶子が交替で〝講師〟を務め、欠けている一般常識、知人関係、響太郎の趣味嗜好《しこう》、犯罪や美術に関する膨大な知識のごく一部でも詰め込もうと努力した。

次に、わざとらしく変装をさせた大作を早朝出入りさせて新聞配達にだけ目撃させたり、夜中に事務所の明かりをつけて、カーテン越しに影をちらつかせたりしてみた。案の定、屋敷のある神田《かんだ》や銀座近辺ではあっという間に噂が拡がったらしく、顔見知りに出会うと好奇心交じりに教えてくれるものが出てくるようになった。最初のうちは驚いて否定してみせたが、そのうち狙い通り複数のカストリ雑誌の記事になった頃を見計らって、各新聞社、ラジオ局、そして四谷警部を通じて警察へも、「極めて重要なる会見」を九条邸にて開くことを九条探偵事務所名義で通知した。日時は六月一日、午後一時。

最悪、どこか一社と四谷警部さえ来てくれればいいかと思っていたが、通知した社のほとんどがカメラマンを伴って押しかける盛況となって逆に大作は震え上がる始末だった。

「おい、どうするよ、こんなに大勢記者が詰めかけちまってよ」

二階通路でしゃがみ込み、手すりの隙間から吹き抜けになった広間の混雑ぶりを見下ろしながら、大作は情けない声を出した。人数分の椅子が用意できなかったため、ほとんどが立ったままだ。使用人達には一応お茶の用意をさせていたのだが、とてもじゃないがそれを配る余裕もない。

「今さら何怖《お》じ気づいてんだよ。何もかも予定通りってことじゃねえか。頼むぜ。これからが一番の大舞台なんだからよ。あがっちまって台詞《せりふ》忘れたじゃ役者のメンツも丸つぶれだぜ」

瑞樹は自分にも言い聞かせるようにそう言い、すっくと立ち上がった。が、手すりから頭一つ出ても、下の人間達はまだ気づかない。

「さあ、行きますよ」

蝶子がそう声をかけ、先に歩き出したので、瑞樹はごくりと唾《つば》を呑《の》んでそれに続いた。

蝶子はこのところずっと着ていた喪服のような服装をやめ、あえて明るい紫陽花《あじさい》のようなスカートと白いブラウスに身を包んでいた。財閥のお嬢様というよりも職業婦人のように見える。それでもさすがに華やかさが滲《にじ》み出ているのか、階下の記者達は階段上の彼女に気づいて見上げ、口を閉じた。

階段を半分ほど下りたところで蝶子は足を止め、全員を見渡して言った。

「皆様、今日は九条探偵事務所の会見にお集まりいただき、真にありがとうございます」

真っ先に到着し、先頭に立っていた四谷警部が不服そうに声をあげる。

「蝶子さん、こりゃ一体何の真似です？　捜査が進展しないことに苛《いら》ついておられるのは分かりますが、それにしても――」

「すべて聞いていただければ、ご納得いただけるはずです。――草野さん、どうぞ」

すいと蝶子が脇にずれたので、後ろの二段ほど上にいた瑞樹の顔に注目が集まる。

「――九条先生の助手をさせていただいております、草野です。本日は皆様に重要な報告がございます。これまでわけあって、国民の皆様と警察の方々を欺いてきたことをお詫《わ》びせねばなりません」

「お詫びだって？」「欺くって何だ！」

野次のような質問が口々に飛ぶが、瑞樹は無視した。二、三度、バンと大きなフラッシュバルブが焚《た》かれ、目が眩《くら》みそうになる。今が使い時じゃないのに、ちゃんとすぐ次を用意しろよ、と心の中で毒づく。閃光《せんこう》電球とも呼ばれるフラッシュバルブは、マグネシウムなどの金属を燃やして眩《まばゆ》い光を生み出す点では以前から使われている閃光粉と同じだが、電気を使って発火させることができて煙も出ない。しかし一回ごとに交換の必要はあるし、高熱を発しているためすぐには触れないのだ。

「皆様の中には、九条響太郎の亡霊がしばしばこの近所や銀座で目撃されている、という少々馬鹿げて聞こえる噂を耳にした方もおられるかもしれません。ことの真偽を確かめたくてお越しになった方も多いのではないでしょうか？」

瑞樹はわざと問いかけてみたが、皆一様に口を閉じて顔を見合わせるだけだった。

「過日、自動車にしかけられた卑劣な爆弾によって一人の人間が命を落としました。ぼく と……ここにいらっしゃる芦田蝶子さんはその目撃者であり、これまでずっとそれが我が探偵事務所の所長、九条響太郎であったと申し上げてきました。しかし、それは犯人たちを欺くための嘘でした。名探偵、九条響太郎は、あの時まったく別の場所にいて、かすり傷一つ負ってはいなかったのです」

言葉が彼らの頭に浸透すると、蜂の巣をつついたような騒ぎになった。

「何だって！」「そんなわけあるか！」「だったら九条響太郎を出してみろ！」

瑞樹は彼ら一人一人をじっと見つめ、再び静かになるのを待ってから、言った。

「いいでしょう。——九条先生、よろしくお願いします」

ちらりと手すりの方を見やると、大作の姿が見えなかった。階下から身を隠すようにして、床に這《は》い蹲《つくば》っているのだった。

「先生！　お願いします！」

もう一度声をかけるとようやく大作はのっそりと立ち上がったが、ほとんど壁にへばりついているのでやはり階下からはよく見えない。

くそっ。やっぱり怖じ気づいてやがる。

と、蝶子がカツカツと階段を戻り、大作に向かって手を差し伸べた。大作はダンスを申し込まれたように優雅にその手を取ると、手すりの陰からすいと進み出てきて、蝶子に並び、その姿を完全に現した。ややぎこちない笑みを浮かべて見下ろすと、彼が口を開く前に怒濤《どとう》のようにフラッシュバルブが焚かれ、視界はしばらく真っ白になる。

「九条響太郎だ！」「やっぱり生きてたんだ！」

大作はざわめきが収まるのを待ち、ようやく第一声を発した。

「多くの皆様を騙《だま》し、葬儀まで出すこととなってしまったのは本当に申し訳ないことでした。しかし、犯人たちには、首尾よくわたしを殺したものと思わせておく必要があったのです」

大丈夫だ。声音も口調も、区別がつかないほどよく似ている。本物ではないと知っている瑞樹でさえ、先生が本当にそこに立っているのではないかと錯覚するほどだった。悲しみとも感動ともつかぬ感情に突き動かされ、涙が出そうになった。大作を横から見つめる蝶子の目も、心なしか潤んでいるように見えた。

何とかうまくこなしているらしいと感じたのか、大作は自信たっぷりに記者達を見回し、熱を込めて演技を続けた。

「わたしが再び狙われるだけなら対処の方法もあります。しかし、考えてもみてください。あの車にはこの年若い助手やその他、犯罪とは何の関わりもない人が同乗する可能性もあったのです。犯人は、わたしの周囲の人間や、通りすがりの人が巻き添えになっても構わないと考えていたわけです。もしわたしがあの罠《わな》を生き延びたと知ったら、次にどんな行動に出るか、それを考えると、わたしは一旦死んだふりをしておくしかないと考えました。どうかご理解ください」

「し、しかしなぜ今になって出てきたんだね」

最初に意味のある質問をしたのは、四谷警部だった。

「わたしの不注意で何度か姿を見られ、噂になってしまった以上、どこかで真実を公にする必要があるとは思っていました。なぜ今なのかという理由は、ようやく卑劣な犯人に立ち向かう準備ができたから、というのがお答えです。今回の事件は、浅井男爵邸で起きた強盗殺人事件の犯人と同一犯でしょう。そう、不思議紳士を名乗る犯人です。わたしはここに、警察と協力して彼らを捕まえ、必ずや法の裁きを受けさせることをお約束します」

　四谷警部は歓喜の表情を見せたが、隣に立つ一柳刑事は苦虫を噛《か》みつぶしたような顔で舌打ちするのが聞こえた。

「おい、肝心の説明がまだだぞ。お前が九条響太郎本人だというなら、あの黒焦げの死体は一体誰だったというんだ。お前こそ九条に変装した別人じゃないって、どうやって証明するつもりだ」

　一柳は怒りを抑えている様子で糾弾する。騙されたことを怒っているのか、それともこの会見そのものを全く信用していないのか。矛盾するようだがその両方であるようだった。

「不幸にも亡くなったのは、当時わたしが必要に応じて雇っていた、替え玉の男性です。

尾行を撒《ま》いたり、監視の目を逃れるためにそういう人間を雇うことがあるのです。背格好は似ていますので、多少の変装を施せば、遠目なら大抵の人間はごまかせます」

瓜二つなのだ、とは言わないことに決めてあった。そんなことを言えば、逆にお前こそ替え玉ではないのかと勘繰られる可能性があるからだ。

「……しかし……しかし、あの時の草野や蝶子さんの狂乱ぶりったらなかったじゃないか！　あれが全部演技だったと、そう言うのか！」

想定していなかった部分を一柳が突いてきたので瑞樹は慌てたが、大作は落ち着いた様子で答える。

「――草野くんや蝶子さんは、あの瞬間は本当にわたしが死んでしまったと思っていたのですよ。だから彼らの動揺は本物でした。二人の前に現れて真相を告げたのはしばらく後のことです。――まだご納得いただけていない方もいるようですね。わたしが別人の変装かどうか、存分に調べてくださって結構です」

大作はそう言うと、安心させるように蝶子と瑞樹の背をぽんと叩《たた》いて階段をゆっくりと下りていった。背に触れた温かい手の感触がまるで響太郎と同じに感じられ、戦慄《せんりつ》のようなものが駆け抜けた。

一体何なんだ、こいつは。さっきまであんなにびくびくしてやがったくせに、こんなに堂々と先生になりきりやがって。三文役者といえども、やはり何かそういう能力を持ち合わせているものなのだろうか。

階段の下に降り立った大作の周りを記者が取り巻き、時折顔を近づけてじっと眺めているが、一柳刑事は業を煮やしたようにつかつかと近づくと、「失礼します」と言って、耳や頬、髪の毛などを軽く、そしてやや強く引っ張った。大作は痛みに顔をしかめながらも、されるがままになっている。髪の生え際や顎《あご》の下などもためつすがめつして調べ、指先を走らせもする。

一柳は自分の手のひらを見て、やや不満げに、

「化粧一つしていません。皮膚も髪も自前のようですし、整形手術などの傷痕《あと》も見当たりません」

と記者達に向かって言う。完全に懐疑的な立場に見えた一柳が確認してくれたことはかえってよかったようだ。いつの間にか緊張して息を止めていたらしい瑞樹はほっと一息ついた。

「しかしこれは警察も役所も騙した犯罪だぞ！　別人を貴様の名前で埋葬させたんだからな。そいつにも家族がいたかもしれんだろう」

「幸いなことに……というか、幸か不幸か、その者もわたし同様、既に天涯孤独の身でした。彼が戦争に行っている間に、空襲がすべてを奪っていたのです」

これまた予定にはない台詞に、瑞樹は眉《まゆ》をひそめた。今のは大作自身の身の上なのだろうか？

「だとしてもだな……」

さらに言いつのる一柳を押しのけるようにして四谷警部が大作に近づき、両手を摑《つか》んで強く揺さぶった。

「そんなことは些細《ささい》なことだ。……九条くん……本当に本物の九条くんなんだな。わたしはどこかで君が生きてるんじゃないかと感じとったよ。よかった、本当によかった」

「四谷警部。ご無沙汰《ぶさた》しております。ご心配おかけして申し訳ありませんでした」

初対面ながら、やや古い写真で予習しておいた成果が出たらしく、名前を間違えることはなかった。

「九条くん！」

感極まった四谷警部は大作に抱きつき、男泣きに泣き始めた。大作は頭一つ分低い警部の背中をさすりながら、困ったように瑞樹達の方を見上げる。どうしていいか分からないようだが、恐らくこれは本物の響太郎でさえ同じように当惑したことだろうから、助け船を出す必要はないと瑞樹は判断した。

記者達は前へ前へと押し寄せ、口々に質問を投げかけ始め、何度もフラッシュバルブが焚かれた。


翌日、九条家のメイドに頼んで駅で買ってきてもらった新聞各紙には、どれも一面に響太郎の写真が大きく使われており、「生きていた名探偵」「九条探偵、死の罠を回避」といった派手な見出しが躍っていた。写真はほとんどが大作の顔だけを切り取ったもので、たまに蝶子と恋人のように並んだ写真を使っている社もあったが、瑞樹が写っているものはなかった。記事でも「少年助手」と言及しているものはあったが、名前はどこにも出てこない。

——構うもんか。今は大作が主役だ。先生の仇《かたき》を取るまでは、むしろ自分には光が当たらないでいてくれた方が動きやすいというものだ。

瑞樹はそう自分に言い聞かせ、若干の悔しい思いを押し殺した。

とにかくこれで、第一段階は文句なしの成功と言っていいだろう。誰もが九条響太郎の復活を信じている。しかし問題はむしろここからだ。不思議紳士たちは、すぐさま再び響太郎暗殺を試みるかもしれない。あらゆる攻撃を想定してそれを防ぎつつ、奴らの尻尾《しっぽ》を摑まねばならないのだ。四谷警部が浅井男爵邸事件捜査本部の貴重な人員を九条邸周辺の張り込みに割いてくれた。それで襲撃が防げるとも誰かを逮捕できるなどとも楽観視はできないが、多少の気休めにはなるだろう。

九条邸には、響太郎が外国の文献を調べて作製した、電気式の防犯装置も張り巡らされていた。夜中にそのスイッチを入れておくと、ドアや窓が開くだけで警報が鳴り響く仕組みだ。それに加えて瑞樹は犬を飼い始めていた。軍用犬だったカールという名のジャーマン・シェパードを頼み込んで払い下げてもらったのだ。出征した軍用犬は二度と戻れなかったし、戦争末期にはほとんどの飼い犬飼い猫が毛皮を取るためだけに殺されてしまっていたから、犬は極めて貴重な存在となっていた。既に訓練を受けていたシェパードは、やや年老いていたもののよく命令を聞き、また、吠《ほ》えてはいけない人間達の匂いをすぐに覚えた。不思議紳士たちがたとえ響太郎や使用人の誰かに変装して近づこうとも、犬は騙し通せないだろう。

一方で、情報収集の大切さも忘れてはいなかった。

ノガミ時代の仲間や響太郎の使っていた情報源（秘蔵の資料の中に詳細なリストがあった）に接触し、爆弾犯や浅井男爵邸事件、そして不思議紳士に関する情報が裏社会で流れればすぐさま連絡が来るようにしてあった。残念ながら、有力な情報はまだ何一つもたらされてはいなかったが。

しかし、決戦の時はそう遠くない、瑞樹はそう感じていた。

父と娘

芦田蝶子が九条響太郎に初めて出会ったのは、満十二歳の誕生日パーティでのことだった。父嘉一郎と関係の深い政界、財界の名士たちばかりが招かれたパーティは、主役であるはずの娘などそっちのけで、誰もが眉間《みけん》に皺《しわ》を寄せて大陸の戦況について話しており、蝶子はすっかり退屈しきっていた。そんな彼女の様子を見て、ごく自然に大人のレディに対するように話しかけてくれたのが響太郎だった。

父と同じくらいかもっと上の年齢の客が多い中、響太郎は若くて見た目もよい数少ない男性ということで、パーティの最初から目を惹《ひ》く存在ではあった。今から思えば、あの時点で嘉一郎には二人を引き合わせる意図があったのかもしれない。もしそうだったとすれば、蝶子に関しては見事思惑にはまったと言えるだろう。あの日からずっと、蝶子は響太郎のことばかり考えて暮らすようになった。幼かっただけに、その気持ちをうまく抑えることも隠すこともできず、迷惑も顧みず父に頼んで何度も買い物やピクニックにつき合わせたりさえした。

戦局が思わしくなくなるにつれ、響太郎とは連絡を取るどころか居場所を知ることさえままならなくなった。蝶子自身も軽井沢へ疎開させられた。ただただ彼がどこかで無事でいることを、そしてどのような形であれ一刻も早く戦争が終わって再会できることを祈る日々が続いた。

若い蝶子にとってはとりわけ長く辛《つら》い時期だったが、とにもかくにも戦争が終わり、一番再会したい人と再会できた喜びは、他の辛かったことすべてを吹き飛ばすほどの力があった。そして、響太郎に相変わらず他の女性の影がなかったことも、自分をもらってくれるつもりがあるのだろうと勝手に思いこんでしまった理由である。しかし、充分結婚対象といってもいいはずの年齢に達しているにもかかわらず、いつまで経っても響太郎の態度は初めて出会ったときと何ら変わりはしなかった。お得意先の大事な箱入り娘。機嫌だけは損ねてはいけないが、あくまでも「芦田頭取の娘」であって独立した人格とは見なされていないことを痛いほど感じるようになっていた。

自分がもっと大人の女性としての魅力を身につけなければならないのかと悩み、服装、髪型、教養とあれこれ努力もしてみたがどれも効果があったようには思えない。上野の戦災孤児を拾ってきて助手として雇い始めたときには――もちろん瑞樹のことだ――、怒りとも嫉妬《しっと》ともつかぬ感情に突き動かされ、ひどく嫌な女になっていたと自分でも分かっている。

しかし、そんな切なくも幸福な時間は、もう二度と戻ってこないのだ――。

九条響太郎生存のニュースがラジオで流れたその夜、蝶子の父、芦田嘉一郎は珍しく夕食に間に合うような時間に帰宅し、自室に呼びつける間も惜しんだのか、蝶子の部屋までやってきた。

ノックに応じて蝶子がドアを開けると、嘉一郎は滅多に足を踏み入れない娘の部屋をやや気まずそうにちらっと覗《のぞ》いただけで中には入らず、じっと娘の顔を見る。

「お仕事お疲れ様です。——どうか……なさいましたか？」

嘉一郎は長い沈黙の後、感極まった様子で目元を手で拭《ぬぐ》う。どうやら、その厳《いか》めしい顔に涙を浮かべていたようだと知り、蝶子は内心驚いた。長らく父のそんな様子を見たことがなかったからだ。

「最近、花子《はなこ》からお前の様子がおかしいとは聞いてはおったんだが響太郎くんが……響太郎くんが生きとったんだな。よかった。本当によかった！」

そう言って、抱きしめようとするかのように両肩に手を置いたが、さすがにそれ以上は我が娘といえどもできなかったのか、ぽんぽんと肩を叩《たた》き、頷《うなず》くだけだった。

「え……ええ。お父様方にはもっと早くお話ししたかったんですけれど、響太郎様に固く口止めされていたものですから……どうかお許しください」

響太郎を失った後、なるべく気丈に振る舞ってきたつもりではあったが、母にだけは何もかも心の内を話し、気兼ねなく涙を流した。母に慰めてもらわなければ、後を追って命を絶っていてもおかしくないような、そんな精神状態だった。お父様には言わないで、とは約束してもらっていたものの、ある程度は伝わっていたことだろうし、そうでなくてもやつれていく娘の様子に気がつかないわけもない。きっと陰ながら気遣ってくれていたのだろう。

山田大作という男が現れてから、また出かける機会が増え、一つの目的ができた。そのことが、母には何か様子が変わって見えたのだろう。響太郎が生きていたと知って元気を取り戻したのだと誤解しているようだが、もちろん今それを訂正するわけにはいかない。

「いやいや、分かっとるよ。――それで、どうなんだ。その……彼の様子は」

「様子……とおっしゃいますと？　いたって元気にしていらっしゃいますが……」

「そうじゃない！　分かっとるだろう。あの……事件があってからのお前は本当に見ちゃおれんかった。一刻も早くどうにかしてやらにゃならんと思っておったが、響太郎くんが生きてるんなら話は簡単だ。お前と結婚する気はあるのかどうか、そこのところだよ」

大作を響太郎に仕立てる計画に協力しながら、最初のうちは時々我に返ると激しい悲しみに襲われたものだ。しかしその痛みも繰り返されるうち、何だか安らぎに似た感情を抱くようにさえなってきた。大作が時々ふと浮かべる笑顔が、いつか響太郎が見せたものとそっくりだったりすると、神様が幸せな時をもう一度見せてくれているような、そんな気持ちになってきたのだ。総天然色の映画よりも臨場感のある、生きていて、手を伸ばせば触ることさえできる想い出――蝶子にとって大作はそんな存在になりつつあった。

しかしそれはあくまでも外側だけだ。中身が響太郎とは似ても似つかない人間であることは重々承知していたし、大作との間にこれから先何かが生まれることなど考えられない。映画が過去のものでしかないように、二人の間に未来はないのだ。

しかしあれが響太郎だと思いこんでいる父母にしてみれば、長らく恋い焦がれていた響太郎と結婚することが娘の幸せだと考えるのはむしろ当然のことだった。本当のことを打ち明けるわけにもいかないし、響太郎と結婚する気はなくなったなどと言えば、どうして心変わりしたのかと説明を求められることだろう。蝶子は必死で言い訳を考えねばならなかった。

「……お父様、ニュースを聞かれたのならご承知かと思いますが、響太郎様は何としてでも不思議紳士を捕まえるおつもりです。それまでは恐らく、結婚だの何だのといったお話には耳を貸されないことと思います」

「むう。そうか、確かにそうだな。――いやしかし、わたしは彼を信じとるよ。不思議紳士を捕まえる日もそう遠くないだろう。その暁には是が非でもお前をもらってもらうよう、わたしがちゃんと彼を説得する。任せておきなさい」

「は……はい。よろしくお願いします」

とりあえずそう答えておくしかなかった。うんうんと何度も頷き、書斎へと去っていく嘉一郎の背に一礼し、蝶子はそっとドアを閉める。

もし無事に不思議議紳士一味を捕まえることができたなら、その時は真実を明かしても構わないだろう。響太郎が生きていたと喜んでいる父を再び落胆させることになってしまうが、それは仕方ない。

蝶子はふらふらと歩いてフランス製の純白の鏡台の前に腰を下ろし、ぼんやりと鏡に映る自分の顔を見た。

これが、愛《いと》しい人と再会できて喜びに溢《あふ》れている二十歳の娘の顔に見えるかしら？まさか。

確かに一時期よりは少しましな顔になったかもしれない。でもそれは多分、それだけひどい時期があったというだけのことだ。あの頃、まともに自分の顔を鏡で見ることなどできなかった。

少しましに見えているのは、生き続ける目的ができたからだ。響太郎の仇《かたき》を討つこと。そして同じ目的を持つ瑞樹を支え、守ること。この二つのことをやり遂げるまで、死ぬわけにはいかない。

そして、大作を響太郎と思わせるためには、自分ももっと完璧《かんぺき》な演技をしなければならない。悲しみが漏れだしてしまっては、すべての努力が水の泡になる。

蝶子は鏡に向かって微笑んでみた。

全然駄目だわ。こんなのじゃ。花売り娘だったら誰も買いやしない。
蝶子は自然な表情になるまでひたすら笑顔を作り続けた。

もう一人の令嬢と怪盗

世間は、名探偵九条響太郎の復活を素直に信じ、歓迎してくれているようだった。不在だった期間の分までまとめて依頼が殺到しているようで、事務所の電話は連日鳴りっぱなしだ。しかし、不思議紳士を捕まえるまで、当面関係ない依頼を引き受けるわけにはいかないので、どれも丁重にお断りするしかない。

不思議紳士や浅井男爵邸事件に関する情報を持ってきたという者も時折現れるので、一応話は聞かねばならないが、今のところ全員が金目当てで、結果に結びつかない限り今お金は出せないと説明すると恨み言を残して去っていった。およそ信頼できる情報を持っていそうな人間は、瑞樹の見るところ一人もいなかった。

瑞樹は、響太郎が頼りにしていたらしい情報屋を何人か探し出して接触してみたが、響太郎本人ではないせいか、本当に何も知らないのか、役に立つ情報は何一つ引き出せなかった。響太郎とどのような関係だったのかがはっきりしない時点では、大作に会わせるのはリスクが高いと判断し、「何か貴重な情報を耳にするようなことがあったら事務所に連絡を」とだけ言い残して退散した。

その日瑞樹が事務所に戻ると、大作はいつものように長椅子で横になって昼寝をしている。頼めばすぐおやつをくれるからか、犬のカールはすっかり大作を主人と認めた様子で、そのそばに鎮座している。

「また昼寝かよ。そのたるんだ身体を何とかしろって言ってるだろ」

カウベルが鳴っても瑞樹が近くに来ても目を覚まさない様子に苛《いら》ついた瑞樹は、小声でそう言って長椅子の脚を蹴飛《けと》ばした。近くに誰もいない時でもなるべく響太郎に対するように接するべきだと分かっていたが、どうにも我慢できない時はある。

「――そんなにカリカリすんじゃねえよ。ちゃんと今日の分の〝ノルマ〟は果たしたからよ」

〝ノルマ〟とは、このところシベリアから解放されて次々と帰還している抑留者たちから広まった流行語で、強制収容所で課せられる労働の割当量を意味するらしい。極寒の地で過酷な労働を強いられ、既に亡くなった者も多く、帰還できた者もまだ一部だという。この男は、自分の身体を鍛える程度のことさえ強制労働と同様に感じられるのかと瑞樹は呆《あき》れた。

「誰か連絡は……おい、受話器が外れてるじゃねえか！……外れて、ますよ」

怒りを抑え、言い直して受話器を元に戻した。

「いや、あんまりうるせえし、ろくでもねえ電話しかかかってこねえからよ、ちょっとの間、外しただけだよ」

「——もっと先生らしく話してください」

瑞樹が言うと、大作は一旦《いったん》身体を起こし、じっと瑞樹を見つめ返してから言った。

「……君がそのように扱ってくれるなら」

はらわたが煮えくり返る思いだったが、これは自分で決めたルールでもある。できるかぎり普段から響太郎として扱っておくこと。大作は響太郎として振る舞うこと。誰かがどこかで見ていないとも限らないし、普段のやりとりが外でもつい出てしまうということは考えられる。

「先生は、一人の時だってだらしない格好はしない。いいですか、先生になりきるというのはそういうことです。あなたがつねに、いいですか、つねに、九条響太郎らしく振る舞っていさえすれば、ぼくも蝶子さんも自然とそれ相応の応対ができるんです。——さっきだってどうですか。もし来客があっても気づかなかったでしょう——もしかしたら本当に誰かに見られたかもしれない」

「瑞樹くんや蝶子さん以外の人間が入ってきたら、カールが黙っちゃいないよ。な、カール？」

大作はそう言って足元にいるカールの頭を撫《な》でると、カールは嬉《うれ》しそうに舌を出した。

「そういう問題じゃない！　あなたのその気持ちからボロが出るかもしれないって言ってるんだ！」

「分かった分かった。悪かったよ。俺が――わたしが悪かった。気をつけるよ。しかしこれじゃどうにも息苦しくてたまらん。一体いつまでこんな状態を続けられるか分からないよ」

そんな泣き言を言うので、瑞樹はまた苛つきを抑えられなくなった。

「あなたは――先生は、ほとんどこの事務所で動かずにいるだけで毎日腹一杯ご飯を食べて、立派なお屋敷に住めているじゃありませんか。これ以上楽な仕事があるというんなら教えてもらいたいくらいです」

大作ははーっと大きな溜息《ためいき》をついて、

「……そうは言うがね、これは結構な神経戦だぜ。ただでさえ俺たちは――わたしたちはいつどこで襲われるかも分からない。なのにその上、四六時中自分じゃないふりをし続けるってのは、これはもう拷問だよ」

「長い長い、いつ終わるか分からない芝居だと思ってください。役者冥利《みょうり》につきるってもんでしょう」

「またそれか。三文役者にはちと荷が重すぎだぜ」

「今さら後戻りはできませんよ。ぼくたちは新聞も、ラジオも警察も騙《だま》してるんです。実は嘘でしたなんて言ったら、どんな非難を受けることか。国民全員から石を投げられるくらいで済めばいい方かもしれませんよ。もしどこかに逃げて隠れればどうにかなると思ってるんなら、考え直した方がいいですよ。でかでかと新聞に載って、前よりもずっとあなたの顔は有名になってますからね」

「くそっ。ああ、やっぱりこんなガキの口車に乗るんじゃなかった！　大人しくしてりゃ不思議紳士も俺みたいな奴きっと放っておいただろうに……」

実のところ瑞樹も最初からそう思ってはいたが、計画に引きずり込むためにはこちらについた方が安全だと思わせるしかなかったのだ。

「しかしそれも、不思議紳士を捕まえさえすればいい話なんです。捕まえてしまえば、実はこういうわけでと名乗り出たところで、むしろ危険を顧みず悪党を捕まえてくれた大英雄扱いですよ。そうでしょう？」

「ふん。捕まえるったって、何一つまともな情報が入ってきやしないじゃないか。今日はどうだったんだ？　何もなかったんだろう？」

「……それは、確かにまだ何もないけど、それは連中が何もしないで身を潜めてるからですよ。でもきっと、何か動く。その時に必ず何か情報が入ってくるはずです」

「ほんとかよ。警察も全然当てになんねえし……」

まだぶつぶつと言っていたが、とりあえずは収まったようだ。こんなやりとりが毎日のように繰り返される。何とも往生際の悪い男だ。

「――今日は、蝶子さんは？」

瑞樹もようやく彼女をそう呼べるようになっていたが、大作を響太郎として扱うのと同様、芝居の一環のようにも感じている。共通の敵を倒すために一旦手を組んでいるだけの戦時同盟のような。

「……今日はまだ見てないようだね。彼女、君がいないとどうもよそよそしくってね。わたしと二人きりになるのを避けてる気がする」

「……あんたまさか、蝶子さんによからぬことをしたんじゃないだろうな」

瑞樹は思わず乱暴な口調になったが、大作は動じなかった。

「心外だな。わたしはこう見えても、未《いま》だかつて、嫌がる女性に手を出したことだけはない！」

本当に心外だったらしく、その場で立ち上がって力説する。

「言葉遣いはともかく、先生はそんなこと言わねえよ……」

脱力の余り、反論も弱々しくなる。

「――わたしの見るところ、あれは照れているんだね。どう接していいか分からないんだ。そりゃあそうだろう。かつて愛した人と同じ顔かたち、同じ声……違うと分かっていても心がときめいてしまう、身体の奥が疼《うず》いてしまう……」

「ときめかねえし、疼かねえよ！」

「……まあ、そんなこんなでまともに顔を合わせることができない。そういう女心だよ。君のような子供にはまだよく分からんだろうが」

ちょっと収まりかけてもすぐにまた苛立たせるようなことを口にする。わざとなのか無意識なのか、無意識にやっているのなら人を苛立たせる天才と言っていいだろう。

「……てめえ、いい加減に……」

怒鳴りかけたとき、カウベルの音がしてかろうじて瑞樹は言葉を呑《の》み込んだ。

二人とも硬直していると、衝立《ついたて》の陰から蝶子が姿を現したので緊張を解く。

「……どうかしまして？　二人とも変な顔して」

「今、俺たちが喋《しゃべ》ってたの、聞こえなかった？」

「いいえ。何を話してらしたの」

あれくらいの声ならドアの外までは聞こえないというのは、とりあえず安心材料ではある。瑞樹は二重の意味でほっとした。

大作は気取った歩き方で蝶子に近寄ると顔を近づけて言った。

「いえ何、蝶子さんの噂をしてたところですよ。今日はいらっしゃらないのかな、と。そしたら噂をすれば影、というわけでちょっと二人とも驚きましてね」

「そう……ですか。心待ちにしていただいてたのなら、嬉しいのですけどね」

蝶子は一瞬詰まったが、すぐに自然な笑顔を大作に向ける。

「もちろん、お待ちしてましたとも！」

何だこの白々しいやりとりは、とげんなりした。二人が一緒にいるところを知っていた者でなければ分からないだろうが、大作がどれほど響太郎の口調を真似したところで、そもそもがあり得ない会話だ。もう響太郎と蝶子を恋人同士だと思っている人が多いようだから世間向けにはこれでいいのだが、瑞樹としては居心地が悪い。恋人のふりをしてもらいたいのだが、本当にそう見えるのは何だか嫌だという、矛盾した感情を抱いていた。確かこういう状態を〝ジレンマ〟というのだと響太郎が教えてくれた。

複雑な物思いを再びカウベルの音が遮った。

「ごめんください」

年老いた男性の声だった。

「どうぞお入りください！」

先ほどの調子のまま、大作は衝立の向こうへ声をかける。

ひょいと顔を出したのは、予想通り六十がらみの品のよい男性だった。

「こちらが九条探偵事務所で間違いございませんか」

「はい、そうです」

瑞樹が答えると老人は一旦衝立の向こうへ消え、「お嬢様。こちらです」と誰かに伝える声がする。

代わってゆっくりと出てきたのは、ベージュ色のスーツ姿の女性だった。服にはやや不似合いなつば広の白い帽子を深く被《かぶ》っている。

帽子を取ると、艶《あで》やかな黒髪が背中まで垂れていた。恐らくは蝶子よりやや年上、二十五、六ではないかと瑞樹は踏んだ。美人だが、線の細い、幸薄そうな印象の人だ。

立っている三人を見比べ、ちらりと大作を見て一礼する。

「九条響太郎先生ですね。龍乗寺百合江《りゅうじょうじゆりえ》と申します。どうしてもお頼みしたい件があって参りました」

頭を下げたまま彼女は言った。

「あの、ご存じかと思いますが、今、先生は不思議紳士を追っている最中でして――」

瑞樹が何度も繰り返し口にした台詞《せりふ》を、彼女は顔も上げないまま遮った。

「その！　不思議紳士、から、予告が参ったのです」

瑞樹は息を呑み、大作と顔を見合わせる。

来た。ついに奴が、姿を現した。

「九条先生なら、必ずやお引き受けくださるだろう、そう思ってこちらへ飛んで参りました。どうかわたくしたちを――龍乗寺をお救いください」

そう言ってさらに頭を深々と下げる。

「不思議紳士のことなら、もちろんお話は伺いますよ。さあ、頭を上げてください。どうぞこちらへ」

大作がそつなく女性を椅子に誘導し、自分は長椅子に座る。瑞樹も遠慮がちにその隣に滑り込んだ。先ほどの老人はと見ると、壁に同化したようにひっそりと待機していた。多分、使用人なのだろう。

「龍乗寺というと、龍乗寺子爵の？」

蝶子が立ったまま口を挟んだ。

「はい。龍乗寺兼正《かねまさ》は、わたくしの父です。――あなたは確か芦田頭取の……？」

「娘の蝶子と申します。九条先生のお手伝いをさせていただいております。何があったにせよ、九条先生にお任せいただければもう大丈夫ですわ。ねえ、先生？」

「安請け合いをするつもりはありませんよ。不思議紳士を侮れば我々も命を失うでしょう。――しかし、全力を尽くすことはお約束します」

またただ。役に入ると、先生よりも本人らしく見える時がある。

「実は昨日、これが届いたのです」

そう言って百合江はレースの手袋をした手で、膝《ひざ》に置いたハンドバッグから封筒を取り出した。

「拝見します」

まずは大作が受け取り、封筒から取り出したカードに型通り目を通した後、「君も見なさい」と言って瑞樹に手渡す。

「はい」

逸《はや》る気持ちを抑えてカードを見る。浅井男爵邸の事件で見たのと形状も材質もそっくりのカードだ。そしてそこにはやはりあの時とよく似た赤いインクの字でこう書かれていた。

『来る六月十五日、貴宅に所蔵の品々をいただきに参上致します　御歓待は無用のことにて　不思議紳士』

「これは……」

「君ならもう分かるだろう」

これはいつの間にか二人の間で決まった合い言葉のようなものだった。真意は、「俺には分からないから、お前が判断して教えてくれ」ということだ。

これまでは比較的どうでもいい場面が多かったが、これこそがまさしく本番だ。瑞樹はごくりと唾《つば》を呑み込んで頷《うなず》いた。

「はい。――これは、浅井男爵邸の事件で見たものとそっくり同じです。紙の材質、インク、字体……。これは、不思議紳士の予告状に間違いありません」

大作の目に若干の動揺が浮かぶが、役柄を離れず重々しく頷いてみせる。

「……その通りだ」

「それではやはり……！」

百合江が口を手で押さえる。

「いたずらではありません。本物の予告状です。そうと分かればのんびりはしていられません。六月十五日……後一週間ほどしかありませんね。できればお宅を拝見しながら対策を練りたいのですが、今から伺ってもよろしいでしょうか」

「は……はい、もちろんです。それでその……依頼料はいかほどお支払いすれば……」

「この件に関して、依頼料はいただきません。むしろ貴重な情報をいただいて感謝したいくらいです。もちろん、お宅の中を調べさせていただくことも含め、色々とご協力お願いいただくことはあると思います」

特に打ち合わせをしていないのに、瑞樹が答えようとする前に大作は言った。

「そうなのですか……？　分かりました。何かご入り用のものがございましたらお申し付けください。では、わたくしの車にお乗りください。……それとも、後ろをついていらっしゃいますか？」

「いえ、わたしの愛車は燃えてしまいましてね。一緒に連れて行ってください。瑞樹くんもね」

九条家には燃えたロードスター以外にもう一台国産車があることはあるのだが、大作は運転ができないのだった。

「わたしは……」

自分の顔を指差した蝶子に、大作はぴしりと言った。

「蝶子さんは、事務所にいてください。何か連絡があるかもしれません。遅くなったらカールを連れてご自宅に戻ってください。いいですね」

そう言って屈《かが》み込み、ずっと大人しくしていたカールに話しかける。

「わたしが戻るまで蝶子さんを頼むよ」

まるでその言葉を解したかのように、カールは一声バウ、と吠《ほ》えた。

少佐と警部

瑞樹と大作は、百合江と共に、龍乗寺家の執事が運転する濃緑色の車に同乗し龍乗寺邸へと向かった。

広々とした後部座席を持つ四ドア左ハンドルのその車は、大きいけれどアメリカ車とも違う優美な曲線をあちこちに持っていて、瑞樹は興味津々で観察した。

「これはどこの車ですか？」

我慢できずに訊《たず》ねると、助手席の百合江が首を傾げた。

「さあ、わたくしは……山口《やまぐち》？」

「プジョー四〇二という、フランスの車でございます。エンジンには少し手を入れておりますが」

山口と呼ばれた老執事が運転に集中したまま答えてくれた。その口ぶりからすると、山口本人が改造しているように聞こえる。自動車整備もこなせるのだろうか。

「フランスですか！　へえ……」

先生の車はドイツのとても珍しい素敵なものだったんですよ、と自慢げに言おうとしかけて、辛《つら》くなり、言葉を呑《の》み込んだ。

ちらりと隣の大作を見やると、そんな会話など気にもしていない様子で向こう側のドアにもたれるようにしてうっとりと百合江の横顔を見つめているのが分かった。

さては、若くてややお転婆な蝶子より、儚《はかな》げで大人っぽい百合江のような女性が好みだったのかと瑞樹は疑った。その視線に気づくと大作は居心地悪そうに座り直してにやついた顔を整えると、

「……どうかしたかい、瑞樹くん」

と取り澄ましたように聞いてくる。いかにも怪しい。

「いいえ、何も」

他の目と耳がある今、些細《ささい》な言い争いなどするべきでないし、言葉遣いも細心の注意を払わねばならないから、瑞樹はそう言うしかなかった。

「九条先生のお車はたいそう珍しいものだったそうですね。燃えてしまうなんて、残念なことです」

瑞樹が呑み込んで言わなかったことを、百合江の方から持ち出されてしまった。愛車に関するエピソードも瑞樹が分かっている範囲で教えてはあるが、つつけばすぐボロが出るだろうとハラハラした。

「――車など、いいのですよ。いくらでも買い換えがききます。次々と新型が出ますし、

性能だって古いものを上回る。それより奴らは、わたしの大切な仲間の命を奪ったのです。絶対に許すわけにはいきません」

「そうでしたわね。本当に、おつらいことでしょう」

この流れなら、車の話には戻りようがない。演技力だけでなく、危険な話題を避ける知恵が大作にあるのなら喜ばしいことだ。

しかし、瑞樹と蝶子が必死に響太郎の話しそうなことや性格を大作に教えてきたとはいえ、瑞樹が思いつきもしないような言葉を大作がしばしば発し、そしていざそれを聞いてしまうといかにも響太郎が言いそうな言葉に思えるのは一体どういうことだろう。やはりそれは大作が響太郎の役柄を摑《つか》んだということなのか、それとも一見対照的とも思える性格の大作の中にも、響太郎と似た何かは存在するということなのだろうか。瑞樹にはまったく不可解なことだった。


龍乗寺邸は、先日襲われた浅井男爵邸と比較しても見劣りしない大きな洋館だった。瑞樹はあいにく聞き覚えがなかったが、蝶子が「子爵」と呼んでいたからここの当主もまた華族だったのだろう。軍人か貴族院議員か分からないが、なにがしかの要職にあったのは間違いない。

都心からはやや離れた世《せ》田谷《たがや》だからか、敷地は遥《はる》かに広大で緑に囲まれている。忍び返しのついた高いレンガ塀に囲まれているところなど、建築様式までも似通った洋館だ。

開いたままの鉄の大門を通り抜け、緩やかにカーブしながら上っていくと車回しに到着する。

「お嬢様、ＭＰです」

運転手がやや緊張した声音で言い、百合江が息を呑む音が聞こえた。

瑞樹が腰を浮かせて前方を覗《のぞ》くと、確かに屋敷の玄関前にＭＰのものらしき幌《ほろ》を外したジープが行く手を塞《ふさ》ぐように停められていた。老執事は慎重にジープから数メートルの距離を置いてプジョーを停めた。

なぜＭＰが？　予期せぬ事態にどう対応しようか瑞樹が考えている間に、大作はさっさとドアを開けて降りてしまった。

「ちょっと待て……待ってください、先生！」

「わたしたちは泥棒を捕まえに来ただけじゃないか。慌てることはない」

大作は嘯《うそぶ》くように言ったが、その目にはやや緊張と恐怖が見て取れた。

続いて山口がぐるりと回って助手席のドアを開け、百合江も降りたので、瑞樹も仕方なく大作の降りた右側へ抜け出た。

プジョーから全員が降り立つのを待っていたかのように、ジープの助手席――もちろんこれも右側だ――からすらりと背の高い男が降り立った。土色の米陸軍の制服――有名なマッカーサーのあの姿とよく似た格好をしている。

男はこちらを振り返って、じっとその場に立っていた。運転席の、ＭＰの白いヘルメットを被《かぶ》った男は微動だにせずそのまま座っている。

百合江が決然と歩き出したのを見て、大作は彼女を守るかのように並んで歩き出す。瑞樹は「勝手なことするんじゃねえぞ」と念じながら、腰の辺りに密着するようについていった。

ジープに近づくと、男はゆっくりと後部に回ってきて軍帽を取った。金髪をぴったりと撫《な》でつけた青い目の白人だ。白人の年齢は見当をつけにくかったが、三十前後から四十前後の間ではあろう。身長は大作より一〇センチ以上高そうで、一九〇というところか。まだ一五〇そこそこの瑞樹にとっては見上げるばかりの大男だ。兵士にしてはやや華奢《きゃしゃ》な体つきのようにも見えるが、自然体で立ってはいるもののどこにも隙を感じさせず、まともにやり合ったら響太郎でも苦戦する相手なのは間違いないと瑞樹は踏んだ。

「あなたがミスター・クジョーか」

ほとんど違和感のない流暢《りゅうちょう》な日本語だ。顔を見ていなければ地方出身の日本人の言葉かと思っただろう。

百合江ではなく大作の方を向いて話しかけてきて、それも名指しであることに瑞樹は驚きを隠せなかった。龍乗寺家に用があって来たのではないのか。

「そうです。わたしに御用ですか」

「フン。殺しても死なないタフな探偵だと聞いたが、わたしの聞き間違いかな」

「それは聞き間違いでしょうね。わたしが生きているのはタフだからではなく、ただ単に運がよかっただけですから」

　堂々と視線を跳ね返すその態度は、響太郎らしいという意味では合格点だったが、無用な反感を買いそうで瑞樹は心臓が冷えるのを感じた。この男やＧＨＱに睨《にら》まれたとしても、響太郎なら自分で何とかできるだろうが、大作では無理だ。頼むからここでは少々卑屈でも構わないからおとなしくしていてほしい。

　白人はしばらく冷たい目で大作を見下ろしていたが、興味をなくしたように百合江に視線を移した。

「リュージョージ・ユリエ、さんですね」

「はい」

「Ｇ２所属のスミス少佐です。フシギと名乗る泥棒から脅迫状が来たというのは本当ですか」

　ジートゥというのが何なのか瑞樹は知らなかったが、ＧＨＱの何らかの部局であるだろうことは想像がついた。

「なぜそれをご存じなのです？」

「質問しているのはこちらです。……本当なのですね。あなたがた旧華族の財産は、新しい日本国家建設のために利用されるべきものであって、こそ泥にやすやすと奪われていいものではありません。浅井男爵邸の事件を見ていても、お粗末な日本警察だけに任せておくわけにはいきません。我々ＧＨＱがそのフシギという盗賊団捕縛の指揮を執ります。これはSCAPも承認済みであり、いかなる異議も認められません」

SCAP（連合国軍最高司令官）はGHQの上に立つものであって、そこが決めたことに逆らえる日本人は誰もいない。

そして実際、GHQに家屋敷を接収され、財産も根こそぎ奪われた華族が既にたくさんいるという話は聞いている。先月の日本国憲法施行によって華族はその名も法律上は失っている。それが本当に未来の日本のために必要なのか、それによって平等な世の中になるのか、それとも単に連合国軍が植民地日本を食い荒らしているだけなのか、瑞樹には判断できなかった。連合国軍兵士の多くが決して鬼でも畜生でもない、普通の人たちだということはこの一、二年でよく分かってはいる。ノガミの孤児たちが生き延びるのに一役買ってくれた米兵も一人や二人ではない。しかし中には飛び切り残虐で、日本人を同じ人間だとは思っていないような輩《やから》がいることも、この目で見てきた。

スミスがすいと視線をずらし、吐き捨てるように何事か呟《つぶや》いた。英語だったのか、瑞樹には聴き取れない。

彼の視線を追って振り向くと、黒いニッサンが坂を上って姿を現すところだった。運転しているのは一柳刑事で、隣には四谷警部が座っているのがすぐに分かった。一同が黙って見守る中、一柳はニッサンをプジョーのすぐ後ろに停め、二人ともすぐにドアを開けて飛び出してきた。決して警察を信用しているわけではないし、響太郎の正体がばれては困る相手ではあるわけだが、今回ばかりは見知った二人の顔を見て心底ほっとする瑞樹だった。もし万が一ここで小さな日米戦争が起こったとしたら、兵力は六対二。圧倒的……でもないかもしれないが多少は有利なことだろう。

四谷警部は警戒した様子で近づいてくると、大作に小さな声で訊ねる。

「九条くん。これは一体どういうことだ」

大作が答える前に、スミスが口を開いた。

「あなたが四谷警部ですか」

「は、はい、そうです」

警視庁の警部といえども、GHQの将校となると萎縮《いしゅく》するものらしい。

「日本の警察はいつもこんなにのんびりしているのですか」

「は？　いや、一体何を……」

「そんな調子だから、強盗ごときに振り回されるのです。これからは常に一分一秒を争うつもりで行動していただきたい。よろしいですか」

「失礼ですが、あなたは……？」

「わたしはG2のスミス少佐です。彼らには今説明していたところですが、リュージョージ家への脅迫については、警備、捜査一切をわたしが指揮します。必要な人員、装備等については状況を見て伝えますので、適宜配置していただきたい」

「ちょ、ちょっとお待ちください。この捜査指揮をGHQが執る、ということですか？　わたしは不思議紳士から予告状が来たらしいと聞いて駆けつけただけなのですが……君は？　君はどうしてここにいるのかね？」

　改めて大作の方を向いて訊ねる。

「わたしはこちらのご令嬢――龍乗寺百合江さんに依頼を受けただけです。ＧＨＱとも警視庁とも、協力することにはやぶさかでありませんが、誰からの指図も受ける立場にはありませんので、そこのところはお間違いなく」

　大作はそう言って挑戦的にスミスを見上げる。スミスは金色のゲジゲジのような眉《まゆ》をぴくぴくとさせたが、やがて不敵な笑みを浮かべる。

「好きにすればいい。しかし、我々にとって邪魔だと思えばあなたのような民間人などいつでも放り出せるし拘束もできることを忘れないように。あなたもですよ、ミス・リュージョージ。今すぐ屋敷ごと接収したってこちらは一向に構わないのですから」

　百合江はそう聞いて唇を噛《か》んだ。顔もさっきまでより青ざめているようだった。

　と、大作がすいと二人の間を遮るように立ち、のんびりした口調で百合江に話しかけた。

「どうにも今日は蒸し暑いですね。いつまでもこんなところで立ち話というのもなんです、さっさと中に入ってはいかがでしょう？」

「は、はい……」

「どうです、中佐も中へお入りになっては？」

「……少佐だ。もちろん言われなくても入る」

「ああ、少佐。少佐でしたね。これは失礼しました。では参りましょうか」

大作は、百合江を少佐から守るように誘導し、玄関へと向かう。少佐は取り残される形になった。瑞樹が大作の後ろをついていきながらちらりと少佐の顔を見上げると、憤《ふん》怒《ぬ》の形相をして大作の背を睨みつけている。

完全にいらぬ怒りを買った。一体どう後始末をつけるつもりだ、こいつ。

肝を冷やしながらも、心の一部では大作に喝采《かっさい》を送っている自分がいる。華族だろうが旧華族だろうが、そんなもの全員無一文になったって同情する気にもなれないはずなのだが、アメリカ人が日本で好き勝手することについてはどうにも許せない。

百合江と大作が玄関ポーチの屋根下に入ると、既に待ちかまえていたらしい使用人が内側から大きく扉を開く。百合江と大作が入ろうとしたのを横からぐいとスミス少佐が押しのけ、文句があるのかと言いたげに大作を一瞥《いちべつ》した後、のっしのっしと中へ入っていった。

少佐に続いて大作と百合江が入り、瑞樹以下四谷、一柳と続いた。

日差しはさほど強くもなかったのだが、やはり大きな建物の中に入ると、ひんやりと涼しい。

赤い絨毯《じゅうたん》が敷き詰められた玄関ホールといい、重厚な手すりの広々とした階段といい、内部もまた浅井男爵邸のものと似通っている。スミス少佐はあちこちに置かれた壺《つぼ》だの大きな花瓶だのに近寄ってはその値打ちを確かめるように見て、メモを取り始めた。

瑞樹は重要なことに気づいた。大作と相談するべきだが、大作は親しげに百合江に接近してにやついており、秘密の話ができる状態ではない。ここは一人で決断しなければならない。

すうっと息を吸い、瑞樹は声を張り上げた。

「そうだ、先生！　本人確認を忘れていますよ」

思いのほか大きく声が反響したものだから、全員の注目を集める。大作は一瞬怪訝《けげん》な表情をしたが、すぐに頷《うなず》いた。

「本人確認？　あ、ああ、そうだったそうだった。――瑞樹くん、説明してあげなさい」

「はい。これは九条先生の提案なのですが、たった今から、龍乗寺邸を出入りする人間は、すでに身元のはっきりしている内部の人によって念入りな本人確認、身体検査のようなものを行う必要がある、とのことです。それをしなければ、変装の名人である不思議紳士やその仲間が一体いつ我々の中に紛れ込まないとも限りません。浅井男爵邸の事件にしても、内部に手引きする人間がいたのは間違いありません。もちろん、本来の使用人が金銭や脅迫によって手引きをさせられた可能性もあるでしょうから、そちらも潰《つぶ》しておかねばなりませんが、まずは本人確認こそ重要です。……そうですよね、先生」

「ああ。その通りだ」

四谷警部も神妙に頷く。

「確かに、不思議のやつにはうまくしてやられたこともあったな。念には念を入れておかねばならんのは確かだ。すでに予告状を送ってきたということは、何らかの準備が済んでいる可能性も充分ある。今来た我々だけでなく、当然屋敷の全員を疑ってかからねばならんな……そうだな、では百合江さん、でしたか？　ご当家のあなたがまず、わたしたちが変装などでないことを確認してもらえますか。その後、順繰りに全員を点検しあう、ということでは」

皆が同意し、お互い慎重に変装の痕跡《こんせき》を探したが、結局、百合江も含め全員——スミス以外——素顔のままであることが分かった。扉を開けてくれた女中は、田中《たなか》スズ子という林檎《りんご》のような赤い頬をした十代の少女だった。自分より年上に違いないのだが、決して美人とは言えないその少女を、瑞樹は「素朴で純情そうな子だな」と思った。

スミス少佐はやや離れたところから冷笑気味にそれらを見ていた。

「……後はあなただけです、少佐」

四谷警部がややおずおずとした口調でそう言うと、スミスは笑う。

「キディン！　このわたしが日本人に見えるとでも言うのですか！　無用です」

「まあ、確かにそうですな……では少佐は別ということで……」

四谷警部が納得しかけたので、瑞樹は言った。

「例外を認めるのはよくないですよ。そうですよね、先生？」

大作は躊躇《ちゅうちょ》せず頷く。

「ああ、もちろんだ。——少佐、あなたもちゃんと確認を受けた方がいいですよ」

「なぜだ」

「お分かりになりませんか。それは、わたしの助手でも分かることなんですがね。なあ瑞樹くん」

「はい。ええと……先生がおっしゃりたいのは、多分こういうことですね。不思議紳士の一味に現在外国人がいないとも限らないというのが一つ。また、日本人であっても体格がよければ少佐のような姿に変装することは充分考えられます。そして、少佐だけは例外、というルールを作ってしまうと、今後もし何か不可解な事件が起きた場合、真っ先に疑われるのはその本人確認をしていない少佐ただ一人になる、ということです。少佐こそが不思議紳士の仲間だったのではないかとぼくたちは疑い続けることになるでしょう」

少佐はしばらく黙って全員を見回していたが、苦々しげに言った。

「分かりました。気が済むまで調べればいいでしょう。しかしわたしに触れていいのはミス・リュージョージ、あなただけです。この中では一番猿から遠そうだ」

全員むっとしたに違いないが、もちろん誰も異議など唱えなかった。

「では失礼します」

百合江はそう言って少佐に近づくと、髪の毛や肌の色が自然のものであること、含み綿やその他不自然な工作がないことも念入りに確認したようだった。

「何もおかしなところはないように存じます」

百合江がそう皆に告げると、スミスは一歩下がって尻《しり》ポケットからハンカチーフを出し、これみよがしに百合江の触れた部分をすべて拭《ふ》いた。男たちよりはましでも、日本人が穢《けが》れていることには変わりない、と言いたげだ。

「ではミス・リュージョージ、美術品や金庫など、狙われそうなものをすべて見せていただけますか」

「ちょっと待ってください」

瑞樹は慌てて口を開いた。

「何だ？　さっきから妙に出しゃばる子供だな。まだ言いたいことがあるのか」

「大事なことをお忘れですよ。ぼくたちは互いにある程度面識があるものが多いですが、あなたのことを前から知っている人間は誰一人いません。あなたが変装していないことはとりあえず分かりましたが、そもそもあなたがご自分で名乗っているスミス少佐という人である保証はどこにあるんですか？」

四谷警部が慌てて瑞樹の肩に手をかけ、引き戻そうとする。

「瑞樹くん！　いいんだよ、それは。この制服を着てMPを連れて来てる時点で、疑う余地はない。……子供のことですから、怒らないでやってください」

「駄目です！　ぼくは、先生が遺した——先生から不思議紳士の犯行を色々と勉強しました。奴は、まさかというところから侵入し、ありえないと思われた人に変装して警察を欺いてきたんだ。不思議紳士が米軍の制服くらい手に入れられないとでも？　とんでもない！」

「わたしの助手の言うとおりです。屋敷の中を見て回るなら、まずはあなたのご身分を証明していただかないと」

大作が瑞樹を守るように立ち、言った。

スミスはゆっくりと首を横に振ったが、出てきた言葉は逆だった。

「もういい。これ以上時間を無駄にしたくない。好きなだけ見ろ」

スミスは制服の胸ポケットから旅券に似た冊子を取り出し、大作の胸にぽんと押しつける。大作がそれを受け取って腰の辺りで開いたので瑞樹は後ろから覗き込む。活字や手書きの文字がたくさんあるが、英語らしくほとんど読めない。しかし、貼り付けてある顔写真は確かに目の前のスミスのもののようだった。

「ユナイテッド・ステイツ・アーミー、メイジャー・ジェフリー・スミス。アメリカ陸軍少佐ですか。なるほど、確かにこの写真はあなたのようだ。刻印も押されている」

意外にも英語の発音が堂に入っていた。響太郎は数カ国語に通じていたはずだが、この男は？　まさか外国語が必要となる場面があるとは思っていなかったので、ちらりとも考えたことがなかった。もしスミスか誰かが大作に英語で話しかけて、答えられなかったら？　一瞬で別人だとばれるだろう。瑞樹は大作にさっきの発音に応じた英語力があることを、そしてこれ以上の外国人が関係してこないことを願った。

「後は、ＧＨＱのＧ２という部署にこの人物が実在しているか、本件のために派遣されているかを確認すれば充分でしょう。それは後ほど四谷警部が警視庁を通じて確認していただけますか？」

「あ、ああ……。どのみち、我々が彼の指揮下に入らねばならんならいずれその通知は来るはずだ。もし来なければ……失礼ながらあなたはデタラメを言っていると判断せざるをえませんが……」

「問い合わせでもなんでも好きにすればいい。——それが分かるまで時間を無駄にするつもりですか？」

苛立《いらだ》ちを隠さずスミスが言うと、大作はするりと百合江の肩に手をかけ、促した。

「それは後でもいいでしょう。さあ百合江さん、参りましょうか」

偽探偵と少佐

百合江は一行をまず二階の当主の部屋へ案内しようとした。途中、スミスが壁に掛けられた絵画や壺《つぼ》などの前で必ず立ち止まって結構細かいメモを取るので、しばしば一行は待たされることとなった。

不思議紳士を捕まえるためというのは単なる口実で、盗まれるより先にGHQが奪ってしまおうと考えているだけではないのかという疑念が湧いてくる。しかしもしそうだったとしても、それを止める術《すべ》は誰にもないのだ。だったらいっそ不思議紳士が盗んでくれた方がいいのか？　そんなことを考えてすぐに否定する瑞樹だった。

駄目だ。今の不思議紳士はかつての義賊じゃない。ただの強盗殺人鬼だ。もし侵入を許したら、またたくさんの命が奪われる可能性が高い。絶対に再度の犯行は阻止しなければならないし、浅井男爵邸で無惨に殺された人たち、そして何より九条響太郎のためにも、捕まえて裁きを受けさせねばならない。

必ずしもそれは法の裁きである必要はない、瑞樹は密《ひそ》かにそう思っていた。あの蝶子でさえ、犯人を見つけたら殺してやりたい、そう言っていた。瑞樹も同じ気持ちだった。警察に引き渡して、監獄に入れたにもかかわらず逃げられてしまったということもあった。義賊だと思っていた頃の不思議紳士のそんな手口に瑞樹は喝采《かっさい》さえ送ったものだったが、今は「法の裁き」なんて生ぬるいものに任せていてはいけないのではないかと思っていた。

目の前にいる人間が、確実に不思議紳士だと分かったら。そして不思議紳士が響太郎を殺したのだとはっきりしたなら。その場で殺さなければならない。そうでなければ、どんな手段で逃げ出すか分かったものではない。奴には死の牢獄《ろうごく》以外、確実なものはない。

自分にそんなことが可能かどうかさっぱり分からなかったが、ただ、その時がきたらそうしなければならないのだということだけは強く心に刻んでいた。

「……そんな怖い顔ばかりするもんじゃねえよ」

いつの間にか百合江のそばを離れ、すぐ近くに立っていた大作が瑞樹を見ずに言った。全員と少し離れてしまったので誰にも聞こえていないようだ。

「お前の顔は、まるで『大事な先生を殺されてしまった助手』みたいにしか見えないぜ」

はっとした。大作の言うとおりだ。さっきもまずいことを口走りかけた。先生はこうして目の前で生きているのだ。そのように演じないでどうする。

た。

「……そうですね。気をつけます」

唇を噛《か》みながら見上げると、大作はにやりと笑って再び百合江のそばに近寄っていってきた。

大きくカーブした階段を上り、長い廊下の果てに、当主、龍乗寺兼正の寝室へとやっ
「父は、元々心臓に病を抱えているのですが、今度のことで大変ショックを受けまして、歩くこともままならないありさまです。申し訳ありませんが、ベッドから、短いご挨拶《あいさつ》をさせていただきたいと思います」

百合江はドアをノックし、「お父様、百合江です。九条響太郎様、それにGHQの少佐、警視庁の方も来ておられます」と声をかけた。元々は響太郎（それに助手も？）だけの予定だったろうから、あらかじめ言っておかねば兼正はまたまたショックを受けるかもしれない。それを緩和するためにそこまで説明したのだろうか。

百合江は、くぐもった返事を聞いてからドアを開け、足早に広い部屋を横切り、中央奥に置かれた大きなベッドの枕元に歩み寄った。

しばらく前からそうしていたのか、兼正は既にベッドの上で上体を起こし、枕を重ねて身体を支えドアの方を向いていた。病気のせいで老け込んで見えるのか、百合江の父親にしてはひどく年老いた、瘦《や》せて縮んだ老人だった。どちらもやや伸びすぎた白い髪に白い口髭《ひげ》、落ち窪《くぼ》んだ虚《うつ》ろな眼。

大作はベッドの足元あたりで足を止め、頭を下げた。

「九条響太郎と申します。全力を尽くして不思議紳士の犯行を阻止し、龍乗寺家の皆様をお守りするつもりで参りました」

「……噂は聞いておるよ。不思議紳士に対抗できる者はあんたしかおらんと、誰もが言うのでな。どうか、どうか、よろしくお願いする……それで、こちらが……？」

スミスは大作より前に出て、小さな老人を睥睨《へいげい》する。

「G2のスミス少佐です、ミスター・リュージョージ。既に通達を受けていると思いますが、旧華族の資産については、当面GHQが管理下に置き、公平公正なる再分配を行う予定です。よって、この龍乗寺家に対する挑戦はすなわちGHQに対する挑戦であると言えます。すべての捜査の指揮は、日本警察でなく、わたしが執らせていただきます」

「ミスター」「旧」といったところをスミスが強調したところで兼正はぴくりと眉《まゆ》を動かした。恐らくこれまでずっと「龍乗寺卿《きょう》」と呼ばれていただろう兼正にとって単なるミスター呼ばわりは屈辱だろう。

その屈辱ゆえか、兼正は「ああ」と弱々しく答えただけで、苦しそうな顔をして右手で胸を押さえ、娘の方を見やった。

「お父様？　痛むのですか？　……おやすみください。後はわたくしが」

そう言って百合江は兼正の背中に手を当て、枕を動かしてゆっくりと身体を倒した。

「どうか今日はこれでやすませてやってくださいませ。邸内のご案内は引き続きわたくしがいたしますので」

百合江は懇願するような眼でスミスを見やる。

「わたしは誰の案内でも構いません。ミスター・リュージョージにお会いしたいと言った覚えもありません。どのみちご案内がなければ自分で見て回るだけのことですから」

「……こちらへどうぞ」

百合江の噛み締めた唇が真っ白になっている。怒りと恥辱に震えているのだろう。そしてそれを見ているスミスの唇に何だかとてもいやらしい笑みが浮かぶのを瑞樹は見た。

こいつ、楽しんでやがる。うら若い女性を——女に限らないのかもしれないが——いじめて喜ぶようなやつなのだ。

何とかしなければ。そう思いはしたものの、一体どうすればいいのか分からなかった。GHQ相手に戦う方法など、響太郎からも教わらなかった。

ややうなだれた百合江を先頭に、再び一行は回廊を通り、屋敷の一番北側奥に位置する部屋へとやってきた。そこは美術品だけを集めた、小さな美術館と言ってもいいような一室だった。ぐるりの壁には印象派を中心にした絵画が飾ってあり、部屋の中央には五つのガラスケースが並んでいて、人が入れそうな巨大な中国の壺や、びっしりとダイヤモンドが並べられた首飾り、小さな宝冠などが展示されている。スミスは狂喜したように一つ一つを観察しては忙しくメモを取り始める。

「お父上は、様々な芸術にご興味がおありのようですね」

大作はスミスの背を冷ややかに見つめながら、百合江に話しかける。

「……どうなのでしょう。わたくしにはどうにも趣味がバラバラすぎて、ただ高価なものをありがたがっているようにしか見受けられないのですが」

それは何となく瑞樹も感じていたことではあった。大作と一緒に付け焼き刃の勉強をしただけだが、ここにあるものは統一感がなさ過ぎる。芸術を愛好してこれだけの数の美術品を集めたのなら、蒐集《しゅうしゅう》家本人の趣味というものが多少なりとも浮かび上がってくるはずだが、ここにはそういうものは何も感じない。

金に飽かして集めただけの美術品。もしかするとそれは金や株券と同じように、資産として保有していたものであるかもしれない。

「この扉はなんですか」

部屋に入ったときから、奥にそこだけ異様な雰囲気の鉄の扉があるのは分かっていた。今その扉に達したスミスが、大きな取っ手を握ってガチャガチャさせながら訊《たず》ねた。

「この展示室の向こうにある、金庫室の扉です。そちらにある部屋そのものが、金庫のようになっております。戦前に父が作らせました。四方の壁も天井も床も分厚い金属でできていて、戦艦並みの強度があるのだと言っていました。その扉にはダイヤル錠と鍵《かぎ》穴がついていて、鍵は父が肌身離さず持っております」

「中には何がありますか。開けてもらわなければなりません。鍵をもらってきてください」

「申し訳ありません。例の予告状が来てから、絶対にここを開けるなと、父がそう申しておりますもので。二本しかない鍵は両方手放しませんし、ダイヤル錠の番号は父しか知りません。中にあるのは、やはり美術品の類《たぐい》がほとんどのはずです。ここに置いてあるものより貴重なものが多いとのことです」

「ふむ。なら仕方ない。職人を呼んでこじあけるしかありません。ドリルが必要になるかもしれませんが、当然金庫は使い物にならなくなります。中を確認しないわけにはいきませんのでね」

スミスが言うと、大作は首を傾げた。

「せっかくこんな頑丈な守りがあるのに、不思議紳士のために開けてやるおつもりですか？　それで中のものを――何か知りませんが――ごっそり盗《と》られたら、どのように責任を取るおつもりですか」

「民間人の意見など聞いていない！　わたしが指揮を執ると言っている以上、フシギの犯行は失敗したも同然だ。こんな金庫など壊れようがどうしようが知ったことか。それに、ミスター・リュージョージが協力しさえすれば金庫を壊す必要もない。もし壊さねばならなくなったとしたら、その責任はミスター・リュージョージにある」

「わたしはちょっとした忠告をしただけのつもりですが、もちろん聞き流すのはあなたの自由です。忘れてください」

スミスはしばらく大作を見つめていたが、やがてにやりと笑って百合江に向かって言った。

「――ミス・リュージョージ。わたしはミスター・クジョーと二人で少し話をしたい。警部たちを連れて屋敷の残りを先に案内しておいてください」

百合江はしばし戸惑った様子でスミスと大作の顔を見比べる。大作がにっこり笑って頷《うなず》いたため、仕方なく百合江は「ではこちらへ」と四谷と一柳を展示室の外へと連れ出した。

不穏なものを感じていたのだろう、四谷が心配そうに大作の顔を見るが、これまた呑《のん》気《き》そうに大作は手を挙げて見せる。

瑞樹はその場に留《とど》まったが、スミスはちらりと見ただけで何も言わず、展示室のドアを閉めた。ドア越しの気配にしばらく耳を澄ませていたようだったが、やがてスミスはゆっくりと大作に近づいた。手にしていたメモ帳をポケットに戻し、再び被《かぶ》っていた軍帽を脱いで、手近なガラスケースの上にぽんと置いた。

「わたしと話とは一体――」

大作が言いかけた瞬間、スミスの右腕が引かれるのが分かった。

「先生、危ない!」

瑞樹が声をかけたからか予期していたのか、大作は顔をガードするように両前腕をあげた。

しかし、大振りの右はフェイントだったらしく、がら空きになった腹にスミスの左拳《こぶし》がめり込んだ。

大作はくの字に折れて、一瞬足が床を離れたように見えた。その後、頭を絨毯《じゅうたん》にぶつけるようにして倒れ込む。

「何しやがんだ！」

瑞樹は大作に駆け寄り、庇《かば》うように覆い被さった。直接スミスに立ち向かいたいという気持ちはあったが、あらゆる意味で今はまずいと一瞬で判断し、必死でこらえたのだ。

「こんなにも立場をわきまえない日本人がいることに少々驚いていてね。特別にしつけが必要なんじゃないかと思ったわけです。助けを呼びたかったら呼んでもいいですよ。人払いをしたのは、わたしのナサケです。――『ナサケ』、そう言うんですよね、確か。あなたの惨めな姿をお友達に見られないで済むようにという配慮です」

ある程度は、分かっていたことだ。反抗的な態度を取り続ければどこかでしっぺ返しを食うのではないかと恐れてはいた。しかし、ここまで直接的な暴力に訴えてくるとは予想外だった。

「ぐっ……」

大作がぴくりと動き、呻《うめ》き声が聞こえた。

「先生、大丈夫ですか！」

「……大丈夫だ。大丈夫、大丈夫……」

腹を押さえたまま、一旦《いったん》四つんばいになり、何度かゆっくりと深呼吸をしてから瑞樹の肩を借りるようにしてふらふらと立ち上がった。

それを見て、スミスはボクシングの構えを取る。

「もうやめてください！　充分でしょう！」

「判断するのはわたしだ。子供はのいていろ。邪魔をするなら遠慮しないぞ」

背後に回って、膝《ひざ》の裏を突けば体勢を崩せるかもしれない。その上で頭を床かどこかに打ちつければ――この絨毯では効果も薄いし、他に固い場所も凶器になるようなものも見当たらなかった。展示品を破壊してもいいのなら別だが……。

「瑞樹くん、下がっていなさい」

「でも先生――」

「いいから」

大作は瑞樹を押しやり、高く両腕を構え、何度か練習したように足も前後に軽く開き、軽やかな体重移動を行う。ぱっと見にはボクサーのように見えなくもない。

右拳が飛んでくるのを前腕で受け止める。二発受けて、もう一発が腹へ。大作はよろけたが、今度は倒れなかった。予期していて腹に力を入れたのだろう。

「両方をガードするのは諦《あきら》めましたか？　わたしは最初からあなたの顔を殴るつもりはなかったんですけどね。痕《あと》が残るのはお互い余りよろしくないでしょう。わたしはあなたのボディだけを攻めます。顔は殴らない」

そう宣言して、軽快に右、左と腹に叩《たた》き込む。「げふっ」と変な息が漏れたが、大作は相変わらずガードを下げないまま、何とか持ちこたえた。

「わたしが殴らないと言ってるのに、信じないんですか？　そんなずるい真似をせずともう一度あなたを這《は》い蹲《つくば》わせるのは簡単なことなんですよ」

苛ついたように数発続けて腹や胸を殴りつける。何度も苦痛の声が漏れ、とうとう大作は団子虫のように丸くなって蹲《うずくま》ってしまった。

「反撃もしないんですか。勝ち目のない戦いだということが分かるくらいの知恵はあるんですね。なら最初から、反抗的な態度は取らないことだ。分かりましたか？　分かりましたか、ミスター・クジョー？」

スミスは蹲る大作の前に膝をついてその髪の毛を鷲掴《わしづか》みにすると、ぐいと引き上げて顔を近づける。

「……分かりました」

大作は息も絶え絶えにそう言い、うんうんと何度も頷く。涙と鼻水が出ている。

「これからはわたしの言うことに反対しない。意見しない。よろしいですか？　もし今度わたしに逆らうようなことがあったら、これくらいでは済みませんよ」

「あ、あなたに従います」

スミスが突然興味を失ったように手を離すと、大作は再び前のめりに倒れ、顔を絨毯に突っ込んだ。瑞樹はそっと近寄る。

「お前も、分かっているな。次はお前もこうなる。覚えておけ」

スミスはそう言って軍帽を取って被り、展示室を出て行った。

くそっ。どうにもできなかった。どうにも。

大作は、所詮《しょせん》大作だ。先生なら、もっと互角に戦えたはずなのに。こんな惨めな姿をさらすことはなかったのに。

大作がついさっきまで、いかにも本物の響太郎のようにふるまっていただけに、瑞樹には響太郎のイメージを壊されたように感じられた。まるで本物の響太郎が、惨めな姿をさらしているように思えて悔しくて仕方なかったのだった。

「大作……さん」

先生、とはとても呼べなかった。

「大丈夫か、大作さん」

傍らに跪《ひざまず》いて、乱れたジャケットの背中をそっとさする。

「……大丈夫じゃねえよ。大丈夫じゃねえけど、軍隊じゃもっとひでえ目にも遭った。こんなの序の口さ。それにとにかく」

大作は尻餅《しりもち》をつくように絨毯の上に座ると、苦痛に顔を歪《ゆが》めながらも瑞樹に笑いかけた。

「顔だけは守った。九条響太郎が顔に青あざ作るわけにはいかねえだろ？　そんなのみっともねえもんな」

「大作さん……あんた……」

「肩貸してくれ。……服はどうだ？　シャツ出てねえか？」

はっきり言ってジャケットもシャツもズボンもグチャグチャだった。瑞樹は唇を嚙みながら、大作の服装を直し、皺《しわ》が目立たないように手で引っ張って伸ばした。

「何泣いてんだよ。お前が殴られたわけじゃなし」

気づかぬうちに涙が出ていたようだ。

「だって……くそっ！　あの野郎、ただじゃおかねえ」

「いいんだよ。俺も調子に乗りすぎた。やり合ったら勝てっこねえのによ。これからはもっと慎重に演技しねえとな。九条響太郎っぽきゃいいって話じゃねえわな。ともかく、俺たちの仕事はＧＨＱやアメリカさんとやり合うことじゃねえ。不思議紳士をとっつかまえるのが最優先だ。そうだろう？」

瑞樹はごしごしと涙を拭《ふ》いてから答えた。

「ああ、そうだ。あんたの言うとおりだ。——歩けますか、先生？」

大作は何度か深呼吸してから瑞樹から手を離し、真っ直ぐに立った。

「大丈夫だ。じゃあ行こうか……瑞樹くん」

女中と孤児

瑞樹は大作に肩を貸して展示室を出たが、ぐるりを取り巻いている回廊の美術品をチェックしているスミスと、その手前の階段を下りた先の一階ホールで待っている百合江たちが見えると、大作は自らぴんと背を伸ばし、ややぎこちない足取りで先に立って歩き始めた。

「どうもみなさん、お待たせしてすみません」

大作が一階ホールの面々に聞こえるようそう声をかけ、ゆっくり階段を下り始めると、回廊の手すり越しにその姿を認めたスミスは一瞬驚いたように目を剝《む》いたが、すぐに猛獣のような笑みを浮かべた。

階段を一歩下りるたびに、大作のこめかみがぴきぴきと痙攣《けいれん》し、額に脂汗が滲《にじ》むのが分かった。必死で平静を装ってはいるが、相当のダメージを受けているのは間違いない。しばらくはごまかせたとしても長時間は無理だ。何とか大作を自宅へ帰して医者に診せなければならない。瑞樹は、大作がいつよろけてもさりげなく支えられるような距離を保ちながら歩きつつ、無数の言い訳を考えていた。

階段を下りきる前に回廊からやってきたスミスが追いつき、親しげに大作の肩をバンバンと叩《たた》いて満面に笑みを浮かべる。大作は一瞬うつむいて顔をしかめたが、すぐにそれを笑顔に変えて皆に向ける。

「お話は終わったのですか？」

百合江が心配そうに声をかけてくると、大作の機先を制するようにスミスが口を開く。

「色々と興味深い意見を交換することができました。彼はきっと我々のよき協力者となってくださることでしょう。そうですね、ミスター・クジョー？」

大作は歯を食いしばりながらも陽気な口調で言った。

「……まったくです。腹を割ってお話しさせてもらいました。腹を割って、ね。ハハハ」

そんなことを言いながらちらりと瑞樹に笑いかける。瑞樹一人に向けた冗談のつもりらしいが、もちろん笑うことなどできなかった。

「そうですか……」

若干不審そうな目は向けたものの、それ以上追及する気は誰もなさそうで、瑞樹はとりあえずほっとした。

「屋敷内の様子はざっと見ていただきましたが……？」

百合江は誰を相手にすればいいのか分からない様子で、大作とスミス、四谷警部の顔をちらちらと窺《うかが》う。

「わたしが大まかな警備計画を立てて警視庁宛に送ります。四谷警部はそれを仕上げて、人員と装備を確保。明日中には警備にかかってください。最低でも二百人は必要でしょう」

スミスが言うと四谷は頷いたが、少し慌てた様子で聞き返す。

「明日からですか？　明日からすぐ二百人、というのはさすがに難しいかもしれません。予告日までまだ間もありますし、何とか掻《か》き集められるだけ掻き集めはしますが……」

「無抵抗の人間を惨殺できる犯人が、予告したとおり犯行を起こすとでも思っているのですか？　捜査を攪乱《かくらん》するためのものに決まっているでしょう。予告日の前かもしれないし、後かもしれない。――いずれにしてもあなたは心配しなくても大丈夫です。話はずっと上の方でつくでしょう」

ＧＨＱの命令なら警視庁も、他のすべてに優先して人員を回すしかない。一警部の意見とはわけが違う。

「捜査を攪乱するため」と言うスミスの言葉に瑞樹は少し引っかかりを覚えた。確かにそうだ。昔の不思議紳士は必ず予告状を送っていたから別段おかしいとは思わなかったものの、浅井男爵邸では予告はあったのだろうか？　まったく話に上らなかったところを見ると、予告はなかったのではないか。予告は来たのにいたずらと思って無視した可能性はあるが、現場に残されていたカードは「天誅《てんちゅう》」とあったように、犯行後に置かれたものなのは確かだろう。

しかし、スミスの機嫌を損ねる危険を冒してでも言わねばならないことが瑞樹にはあったので、予告状を巡る思考は一旦《いったん》お預けになった。

「ちょっと待って下さい」

瑞樹が言うと、案の定スミスは不機嫌そうな目でじろりと睨《にら》み下ろす。

「なんだ。まだ何か言いたいことがあるのか。ミスター・クジョー、しつけがなっていませんな」

先ほどの暴行の後だけに、大作も口を押さえに掛かるかと思いきや、案外涼しい顔を取り繕い、「彼の意見はなかなかあなどれませんよ。瑞樹くん、言いたいことがあるなら遠慮せずに言いなさい」と助け船を出してくれた。

言葉を間違えれば自分だけでなく、また大作にもとばっちりが行くかもしれない。瑞樹は慎重に話し始めた。

「はい。――たくさんの人員で警備をすることには反対です。ましてや、あちこちから人を掻き集めれば、お互いよく知らないもの同士の集まりになるのは避けられません。そうなれば不思議紳士の思う壺《つぼ》です。隣の警官が本物かどうか、常に気にしながら長期間警備を続けられると思いますか？　絶対無理です。警備は最小限の人数、それもお互いよく見知ったもの、ごまかしの利かない人たちでやらねばなりません」

警部とスミスの顔を見据え、最後に傍らの大作の顔を見上げると、大作は大きく頷いた。

「なるほど。一理ある。しかし、少人数といってもこの大きな屋敷だ。敷地も広い。それなりの人数はいるのではないかな。君は何人で警備すればいいと思うね」

「そうですね。屋敷内――敷地内に入れるものは十人。その代わり敷地の外側、塀の外は厳重に三交代である程度の範囲を監視してもらいます。二十人ずつで計六十人。こちらは、全員がよく知った間柄でなくてもいいでしょう」

「中の十人は？　やはり三交代か？　なら三十人いるな」

ぼんやりとした考えはあったが、大作に聞かれてはっきりとした。瑞樹は四谷とスミスの顔を見比べながら答えた。

「……一度中に入った十人は、不思議紳士の捕縛、もしくは奴が犯行を中止したと分かるまで、外へ出るべきではありません」

「何だって？」

四谷警部が声を上げ、隣の一柳は鼻で笑った。

「馬鹿げてる。そんなことは不可能だ！　予告まで一週間もあるし、その日以降は犯行がないと決まったわけでもない。永遠に無駄働きすることになるかもしれんじゃないか！　誰がそんな警備に志願すると思う」

「そうですね。――しかし残念ながら、出入りを制限するのは警官だけじゃありません。ここの使用人と龍乗寺家の方もです」

「まあ、わたくしたち、これからここを出られませんの？」

百合江は、優雅に口を手で押さえると、少し面白がっているようにも聞こえる口調で聞き返した。

「申し訳ないとは思います。でも、ちゃんと理由があるんです」

「一体どんな理由だ！　たとえ理由があったところで、全然現実的ではないがな」

一柳が苛々《いらいら》を隠さず言う。瑞樹はここしばらく不思議紳士との対決に備えて考えていたことを必死で頭の中でまとめ、大人たちを説得するにはどうすればいいか慎重に言葉を選んだ。

「ぼくはもちろんその場にいたわけではありませんが、不思議紳士は変装に関しては本当に巧みだったようです。そうですね、四谷警部？」

「ま、まあ確かに……油断していて騙《だま》されたことはあったが……」

「出入りするたびに変装でないか確認するのも、どこかで誰かが気を抜けば意味がなくなります。入れ替わりの可能性を完全になくすためにも出入りは最小限にした方がいいというのが一つ」

「他にもまだあるのか」

うんざりしたように一柳が言ったが、瑞樹は気にせず続けた。

「もう一つの方が重要なのでちゃんと聞いて下さい。——いいですか。不思議紳士は凶悪化しています。かつてのような〝紳士〟だなんて思わない方がいい。どんな手でも使ってくるでしょう。もし、この屋敷内で警備する警官なり使用人なりが、全員本物だとしても、外で不思議紳士の一味と一旦接触してしまえば、どうなるでしょう？　大金の誘惑に負けるものがいるかもしれません。また、家族なり、大切に思う人なりを人質に取られて脅迫されたら、その大切な人のために不思議紳士の手引きをする可能性がないとも言い切れないでしょう？　脅迫の可能性を断つには、秘密裏の接触を完全に封じるしかありません」

一瞬文句を言いそうに見えた一柳も、開きかけた口を閉じて何か考えているようだった。

「ふむ……確かにな。完璧《かんぺき》を期するなら、人数をいたずらに増やすよりも、信用できる、裏切る可能性の少ない人間を揃える方が大切かもしれん」

いいぞ、四谷警部は納得してくれたようだ。しかし問題はスミスだ。

じっと黙って瑞樹の話を聞いていた大作は、スミスに向かって言う。

「――わたしの助手はこんな意見を申しておりますが、もちろんこんなものは聞く必要はありません。子供の考えたことですからね。そりゃあもう警視庁から使えるだけ人を集めて警備するに越したことはないでしょう。この敷地なら二百人と言わず三百人くらい要請してはどうでしょう？　ＭＰをお借りするってわけにはいかないんですかね？　不思議紳士もさすがにアメリカ人ばかり揃えるのは難しいでしょうから、きっと役に立ってくれると思いますが……」

大作もこっぴどくやられてさすがに日和《ひよ》ったのかと瑞樹は思ったが、苦々しげな顔のスミスは予想とは反対の反応を示した。

「黙れ。その子供の言うこともっともだ。その子や警部が言うように、フシギとやらが、わたしが思っていたようなただの強盗団でないのなら、もう少し慎重にことを運んだ方がいいのかもしれん。——分かりました。わたしは最小限度の人数で行える警備計画を立てておきます。その代わり、四谷警部は慎重な人選を行っていただきたい。忠実で忍耐強く、頑強で、家族等の弱みの少ないもの。よろしいですか？」

「はっ。了解しました！」

「そして、できれば一瞬でもこの屋敷を無防備な状況にしたくありません。お二人は増援が来るまでこの場に残っていてもらえますか」

「もう既に臨戦態勢でいろということですな。お任せ下さい」

四谷警部はすっかりスミスの指揮下に入ったつもりなのか敬礼までしてみせた。下手に逆らっても痛い目に遭うだけなのだから賢明な判断だ。こいつよりよほど賢明なのは間違いない——瑞樹はそう思いながら大作を見上げて、微《かす》かに身体が揺れていて、先ほどより脂汗がひどくなっていることに気づいた。一刻の猶予もない。

「んー……！」

瑞樹は腹を押さえ、呻《うめ》き声をあげながら床に蹲《うずくま》った。

「どうした、草野くん！」

先に声をあげたのは四谷警部だった。続いて大作が屈《かが》み込み、顔を近づける。

「瑞樹くん？　瑞樹くん！」

「お腹が……お腹が急に……」

目で訴えると、大作は理解した様子で頷き、顔を上げて言った。

「百合江さん。申し訳ありませんが、少し助手を休ませてやれるところはありませんか。食あたりでも起こしたのかもしれません」

「まあ。――スズ子！　スズ子！」

百合江が呼ぶと、すぐ近くで待機していたらしい先ほどの幼いといってもいいくらい若い女中が姿を現す。

「はい、何でございましょう」

「草野様――九条先生の助手の方が、具合が悪いそうなの。ベッドメイクのできている客間にお連れして。――お医者の先生をお呼びした方がいいでしょうか？　かかりつけがおりますから、電話をすればすぐに来ていただけると思いますが……？」

「多少の心得はありますので、しばらくは様子を見ます。もし少し休んでも調子が戻らないようなら、その時はお願いします」

うまく切り抜けた。瑞樹は、片手で腹を押さえたまま、大作に抱き起こされる振りをしつつ立ち上がる。ちらりとスミスの様子を窺うと、『分かってるぞ』と言いたげな目でこちらを見ていたが、すぐに興味をなくした様子で玄関へ向かって歩き出した。

「では、わたしは一旦本部に戻ります。明日〇九〇〇に参りますが、その時必要な人員が揃っていることを祈りますよ。そしてもちろん、今晩中にフシギとやらの犯行が起きないこともね」

スミスは捨て台詞《ぜりふ》のようにそう言い残して自ら玄関を開けて出ていった。助手席をこちらへ向けて待機していたジープに乗り込み、そのまま走り去る姿が開け放たれたままの玄関越しに見えていた。

「やれやれ。どうなることだかな」

四谷警部はほっとした様子で言ったが、その横顔を一柳がやや呆《あき》れたように見ているのには気づいていないようだった。

女中のスズ子の案内に従い、瑞樹は大作とゆっくり歩いていった。実際には瑞樹が大作を支えているのだが、その逆に見えるように歩くのはなかなか難しく、二人三脚のようなぎこちないものとなるのは仕方なかった。

四谷と一柳の二人と百合江、執事の山口を置いて、瑞樹たちは苦労して二階へと戻り、階段近くの客室へと入った。大きなベッドが二つ用意された、広々とした客室だ。

スズ子が「こっちへおいでなさい」と手前のベッドの上へ瑞樹を寝かせようとする。腹が痛い振りを続けながら靴のままベッドへ倒れ込むと、甲斐甲斐《かいがい》しくその靴を脱がせてくれた。

「ありがとうございます。後はわたしが見ておりますので。ほんとに大丈夫です。仕事に戻って下さい」

大作が必死で彼女を追い払い、ドアを閉める。しばらくドアに額を押しつけるようにして遠ざかる足音を聞いていたようだったが、やがてふらふらと戻ってきて、瑞樹が横にごろんと転がって作ってやったスペースにゆっくりと倒れ込む。

「大丈夫か？」

囁《ささや》くように聞いたが、もはや大作は答えることもできないようだった。顔をシーツに埋《うず》めたまま微かに首を横に振る。

瑞樹は靴下のままベッドから降り、大作の足を持ち上げてベッドに載せる。靴を強引に脱がせると、「痛い痛い痛い」と情けない声をあげた。

「痛いなら生きてるってこった」

靴を放り出し、今度は大作の身体を仰向《あおむ》けにして、ネクタイを解き、ジャケットとベスト、シャツのボタンを全部外し、そっと開いて中を見た。

腹を中心に、前面のほとんどが、青や赤の絵の具を塗りたくったような不気味な様相を呈していた。

「くそっ。こんなになってんじゃねえか。やせ我慢しやがって。気分が悪いから帰るとでも言やあいいじゃねえか」

「……馬鹿野郎。そんなみっともねえ真似ができるかよ。あいつを喜ばせるだけじゃねえか」

妙なところで意地を張る奴だと瑞樹は少し呆れた。危なくなったらいつでも逃げると言ってたくせに、一体何なんだ。

部屋を見回すと低い箪笥《たんす》があり、一番上の引き出しを開けてみると運のいいことにきれいなタオルがいくつか入っていた。ベッドとベッドの間に置いてある小さなサイドテーブルの上にはガラス製の水差しがあったが、中身は空だ。近くに水道はないだろうか。入ってきたのとは違う扉があることに気づき、近づいてそっと開けてみると、どうやらそこは洗面所のようだった。御影《みかげ》石の台座でできた重々しい立派な洗面台が設置されていて、向かい側にはもう一つ扉がある。二つの客間の間にあるらしい。瑞樹はタオルを二枚、水で濡《ぬ》らして絞ると、大作の元にとって返し、醜く変色したところにそっと当てていく。骨折や内臓へのダメージがあるかどうかについては分からないが、打ち身は冷やせば少しましになるのではないかと思ったのだ。

「つっ……」

「痛いか？」

「……気持ちいい。楽になる気がする」

「そうか」

二枚の濡れタオルで何とか変色した部分を覆うことができた。これで何とかなってくれればいいが。とりあえず様子を見るしかないと、もう一つのベッドに腰掛け、足をぶらぶらさせる。

「──そういやさっきあんた、俺の提案に反対したたな。幸い少佐は賛成してくれたからよかったけど、一体どういうつもりなんだ」

「え……？　ああ」

苦痛に満ちた表情が一瞬緩む。笑ったようだった。

そして苦しそうな息の合間に切れ切れの言葉を漏らす。

「お前はな、確かに子供にしちゃ頭はいいかもしれん。でも機微ってもんがまるで分かってねえ」

「キビ……？」

「さっきあそこで俺が、お前の提案の方が正しいと思うって言ったら、どうなったと思う」

「どうって？　さあ」

「少佐が言い出したことを、お前が否定して、四谷警部もそれに乗った。……その上俺までが、その提案を支持したら、少佐は引っ込みが、つかねえだろうが。あいつは意地になって、最初の自分の計画通りにことを運ぼうと、しただろう。あいつは俺を目の敵にしてる。俺があいつの意見に乗ったから、逆に奴にはそれを否定する理由ができたわけだ」

瑞樹の脳裡《のうり》にその光景がまざまざと浮かんだ。確かにそうだ。大作が瑞樹の意見を否定したことで、スミスは逆に大作を──九条響太郎を否定することができた。大作がスミスを操ったとも言える。

「あんた一体――」

その時ガチャリとドアが勢いよく開けられ、先ほどの女中――スズ子が手に木の箱を抱えて飛び込んできた。

「まあ」

しまった。そう思った瞬間、身体が反応していた。

大作の横たわっているベッドに片手をついて一跳びで越え、戸口で立ちすくむ少女の背後に回って開きっぱなしのドアを閉じる。

「何、何を――！」

「しっ！」

顔を近づけ、少女の口の前で人差し指を立てる。瑞樹より少しだけ背が高い。

「お願いだから声を出さないで」

スズ子は目を白黒させ、ごくりと唾《つば》を呑《の》んで頷いたものの、小さな声で言った。

「……あんた、お腹が痛いんでねがったのか」

「違うんだ、これはその……」

スズ子の視線はどうしてもベッドの上の大作に向かう。大作は、諦《あきら》めているのか動けないのか、はだけた前を隠そうともしない。もっとも、濡れタオルで覆われているため、ひどい怪我をしていることは見ただけでは分からないはずだった。

「具合が悪いのは先生の方か？」

くそっ。もっと神経を張り巡らせていれば、この分厚い絨毯《じゅうたん》でも、彼女が近づいてくる気配に気づけたはずなのに。油断だ。一瞬の油断が、すべてを台無しにする。

「そうなんだけど、でも——」

言い淀《よど》んでいるとスズ子はすいっと動き、大作の上に置かれた濡れタオルをさっとめくり、ひゅっと息を呑む。

「やめろ！」

と小さく叫んだが、手遅れだった。

「あんれまあ」

「スズ子さん、だっけ？　ぼくの言うことを聞いてくれ。このことは——」

必死で言いつのる瑞樹に、年上の少女は少し怒ったように真っ直ぐ見つめてきた。くりくりとした澄んだ黒い瞳《ひとみ》に、瑞樹は吸い込まれそうになる。まん丸の顔、抜けるように白い肌と赤い頬の取り合わせは、間近で見ると食べ頃の白桃のようだ。

「あんたの先生がこんなひどい状態なのに、このままほっどくつもりなのけ？　ほら、これ持って」

先ほどから手にしていた重たい木の箱を、瑞樹に押しつけてくる。

「何だよ、これ」

瑞樹にそれを持たせたまま、スズ子はぱちりと留め金を外して蓋《ふた》を開けた。上から覗《のぞ》き込むと中にはガーゼや包帯にピンセット、ハサミ、それに薬瓶らしきものが山ほど入っていた。小さな診療所が開けそうな救急箱だ。

スズ子は、いかにも田舎娘といった雰囲気に反し、てきぱきと処置をしていった。胸全体をそっと触診して具合を見てから、たくさんある薬の中から軟膏《なんこう》を選び出して全体に塗り、それを覆うようにガーゼを貼り付け、最後に包帯を巻いた。身体を起こさねばならなかったので瑞樹も諦めて手伝う。ジャケットとベストは脱がせて、シャツだけは着せてもう一度寝かせた。

「何があっだのか知んねえけんど、あばらが折れでるかもしんね。ここ……ここんとこ。すぐにお医者さんに診でもらわねえと」

手際もいいしそんな見立てができるということは、若いのに多少の心得があるのかもしれない。

「……そういうわけにはいかないんだ。このことはぼくたち三人だけの秘密にしておいてくれないか」

「秘密？　どうしてだ」

「……敵に弱みを知られたくないんだ。分かるだろ？　九条響太郎が怪我をしていると分かったら、不思議紳士はそれだけ動きやすくなる。この屋敷内だろうと、よく知ってる人が相手だろうと、黙っていて欲しい。百合江さんでもだ。どこで誰が聞いていて秘密が漏れるか分からない。知ってると思うけど、不思議紳士はこの間の事件では一家四人を惨殺した。無抵抗の人たちをだ。ここに不思議紳士が盗みに入るっていうことは、ここにあるたくさんの絵や壺が盗まれるってだけのことじゃない。百合江さんや、ご主人が殺されるかもしれないってことだ。そしてそれを警備しているぼくたちや使用人の君たちも、無事でいられる保証はない」

いっそのことスミスに受けた理不尽な暴行について言ってしまいたい気もしたが、何とかそれらしい理屈をひねり出した。

「スズ子さん、こんなにしていただいて、その上厚かましいお願いだとは思うが、彼の言う通りにしてもらえないだろうか」

大作が申し訳なさそうに言う。少し横になったせいか、手当をしてもらった安心感か、少し顔色も表情もよくなったように見える。

「秘密にしだ方がいいってんなら、黙ってます。おら……わだしは、こう見えてもおしゃべりではねえで。おしゃべりの女中はどこでも一番嫌われます」

真面目な顔つきでそう言ったので、瑞樹は思わず噴き出してしまった。

「何がおがしい？」

「……いや。君はおしゃべりには見えないよ。口が堅そうだ」

不審そうに目を細めて、

「馬鹿にしてるだか？　訛《なま》りの抜けない田舎者だと思ってんだろ」

と口を尖《とが》らせる。

「そんなことない！　……いや、ごめん。ちょっとは思った。ちょっとね。でも、信用できそうな人だと思ったのもほんとだ」

　しばらくむっとしたような顔をして瑞樹を見つめていたが、やがてぱあっと笑みを拡げ、頷《うなず》く。

「あんた正直もんだな。分がっだよ。先生の怪我のこどは誰にも言わね。心配しねえでけろ。わだしらのこと、守ってくださるお方だとお聞きしておりゃあすし」

　彼女のような娘に「正直もん」などと言われると、大きな嘘をつき続けている身としては少々心苦しい。

「それでできれば、なるべく他のやつが様子を見に来ないよう、何かあったらスズ子さんが呼びに来るようにしてくれるかな」

「んだ。――そういや、賄いの残りとかあると思うけんど、そないなものでよがったら、持ってきてもいいけんど？」

　考えてみたら、昼過ぎに百合江たちが来て、そのままここへ来てしまったから、昼食は二人ともとっていないことに気づいた。毎日きちんと三食食べているわけでもないし、スミスのおかげで空腹など感じる余裕もなかったが、言われてみるとやっぱりお腹は空《す》いていた。そして、一度飢えというものを知ったせいか、食べられるときには食べられるだけ食べるという習慣も身についている。

「ありがたい！」

そう言って大作を見ると、苦笑いしながら首を振る。

「わたしは……結構だ。食欲はないよ」

「分がりました。じゃあ坊やの分だけ何がお持ちします」

瑞樹は耳を疑った。

「坊やって言うな！　大して変わらねえ年だろ」

「おやまあ。わだしはもう数えで十八だよ。あんたは？」

「……数えだったら十五だ。三つしか変わらねえじゃねえか」

「数えで十五じゃ、まあだ大人ではないな」

スズ子はカラカラと笑いながら救急箱を持って部屋を出て行った。

「おい！　……くそっ、あんなガキにまで子供扱いされるなんて」

「……いい子みたいで助かったじゃないか。もう終わりかと思ったぞ」

「ああ。俺のミスだ。あの子が近づいてくるのも分からなかった」

「いいってことさ。結果オーライだ。ヒヤッとすることは何度もあるだろうさ。でもそのたびに人間は成長する。若いお前ならなおさらだ」

口調は普段の大作のものだったが、その言葉は瑞樹の心の中にするりと受け入れられた。

「そう……だな。これからは気をつけるよ――気をつけます」

「それにしても、鬼も十八、番茶も出花ってなあほんとだな。顔はタヌキみたいだが肌はぷりぷりしてた。ありゃあおぼこかなあ……」

瑞樹はかっとなって大作の腰を拳《こぶし》で小突いた。

「痛《い》てえ！　傷に響くよ！」

偽探偵と運転手

二十分ほどして戻ってきたスズ子は、真っ白な握り飯を三つ、皿に載せて布巾《ふきん》をかけて運んできてくれた。

「これだけしか、持ってこれなかった」

スズ子は布巾をめくってすまなそうに言ったが、瑞樹に文句のあろうはずもなかった。空いたベッドに座るとスズ子も当然のように隣に座り、間に握り飯の皿を置いた。大作は薬が効いて少し落ち着いたのだろうか、起きてはいるのかもしれないが目をつぶってじっと動かない。

「充分だよ。ありがとう」

瑞樹が早速一個取ってかぶりつくと、ここしばらく味わったことのない懐かしい味が拡がった。

「うめえ！」

響太郎の元で働くようになってから、食べ物に困ることはさほどなくなったものの、握り飯を食べる機会は考えてみるとそんなになかった。不覚にも涙が出そうになった。

「そんなに腹減ってでたのけ？　何も泣がなくでも」

「そうじゃねえよ！　……ちょっと思い出しただけだ。昔食べた握り飯のことを」

「あっぱ……お母ちゃんの作ってくれた握り飯か？」

瑞樹は嘘をつこうかと思ったが、黙って頷《うなず》くことにした。なぜかこの娘には素直になれる気がしたのだ。

「お母ちゃん、もういねえのが？」

「……ああ。みんな空襲で死んだ」

瑞樹は記憶を振り払って目の前の握り飯を一心不乱に頬張《ほおば》る。塩の味が少し強くなった。

スズ子は悔やみや慰めの言葉を口にすることはなく、頷いただけだった。

「そっか。わだしのお父ちゃんとお母ちゃんは田舎にいるけんど、長《な》げえこど顔も見でねえ」

「……東北かい？」

細かい地域は分からなかったものの、スズ子とよく似た東北訛《なま》りの人たちは何人もノガミで出会ったことがある。

「津軽《つがる》——青森だ」

青森が本州の最北端であることは瑞樹も最近の勉強で知識としては持っていた。

「青森か。冬は寒いんだろうな」

瑞樹は埼玉より北には行ったことがなかった。

「そりゃあ寒いっぺ！　東京の子供なんか来だら、あっという間にカチンカチンに凍っちまうんだから」

「へー」

スズ子は不思議そうに瑞樹の顔を覗《のぞ》き込む。

「今のは冗談だ。信じたのけ？」

「ばっ、馬鹿言うな！　信じるわけねえだろ」

「ははっ。照れなぐでええだよ。――あんだ、子供のくせに背伸びしすぎじゃねえが？もっと人に頼るこどを覚えねえと、この先、生きでくのが辛《つれ》えぞ？」

彼女とはほとんど大した話もしていないし、ここへ来てからの色々を見ていたはずもないのに、何もかも見透かされているような気がしてどきっとした。

「背伸びなんか……しちゃいねえ。一人でやるしかないから必死なだけだ」

スズ子は依然目を閉じたままの大作をちらりと目で示す。

「あんだはこの人の助手なんだろ？　よぐ知らねえけんど、立派な先生らしいじゃねえが。普段は親代わりなんじゃねえのけ？」

「そんなんじゃ……」

つい否定しそうになったが、さすがにそれはまずいと判断した。怪我はばれてしまったが、九条響太郎の仮面まで剝《は》がれたわけではない。

「そう……だよ」

「ここの女中頭さんが、今はわだしの親代わりだ。最初はながなが素直になれながったもんだけど、今じゃあすっかり頼りにしでる。――この人も、悪い人じゃなさそうだ」

瑞樹はじっと大作を見つめたが、何の反応も示してはいなかった。

「ああ。いい人だよ。孤児の俺を拾って、食わせてくれてる」

それはもちろん響太郎のことではあったが、大作に対する気持ちと微妙に混ざり合い、明確に区別できなくなってきていることに気づいた。こいつは最初に思ったほど悪い奴でもないし、どうしようもなく駄目な奴でもない……多分。もちろん探偵としては比較することさえ意味がないくらいだが、代役としては思いのほかうまくこなしてくれている。

瑞樹が握り飯を一個平らげてもう一個に手を伸ばそうとしたとき、スズ子の腹がくうっと鳴るのが聞こえた。意外なことに、耳まで真っ赤にしてうつむいている。

「……お、俺も充分だからさ、残ったやつ食べなよ。先生はこの通り食べそうもないし」

「そうかい？　……ならいただくことにすっぺ」

少し躊躇《ためら》ったものの、素早く最後の握り飯を摑《つか》むとかぶりついて嬉《うれ》しそうな顔をする。

「ちゃあんと朝昼晩、いただくものはいただいとるのに、最近、今時分になるとどうに

も お腹が空《す》いてしまうんじゃ……」

「それはあれだね、君がそろそろ大人の女になりつつあるってことだね」

いつの間にか目を開けていた大作が、顔だけをこちらへ向けてにやついている。

お前、起きてたのか——と言いかけたが、幸いなことに握り飯を口いっぱいに頬張っていて声が出せなかった。

「はあ、そんなものですか」

スズ子は今ひとつぴんと来ていない様子で、むしゃむしゃと握り飯を食べ続ける。

瑞樹は慎重に口の中の飯を呑《の》み込んでから、つとめて冷静に訊《たず》ねた。

「先生。もう大丈夫なんですか？」

「……ああ、何とかね。スズ子さんの手当のおかげだ。……いててて……ちょっと、手を貸してくれ」

身を起こそうとして激痛が走ったらしく顔をしかめる。瑞樹が慌てて手を差し伸べ、そっと起こしてやると、足をベッド脇に下ろし、スズ子と向き合って腰掛けるような形になった。

「警察の人はどうしてるか、知ってるかい？」

いきなり口説きにかかるのではないかと心配したが、さすがに本分を忘れてはいないようだった。

「はい。お若い方は当家の図面をご覧になって、書き写しておられます。警部さんは、電話であぢこぢ掛け合っておられるようで……」

それならこちらの様子を見に来る余裕もないのだろう。ひとまず安心だ。

「GHQ……アメリカさんはあれから誰か来たりしてないか？」

「はい。どなたもまだ」

だとしても警視庁の増援はそろそろ来てもおかしくない。一週間、もしかするとそれ以上ここに泊まり込むしかないと言ったものの、そもそも自分たちも長期戦の用意をしていないし、大作を医者に診せる必要もあるだろう。一旦《いったん》警部たちにここを預け、用意を整えて戻ってくるしかない。スミスは翌朝戻ってくると言っていたが、できることならその前、今晩中に戻っておきたいものだ。少しでもあいつの目がないところで自由に動ける時間が欲しい。

数少ない警察車両で送ってもらう、というわけにもいかないだろう。

「タクシーを、呼べるかな？」

瑞樹は考え考え、言った。

「龍乗寺ですって言ったら、飛んでくるだよ」

警察車両も満足にない状態だ、すっかり数の減ったタクシーも戦前のように簡単にはつかまらない。そしてもちろん、瑞樹は戦中・戦後を通して自分の金でタクシーに乗ったことなどまだない。特に今は初乗り二キロが百円という目の玉が飛び出るような値段らしい。余程のことがなければ徒歩と都電、場合によってバスを使う。しかし今は緊急事態だ。正直に事情を打ち明ければ四谷警部なら車を出してくれるかもしれないが、それは避けたかった。

　飢え死にしかけていた頃と比べれば信じられないほど金には余裕があるわけだが、それも響太郎から受け継いだ遺産だけだ。タクシーなど、今でも乗るのには相当の勇気が必要だった。響太郎の遺言で多くの資産は既に寄付が済んでおり、生きていたからといって取り戻すことができるとも思えなかったし、もとより瑞樹にはそんな考えはなかったのだ。大作に一生九条響太郎でいさせるつもりもない。

「できれば、四谷警部や一柳刑事に見つからないよう、一台手配してもらえるかな。あれこれ詮索《せんさく》されたくないんだ」

「分がっだ。多分十分くらいで来るから、すぐ出られるようにしどくとええ」

　スズ子は頷いて、空の皿を持って部屋を出て行った。

「──タクシーとはな」

　感心したような呆《あき》れたような口調で大作は言い、首を振った。

「しょうがねえだろ、あんたが──先生がこんな状態じゃ」

「分かってる。すまないな、面倒をかけて」

　現金は、瑞樹も大作も今たいして持っていないが、何しろ客は九条響太郎だ。足りなくても中に入って取ってくるのを許してくれるだろう。

　瑞樹は、ハンガーに吊《つ》るしてあったジャケットをとり、不自由な動きしかできない大作に苦労して着せてやった。乱れて寝癖までついてしまった髪を手で整え帽子を被《かぶ》らせると、何とか普通に見えなくもない。少しだけドアを開けて外の様子を窺《うかが》った。

「そろそろ行きましょう。——ああそうそう。もし見つかったら、ぼくの具合が思いのほか悪いので医者に行くってことにしましょう」

だいぶよくなったようなことを言っていたものの、軟膏《なんこう》を塗って少し休んだだけで治るはずもない。肩を貸して立ち上がらせたとき、さっとドアが開いてスズ子が入ってきた。

「申しわげねえ。タクシーを呼ぼうとしたら、百合江お嬢様に聞かれでしまって……」

「百合江さんに？」

「はあ。タクシーを呼ぶ必要はない、山口にお送りさせる、と」

金銭的にはありがたい話だが、自宅に着くまで芝居を続ける必要はある。しかし、本物の九条響太郎を知っている四谷警部や一柳刑事ほどには気を遣わなくても済むかもしれない。考えてみたらタクシーの運転手にしても九条響太郎復活の噂は知っているだろうし、うかつなことを口にできないのはここの運転手に送ってもらっても同じかもしれない。

「分かった。じゃあ、お言葉に甘えることにしよう」

幸い、階段にもホールにも人影は見当たらず、スズ子の手を借りて精一杯素早く玄関まで移動することができた。スズ子が扉を開けると、先ほど乗ってきたプジョーがまさに玄関前に停まるところだった。

「さ、早ぐ」

急いでポーチを下りると、運転席から素早く降り立った老執事が後部座席のドアを開けてくれたので、痛みに顔をしかめる大作を押し込むようにして瑞樹も乗り込んだ。

心配げに見送るスズ子に言った。

「また戻ってくるから。心配しないで。不思議紳士はぼくが——ぼくたちが必ず捕まえる」

スズ子はにこっと笑ってこくりと頷いた。

ドアを閉めるとプジョーはすぐに発進した。遠ざかるスズ子の笑顔が妙に胸を締めつけた。

「ご自宅へ一旦戻られると伺いましたが、それでよろしいですか」

山口がミラー越しに訊ねてきたので、大作は笑顔を作って頷いた。

「神田の方なんですが……」

「存じ上げております」

山口はそれだけ言って頷くと、複雑な東京の街を西から東へ車を走らせる。皇居より西の方は瑞樹もあまり土地勘がない上に、空襲ですっかりその姿を変え、日々その姿を変貌《へんぼう》させていくものだから、今どの辺りを走っているのかもよく分からない。かろうじて、山手《やまて》線を越える際、闇市の人混みがあったのは新宿《しんじゅく》に違いないということだけは分かった。

別に探りを入れられているわけでもないが、黙っていると大作に向かいそうな注意を少しでも逸《そ》らそうとして、瑞樹はあえて山口に話しかけた。

「遠いところまで、お手数おかけします。お屋敷のお仕事もあるでしょうに」

「いえ。今はとにかく九条様のお手伝いをするようにとお嬢様から仰せつかっておりますので」

GHQや警察が来た今でも、百合江はそれだけ響太郎に期待しているということだろう。家や財産はどうやらGHQに接収される可能性が高いわけだから、それらを守るためというよりもやはり命の危険を感じているからに違いない。

浅井男爵邸の血の痕《あと》を思い出し、瑞樹は肌が粟立《あわだ》つのを覚えた。スズ子や、百合江の血をあんな形で流させるようなことがあってはならない。断じて。響太郎の仇《かたき》を討つという本来の目的は決して忘れはしないが、生きている人々の命を守ることの重要性が増してくるのをひしひしと感じていた。

「山口さんは、龍乗寺家にはもう長いんでしょうね」

「そうでもございません。百合江様がお生まれになってからですから……それでももう二十数年にはなりますか」

百合江を子供の頃から見守ってきたということなのか。当主の兼正よりも、百合江の世話をずっとしてきた立場なのかもしれない。

「ご家族は、いらっしゃるんですか？」

「いいえ、幸か不幸かずっと一人でございます」

瑞樹の質問の意図を察したのか、そんな答え方をした。人質に取られるような家族がいないのは、確かに今回ばかりはありがたいことだ。

「奥様……百合江さんのお母様は？　もういらっしゃらないんですよね」

「ええ。もう十年以上になりますか。後添えでしたのでお若くて美しい方でしたが、肺を患ってしまわれまして」

なるほど。百合江は後妻の子供か。

「兼正様には男のお子様がいらっしゃらなかったものですから何とか跡継ぎをと思われていたのですが……しかし今となってみれば、女のお子様でかえってよかったかもしれませんね。こんなことになるとは」

それは戦争のことを言っているのか、華族制度がなくなったことを指しているのか今ひとつ判然としなかったが、瑞樹は黙って頷いておいた。

舗装の整った道を選んで走ってくれたのか高級車だからか運転がうまいのか、ほとんど揺れを感じることもない快適なドライブだった。快適すぎたのか疲れたのか、大作は向こう側のドアにもたれかかり、口を半開きにして寝てしまっている。特にスピードを出したというわけでもないが一時間足らずで九条邸近くに来たようだ。瑞樹はこっそり大作の足を蹴飛《けと》ばして目を覚まさせた。

「先生、そろそろ着きます」

細かい指示を出すまでもなく、山口はぴたりと九条邸の門前でプジョーを停める。瑞樹はドアを開けて降り立つと、手を貸したい気持ちを抑えながら、大作がゆっくりと出てくるのを待った。そっと動いているのを気取られないよう涼しい顔をしているが、多分まだ痛いのだろう。ようやく外へ出て立ち上がったところで瑞樹は急いでドアを閉める。

「用意をして屋敷に戻られるのなら、わたくしここでお待ちしてもよろしいですが……」

「いえ、結構です。我々の車もあった方がいいと思いますので」

「そうですか。では屋敷でお待ちしております。夕食はいかがなさいますか」

一瞬ごちそうが出るのではないかと心が動いたが、すぐそんな思いを振り払った。

「多分、到着は夜遅くなると思いますので、お気遣いなく」

「そうですか。ではまた後ほど」

ようやく山口がプジョーを発進させ、その姿が通りの彼方《かなた》に消えるのを待ってから、瑞樹は大作を支えて門を潜《くぐ》った。

傷だらけの偽探偵と令嬢

事務所に置いてけぼりにされた芦田蝶子は、最初は仕方がないと諦《あきら》めたものの、これは何か間違っている、と思い始めていた。自分に求められていたのが、いわば大作を響太郎と偽るための保証人みたいなものであることは重々承知していた。であれば、誰も彼を響太郎と信じて疑わない現在、もはや彼女には存在価値はないということだ。そしてもし大作がへまをしでかして正体がばれたとしても、蝶子にはそれをどうすることもできない。

もちろん、非力な女の身で何か荒事に対応できると思っているわけではない。あの小さな身体の瑞樹でさえ、本気になれば大の大人を叩《たた》きのめすことができるらしい。実際、簡単な護身術を教えているところに出くわした際、瑞樹はいとも簡単に大作の腕をひねりあげ、大作は「参った、参った」と情けない声を出して蹲《うずくま》っていたものだった。

二時間ほど電話番をしながら事務所の掃除をし、戸締まりを確認するとジャーマン・シェパードのカールの引き綱を引いて外へ出た。もちろん、芦田家の運転手に迎えに来てもらってからだ。

いたって大人しくしつけのいいカールは蝶子を守るようにそっとついてきて、音も立てずに車へ乗り込むと、蝶子の足元で蹲って眠るように待機する。気性の荒いところを見せたことがないので、果たしてこんな犬が番犬として効果を発揮するのかどうか蝶子は疑っていたが、既に愛着は感じ始めていた。

九条邸に到着すると一旦《いったん》車は返し、今や勝手知ったる敷地の中へ入っていく。門は施錠されているわけではないが、こっそり出入りがあれば屋敷内でだけ音が鳴るようになっていて、中の誰かが訪問者を確認する。

門を閉め、カールの引き綱を首輪から外してやると、カールは悠然と自分の小屋へ向かい、定位置に陣取って頭だけを出した。一日の多くの時間をここで過ごし、出入りする人間に常に目を光らせている。

玄関ポーチに近づくと中から執事の丸山がドアを開けた。

「いらっしゃいませ、芦田様。お一人でいらっしゃいますか？」

「ええ。二人はちょうど今、重要な依頼で龍乗寺子爵のお宅に行っています。不思議紳士の予告が届いたんだそうよ。それなのにわたくしはお留守番ですって。少し待たせていただくわ。帰ってきたら一言言ってやらなきゃ」

「そうですか。——では紅茶を淹《い》れてまいります」

丸山が淹れてくれたポットの紅茶を全部飲み干し、まさか今日中に帰ってこないなんてことがあるのかしらと不安になったとき、訪問者を知らせるブザー音が奥で鳴るのが微《かす》かに聞こえた。厨房《ちゅうぼう》に引っ込んでいた丸山が早足で出てきて玄関扉を開けるのと同時に、その腕の中に瑞樹に支えられて歩いてきた大作がゆらりと倒れ込んだ。

「旦那《だんな》様！」

蝶子は丸山の声に驚いて立ち上がり、急いで彼らの元へ駆けつけた。

「どうしたの？」

じめじめと生暖かい季節ではあるが、それにしても尋常ではない脂汗を浮かべ、丸山にもたれかかった大作の様子を見て、蝶子は口を押さえた。一体何があったのか。

「話は後だ。とにかく寝室に運んで！　それから医者を呼んで欲しいんだ。できれば昔からかかってる医者じゃない方がいい」

恐らく九条家にはかかりつけがいるに違いないが、子供の頃から診ているような医者では、身体的な特徴の違いに気がつく恐れもある。当然の指示だった。

蝶子も丸山も余計なことは訊《たず》ねず、二人で両方の肩を支えて二階の寝室へ大作を運んだ。

上着を脱がせてベッドにとりあえず寝かせたところで、丸山は医者を呼ぶため電話をかけに行った。

「一体何があったの？　説明しなさい」

つい責めるような口調になってしまった。瑞樹は大作を見つめたまま唇を噛《か》み、ＧＨ

Qから少佐が来ていたこと、目をつけられて叩きのめされたのだということを説明した。

予想もしない事態だ。一体何がどうしてそうなったのか想像もできないが、相手がGHQでは逆らうこともできなかったろう。

「龍乗寺家の女中さんが慣れてて、一応応急手当をしてはくれたんだけど……」

「ちょっと見せてちょうだい」

「ダメだよ！　その……あんたはダメだ。嫁入り前のお嬢様が見るもんじゃない」

「何馬鹿なこと言ってるの。そんな場合じゃないでしょう」

蝶子は構わず大作のベストとシャツのボタンを外して開く。ぴっちりと巻かれた包帯を解いて膏薬《こうやく》のついた布を剥《は》がすと、何ともおぞましい打ち身が大作の身体の前面を覆っていることに衝撃を受け、声を失った。

包帯を解く際、一旦横向きにした背中の腰の辺りに手術痕《こん》のようなものがあるのが目に入った。弾を摘出した痕《あと》だろうか。瑞樹は気づかなかった様子で話し続ける。

「こいつは、九条響太郎が顔をやられるわけにはいかないからって、顔だけは守ったんだ。おかげでボディは打たれ放題さ」

再びその時の怒りと悔しさが込み上げてきたのか、瑞樹の目には涙が滲《にじ》んでいた。

瑞樹が嘘をつくはずはないと思いつつも、この大作にそんな根性があったとはにわかには信じられない。あるいは、戦争で拾った命など、もはやどうでもいいと思っているのかもしれない。

「こんなになるまで……馬鹿じゃないの！　死んだらどうなさるの？」

大作は意識が朦朧《もうろう》とし始めているのか、薄目を開けて蝶子を見やったものの、ふらふらと視線が定まらない。

「心配……してくれるのかい？　そりゃ嬉《うれ》しいね」

大作はそれだけ言うと白目を剝《む》いて意識を失ったようだった。

「──大作さん！」

揺り動かそうとした蝶子を押しのけ、瑞樹は冷静に脈を取り、胸の動きを見る。

「おい、メイドに聞かれたらどうする！　……大丈夫だ。荒いけど、息はしてる。気絶しただけだ」

瑞樹に言われ、慌てて口を押さえ周囲を見回したが、幸い誰の姿もない。少し声を潜めて、言わずにはおれなかった。

「やっぱり……やっぱりこんな計画無理だったのよ！　付け焼き刃の訓練と知識なんて、何の役にも立ちゃしない！　不思議紳士も出てこないうちからこんな目に遭うなんて！

──もう終わりにしましょう」

「何言ってんだよ！　こいつが一体何のために頑張ったと思ってるんだ。……俺も正直、痛い目に遭いそうになったらこいつは逃げ出すもんだとばかり思ってた。でもそうじゃなかった。こいつはこんなになってでも、先生のふりを続けようとしたんだ。俺もこいつも、まだ全然諦めてなんかいない。これからが本番だよ。医者に診てもらったら、俺たちは龍乗寺邸に戻る。今日から泊まり込みで警備に当たるんだ」

「泊まり込み？　……馬鹿ね。お医者様がこれをご覧になったら、入院しろっておっしゃるに決まってるわ。入院するか、ここで数日間安静にしておくかどちらかよ。泊まり込みで警備だなんて、できるわけないわ」

「できるさ。やるしかないんだ」

悲壮な決意を秘めた目で、瑞樹は訴えるように言った。

蝶子は反論しかけたが、首を振ってその言葉を呑み込んだ。

「――とにかくまずお医者様に診ていただいてからの話よ」


十分後にやってきたのは、服装こそ仕立てのよい背広を着ていたものの、髭《ひげ》だらけの熊のような風貌《ふうぼう》に白髪交じりの蓬髪《ほうはつ》を伸ばし放題伸ばした、医者らしからぬずんぐりと太った初老の男だった。丸山があらかじめ状況を伝えていたのか、大作のひどい怪我の様子を見ても驚くことも何か訊ねることもなく、黙って触診をし、熱を測り、注射を一本打って頓服《とんぷく》薬まで用意してくれた。

「入院させた方が、よろしいですわよね？」

注射のせいか、安らかな寝息を立てて眠り込んでいる大作を見て一安心した蝶子が訊ねると、医者はふんと鼻を鳴らす。

「どこの病院でも、ここより快適なところはない。使用人もおるようだし、ここで安静にしておくのが一番だろう。二カ所ほどあばらが折れとるようだが、どのみち病院でも大したことはできん。痛みが強くなったらまた来てモルヒネを打ってやる」

モルヒネとはまた強い薬を打ったものだ。それだけひどい怪我だということだろう。今日はもう起きあがれないに違いない。説得する必要もなくなった、と蝶子はほっとした。

響太郎の仇《かたき》を討つという大きな目的があるにしても、そのために大作や瑞樹が傷つくことがあってはならない。そんなふうに考えていることに自分でも少し驚いていた。

こんな男がどうなろうとどうでもいいはずなのに。

響太郎そっくりの顔をして眠り続ける男を見下ろし、蝶子は自分の心の内を探った。

まさか、この男を響太郎様と混同し始めている？　いいえ。断じてそんなことはないわ。でももし、この計画のために瑞樹が怪我をしたり、取り返しのつかないようなことが起これば、わたくしは響太郎様に顔向けできない。それが大作や他の誰かであっても同じことだ。

仇を取る機会は今回だけではない。いずれ不思議紳士は次の犯行にも及ぶだろうし、GHQが出てきたというのなら、もしかすると今回の犯行で捕まらないとも限らない。何も素人同然の二人が危険を冒して飛び込んでいく必要はないのだ。

どうせ行けるはずもないけれど最後にもう一度釘《くぎ》を刺しておこうと思って瑞樹の姿を捜すと、彼は響太郎の（今はもちろん大作が使っている）衣装部屋へ入り込んで、下着やワイシャツを革のトランクへ手当たり次第詰め込んでいるところだった。

「何をなさってるの」

「何ってもちろん、泊まり込みの用意だよ。俺はともかく九条先生には毎日糊《のり》の利いたシャツを着てもらいたいからね」

「大作……先生は、モルヒネを打たれたのよ。今日はもう動けないし、数日間は安静にしておかないと。お医者様の話を聞いてなかったの？」

「悪いけど、夜になったら起きてもらう。辛《つら》いようなら向こうで寝かせておく。〝先生〟は看板みたいなもんだからな。俺があっちへ行くために必要だってだけだ。無理はさせないよ」

「起きられたってふらふらよ！　どうやって連れて行くつもり？」

「そりゃ、車で行くよ。押し込んでしまえば後はどうにかなる」

彼は自分で運転するつもりなのだ。響太郎は燃えてしまったロードスターとは別に、目立たない小型のダットサンも持っており、ひっそりとこの屋敷の車庫で眠っている。

「あなた免許がないでしょう！」

「運転はできるよ。言わなかったっけ？」

「たとえできたってダメよ！　法律違反なの！　大体、小型免許だって満十六歳にならなきゃ取れないんだから。あなたみたいな子供が運転しているのが見えたら、警官に止められるに決まってるわ」

瑞樹はじろりと蝶子を睨《にら》んで溜息《ためいき》をついた。

「今さらつまんねえこと言うなよ。俺たちはもうとっくに法律なんか踏み越えてるだろうが」

それは確かにその通りだった。死人を生きているように見せかけるのがどういう罪になるのか分からないが、もしばれたら無罪放免とはいかないだろう。蝶子たちは一緒に、既に一線を越えてしまっているのだった。

あくまでも瑞樹は考えを変える気はなさそうだ。この分だと、もし大作が目覚めなかったとしても、自分一人で龍乗寺邸に戻りかねない。

蝶子は、自分のなすべきことを知った。

「分かりました。車はわたくしが運転します。これでも普通免許を持っているんですよ」

小型免許は試験はいらないが、普通免許はちゃんと試験を受けて取得するのだから、女性の、それも蝶子のような若さで持っているものはまだまだ少ない。少しでも響太郎に近づきたくて、彼がするというテニスなどのスポーツや様々な知識を身につけようとした際、それと同じように自動車の運転にも手を出してみたのだ。免許を取った後数回、父の車を運転させてもらったものの、それ以外運転の機会はない。

瑞樹は少し驚いたような顔をして、肩をすくめる。

「そりゃまあそれでもいいよ。どのみち向こうへこもったら当分出ることもないだろうし」

「誰があなたたちを置いて帰ると言いました？　わたくしがいないと何をしでかすか分からないようですから、一緒に警備に当たると言っているのです」

「何言ってんだよ！　不思議紳士が狙ってるんだぜ？　そんなとこにあんたを連れて行けるわけがないだろう」

「あなたのような子供が行ける場所にわたくしが行けない理由がありまして？」

「あんたは女だ。俺は子供だけどあんたより強い」

「別に人殺しを力でどうこうするつもりはありません。その屋敷には女中さんもいらっしゃると言ったじゃありませんか。その方たちはどうしてらっしゃるの？」

「それは……」

瑞樹は顔をくもらせ、口ごもる。

「女はみんな男に守られなきゃいけない存在だとか思ってるんなら、そんな考えはお捨てなさい。そんな時代は戦争と一緒に終わったんですのよ。女だって自分の身は自分で守るべきだし、時には男を守ることだってできるの。腕っ節じゃなくて、ここを使ってね」

蝶子は自分の頭を指差し、不服げな瑞樹を置いて衣装部屋を出ると、丸山からダットサンのキーを借り受け外へ出て車庫へと向かった。

丸山に車庫の扉を開けてもらい、黒のダットサンに乗り込んでキーを差し込んだとき、瑞樹が追いかけてきた。

「おい！　車をどうするつもりだよ！」

「一旦帰ってわたくしも泊まり込みの用意をしてきます」

アクセル、ブレーキを踏むためには運転席の前の方に腰掛ける必要があるようだった。

椅子は前後に動かせるはずだがどこをどうするのだったかよく分からない。

しばらく誰も運転していなかったからだろう、エンジンをかけるのには何度かスターターを回さねばならなかった。慎重にクラッチを踏み、ギアを一速に入れる。

「おい、大丈夫なのか？　ほんとに運転できるんだろうな？」

蝶子がもたもたしている様子を見て不安になったのか、瑞樹が外から話しかけてくる。

「大丈夫です！　免許があると言ったでしょう」

ミラーの角度を調整し、ハンドブレーキを外して、アクセルを踏みながら慎重にクラッチを戻していくと、ダットサンはがくんと前に飛び出した。蝶子はハンドルにしがみつくようにして前方を睨む。丸山が今まさに門扉を開けてくれているがまだ片方だけだ。

突進してくるダットサンを見て、慌ててもう片方を開く。

「おい、踏みすぎだ！　アクセル離せ、アクセル！」

後ろから瑞樹の声が聞こえたときにはもう門を飛び出していた。

道中、生きた心地がしなかった。自転車は平気で道の真ん中に飛び出してくるし、交差点の警官の仕草も今ひとつ読みとりにくい。考えてみたら運転免許証など自室に置きっぱなしで手元にはないことを思い出したのも焦りが増した原因だった。交通違反で警察に捕まったら、父は嘆き悲しむことだろう。

しかし何とか無事に自宅に辿《たど》り着く頃には少し運転を思い出し、初めてのダットサンにも慣れ始めていた。直接見たことはないが、響太郎がこれを運転していたのかと思うと、何だかとても切ない気持ちになる。

玄関ポーチに乗り付けて家の中に飛び込むと、自室へ一目散に赴く。ワンピース、スカートも今の時季のお気に入りを一着ずつ入れ（何があるか分からない）、後はパンツルックを中心にトランクに入れていった。化粧品、洗面用具、タオル、ハンカチーフなど目についたものを入れていくと結局トランク三つ分になってしまったので、女中を呼び、台車で玄関まで運ばせる。

家族には黙って行こうかと思ったが、さすがにそういうわけにもいかないと思い直し、母の部屋を訪れる。

「お早いお戻りね。今日はご一緒にお食事できるのかしら？」

皮肉めいた言葉だが、怒っているわけではない。

「ごめんなさい、お母様。わたくしこれからしばらく、龍乗寺子爵のお宅に逗留《とうりゅう》させていただくことになりました」

「龍乗寺？　はて、そのようなお宅とおつきあいございましたて？」

「不思議紳士から、予告状が届いたのです。響太郎様が警備の依頼を受けられました。わたくしはそのお手伝いをいたします」

さすがにのんびり屋の母もあんぐりと口を開けた。

「何をおっしゃってるの？　不思議紳士の予告って、あなた……大体、響太郎様の助手は、あの何とか言う男の子でしょう？」

「あの子はなんといってもまだ子供です。響太郎様にはわたくしが必要なんです。──お父様にはおっしゃらないで！　ご心配おかけしたくありませんから。でも、お母様だけには言っておかないとと思って……」

母はしばらく困ったように見つめていたが、娘の決意が揺るがないことを見て取ったのか、諦めたように頷《うなず》いた。

「しょうがないですね。あなたのやりたいようになさい。もう二度と、後悔してほしくありませんから」

「ありがとうございます！」

蝶子は少し躊躇《ためら》って、母の手を握り締めて目を見つめ、やがて身を翻した。

九条邸に再び辿り着いたときにはすっかり運転の勘を取り戻していた。途中何度かわらわらと飛び出してきた坊主頭の子供たちをはね飛ばしそうになったものの、それは蝶子のせいではない。若い女性が運転している車を見て物珍しげに駆け寄ってくる子供が悪いのだ。そろそろ陽も沈み、街は暗くなり始めている。

寝室に入ると、大作はちょうど目を覚ましたのか薄目を開いて視線を漂わせている。

ベッド脇に置いた椅子に座っていた瑞樹は、立ち上がって大作の顔を覗《のぞ》き込んでいた。

「先生！　先生、大丈夫ですか？　見えますか？」

顔の前で手を振ってみせる。

「……ああ」

「これ何本に見えます？」

指を二本立てると、大作は顔をしかめ、「たくさん」と答えた。

「まだ薬が残ってるのかな。痛みはどうですか？」

「痛いよ。痛い。――モルヒネか？　モルヒネはあっちで結構打たれたからな。もうあんまり効かねえんだよ」

あっち、とは戦地のことだろう。背中の銃創ができた時だろうか。

「歩けますか？　車で龍乗寺邸へ戻りますよ。蝶子さんがぼくには運転させられない、一緒に行くって言うんですよ。無理だって言ってやってください」

大作も反対するかと思いきや、意外な返答だった。

「そうか。そりゃ心強いじゃないか。――蝶子さん、ほんとにいいんですか？」

「いいも悪いも、こんな状態のあなたを、黙って行かせるつもりはありません。計画を中止するか、わたくしも連れて行くか、どちらかです」

大作は弱々しい笑みを浮かべる。

「願ってもないことです」

「ほんとにいいのかよ――いいんですかね」

「――瑞樹くん、君はあそこで言ったじゃないか。身内が人質に取られる可能性もある、と」

大作の言葉に瑞樹ははっとしたようだった。

「蝶子さんが狙われる可能性もある、と？」

「可能性ならあるだろう。龍乗寺邸よりその外の方が安全だとはとても言えないってことだ。そうだろう？ もし我々が首尾よく不思議紳士を捕まえたところで、奴の仲間が蝶子さんを人質に取って交換しろと言ってきたらどうなるね。奴らは最後の保険として彼女に狙いをつけることは充分考えられる」

「そこまで考えてませんでした」

瑞樹は悔しそうに唇を噛む。

大作は意外な根性とともに、これで案外瑞樹以上の洞察力も備えているということなのだろうか？ またしても大作という男の真の姿が分からなくなる蝶子だった。

警部と部下たち

龍乗寺邸へと戻る前に、一旦《いったん》事務所へ寄ってもらった。

「忘れ物があるんだ。すぐ戻る」

瑞樹はダットサンを飛び出して事務所ビルの階段を駆け上がった。銀座の夜空にはすでにいくつか星が瞬き始めている。

来なくていいとは言ってあるものの、万が一蝶子や他の誰かが入ってこないようにと、瑞樹は中に入ると再び鍵《かぎ》をかけた。

明かりをつけ、響太郎の机に駆け寄る。窓のカーテンが閉まっていることを確認してから、引き出しを半分開け、中に手を入れて天板側を指で探る。小さな出っ張りがあった。そこが蓋《ふた》になっていて、分厚い天板の中をくりぬいて隠してあるピストルが、蓋を外すと滑り落ちてくる仕掛けだ。

仕掛けを開いたその手にちょうど銃把が収まるように落ちてきたので瑞樹はしっかりと受け止め、そっと引き出した。

ドイツの刑事が持っているというワルサーPPK。小型とはいえ三八口径セミオートマチックの拳銃《けんじゅう》はまだ瑞樹の手には余る大きさだ。七発装填《そうてん》されているはずなので重量も相当で、左手で支えなければ真っ直ぐ構えることも難しい。

「そんな必要がないことを祈るが、もしもの時のために教えておく」

ある日響太郎はそう言って机の仕掛けを見せ、安全装置、弾倉の脱着、そして最初の弾丸を薬室に送り込む方法を教えてくれた。いつか射撃練習をする日が来るかもしれないと言ってはいたものの、その機会はとうとう来なかった。

「分かっていると思うが、興味半分でおもちゃにしていいものじゃない。今の君では反動も大きく、真っ直ぐ撃てるかどうかも怪しい。もしどうしてもこれが必要になる時が来たとしても、撃って当てようなどと考えるな。あくまでも威嚇の道具だ。安全装置も外すな。そして、他にどうしようもない時以外、ここにこれがあることも忘れてくれ」

安全装置を外すな？　だったらなぜこんなものの存在をぼくに教えたんですか、先生。どうしてちゃんと撃ち方も教えてくれなかったんですか。

瑞樹はPPKを見つめながら、心の中で響太郎に毒づいた。

しかし今はそんな繰り言で時間をつぶしているわけにはいかない。安全装置がかかっていることを再確認して、どこかに仕舞おうとしたものの、身体の小さな瑞樹にはなかなかちょうどいい隠し場所がないのに気がついた。あれこれ試してみた挙げ句、とりあえずズボンの背中のところに差しておいて、ジャケットの前を閉めておくしかないと結論を下した。暑苦しいし不自然だが、向こうへ着いたらどこかに隠しておけばいいだろう。

　引き出しを閉じようとして、ふと気になる封筒を見つけた。響太郎が死んでから何度かこの引き出しは開けたはずだが、こんな封筒を見た記憶はない。引き出しの奥に手を突っ込んだ時に、引きずり出されてきたようだった。

　急がないと、と思いつつ、妙な胸騒ぎを覚えて瑞樹はその封筒を取り上げて中の紙を取り出して開いた。赤いインクで、『命が大事ならこの件から手を引け』と書かれてあった。

　その瞬間、あの日の記憶が鮮烈に蘇《よみがえ》った。

　浅井男爵邸の前で、響太郎がロードスターの風防ガラスから取り上げた封筒。これはあの時の封筒に違いない。あの日、響太郎は不思議紳士から脅迫を受けていたのだ。それなのに彼はそれを聞き入れることなく、無惨にも殺された。

　思えば響太郎はあの手紙を見て以降、普段なら一緒に連れて行くはずの瑞樹を事務所に残したり、最後も車に同乗させずに瑞樹と蝶子を家に帰そうとしていた。自分を狙う不思議紳士の巻き添えにならないよう、気を遣っていたのに違いない。今の今までこの手紙のことをすっかり忘れていた自分を殴りつけてやりたい気分だった。

『君も、常に周囲に気を配っておくんだよ。いつなんどき、何が起きるか分からない。探偵には常にその覚悟が必要だ』

先生はもしかしたら自分の死を予感していたのではないだろうか？　だからこそいつも以上に真剣な顔つきであんなことを言ったのではないか。

「……先生……」

嗚咽《おえつ》が漏れそうになった。

その時、ガタガタと入り口のドアを開けようとする音がして我に返る。

「瑞樹さん？　いるわよね？　大丈夫？」

蝶子だった。痺《しび》れを切らしてあがってきたようだ。

慌てて紙片をズボンのポケットに突っ込み、引き出しを閉める。明かりを消すとドアの鍵を外し、何食わぬ顔で外へ出た。再び外から鍵をかける。

「一体何してたの？　鍵までかけて」

明らかに怪しんでいる様子の蝶子を置いて、さっさと階段を下りる。

「……忘れ物がなかなか見つからなくて」

「忘れ物って何？　何も持ってないじゃない」

背中に当たる固い塊が、ジャケットの上からでも分かるのではないかとヒヤヒヤだった。

「見つからなかった。家に置いてきたのかも」

「何ですって？　また戻るの？」

「いいや、もういいよ。早く龍乗寺邸に行きたい」

下まで来ると、ダットサンの後部座席で大作は横になって眠っていた。

「さ、早く」

瑞樹が素早く助手席に乗り込むと、蝶子は諦めた様子でそれ以上追及せず、運転席に座りエンジンをスタートさせた。


一度通った道はすぐに覚える方なのだが、昼間と違う風景に少しだけ道案内を間違えて迷ったりしつつ、龍乗寺邸に到着したのは午後八時を過ぎていた。すっかり暗くなった道の先に、そこだけ取り付けられた電灯で煌々《こうこう》と照らされた鉄の門が浮かび上がっている。

予想してしかるべきところだったが、昼間とは違って大きな鉄の門は固く閉ざされ、前には制服警官二名が立っている。四谷警部の手配だろう。スピードを落として近づくダットサンを見て近寄ってきた。

「先生！　先生、一旦起きて下さい。警官です！」

後部座席を振り返って声をかけると、大作はいつの間にか身を起こし、ぼんやりとしてはいるものの目を開けていた。

「……大丈夫だよ。モルヒネには慣れてると言ったろう」

「そう……ですか。とにかく部屋に落ち着くまでは何とかしっかりしててください」

車が止まり、蝶子はクランクを回して運転席の窓を下げる。

「九条響太郎と芦田蝶子……それに先生の助手の草野瑞樹です」

蝶子がにこやかに微笑みながら挨拶《あいさつ》すると、やってきた警官は懐中電灯を車内に向け、三人の顔を確認して首を捻《ひね》った。

「九条先生と助手の方はお待ちしておりましたが、芦田様のことは聞いとりませんで……確認取らせていただいていいですか」

「ええ、もちろんです」

警官が一人門のところへ戻っていくと、小さな箱のようなものから黒い受話器を取り出し、何事か喋《しゃべ》っている。野戦電話のようなものを持ってきて門から屋敷まで敷設したのだろう。これから先、何か確認することがあるたびに屋敷までの距離を往復している わけにはいかないから、妥当な判断だと瑞樹は思った。無線という手もあるが、敵に傍受される恐れもあるから少々面倒でも有線を選んだのだろう。

少しして警官が戻ってきた。

「四谷警部が、芦田様ならお通ししてよいとのことでした。今門を開けますので」

「ちょっと待って下さい！　ここを出入りする人は、全員変装でないことの確認をするよう、四谷警部から命令されているのではありませんか？」

瑞樹が蝶子越しに鋭く問うと、警官は困惑した様子だった。

「確かにそうは言われちゃいるが……あんたたちの顔はよく知ってるからね……」

ダメだ。警部は理解しているのかもしれないが、全員にまではことの重要性が伝わっていない。

「いいですか。不思議紳士は変装の名人なんです。中でも皆さんがよく知っていて、目の前を素通りできそうな人間にこそ変装するに決まってるんです。さあ、全員ちゃんと確認して下さい」

「しかしなあ……芦田家のご令嬢に手を触れるのはちょっと……」

女性警察官は昨年誕生したものの、警視庁でもまだ数えるほどしかおらず、到底こんな現場に配備されることはない。

「構いません。必要ならちゃんとお調べになって」

蝶子は頭に巻いていた赤いスカーフを解くと、少し苛《いら》ついた様子で窓から顔を突き出した。

「分かりました。では失礼します」

まだ若い警官は両手を制服のズボンでゴシゴシとこすってから一礼し、間近に顔を観察し、そっと引っ張って蝶子の髪の毛が本物であること、首筋やうなじなどを指で触って異状がないことを確認した。

やや顔を赤らめつつ、続いて後部座席から顔を出した大作を調べる。助手席の瑞樹はもう一人の警官がやや簡単に調べて終わりにした。

全体に少し投げやりな感じがしたので、瑞樹は釘《くぎ》を刺しておくことにした。

「いいですか。ぼくたちはここを通るたび、何度でもこの検査を受けますからね。急いでいるから省略してくれなどと言うような人間ほど怪しい、そう思っていて下さい」

「……分かったよ」

口だけのようでもあったが、子供に言われて素直には聞けないのだろう。瑞樹はそれ以上は言わない方がいいと判断した。

車が門を通り抜けると二人の警官は再び門を閉じ、警備に戻ったようだった。

屋敷の前には警察車両らしき黒い車が三台、整然と並べられていた。警部たちと一緒に泊まり込む警官たちを乗せてきたものだろう。

蝶子がダットサンを玄関前に止めた時には、中から四谷警部が出てきて困惑した表情を浮かべていた。

「蝶子さん！　どうしてこちらへ？」

「わたくしにも何かお手伝いできることがあるはずだと思いまして」

「しかし、お父上はご存じなので……？」

「もちろんです」

蝶子は警部の目を見つめて言い切ったが、瑞樹はすぐに嘘だと分かった。当然警部もそう思ったに違いないが、困ったように頭を掻《か》いて、助けを求めるように瑞樹と大作を見やっただけだった。

大作は、麻酔で緩んだ顔を見られまいとするように帽子で隠しつつ車から降り立つと、

「蝶子さんについてはわたしが責任を持ちます。怪我一つさせませんよ。——ご存じで

しょうが、言い出したら意外と頑固な方でしてね」

と言った。

「九条くんがそう言うのならまあいいが……しかし君たちと一つ部屋というわけにもいかんよな。うん、いかんいかん。もう一つ部屋を用意してもらわんといかんな」

中へ引っ込んだ警部はメイドを捜しに行ったようだった。

運転席から降りて回ってきた蝶子は車のトランクを開ける。

「瑞樹さん、わたくしの荷物もよろしく」

「はいはいお運びしますよ……何だこれ？」

自分たちの荷物を革トランク一つに押し込めてきたので、当然蝶子も同じくらいのものと思っていた。瑞樹が選んだものより大きなトランクが三つ。トランク二つなら両手に提げれば何とかなると思ったのだが、これを全部一度に運ぶのは無理だ。もちろん大作を当てにするわけにもいかない。

呆気《あっけ》にとられている間に、蝶子は大作を連れてさっさと中へ入ってしまった。

とりあえず大作のトランクと蝶子のトランク一つを引きずるように運び始めたが、何が詰まっているのか相当の重さで、階段の途中で何度も下ろして持ち手を替えねばならないほどだった。

「……何入れたらこんな重くなるんだよ」

瑞樹は一人毒づく。

自分の荷物なんだから自分で運べよと言いたかったが、上を見上げると蝶子も大作に肩を貸すようにしてゆっくり階段を上っていたので、その台詞《せりふ》は呑《の》み込んだ。

　大作が指示したのだろう、先ほど用意された部屋に二人は入っていった。後ろから来た瑞樹に気づいてか、手が足りなかったのか、ドアは開けたままだ。蝶子のトランクはドアの外に置き、大作のトランクだけを持って中へ入った。

　蝶子に支えられて老人のようにベッドに横たわる大作の姿を見られないよう、素早くドアを閉める。怪我人だから仕方なくなのだろうが、蝶子が急に大作に優しくなったように思えて少し複雑な気分になった。

「あんた一体、何持ってきたんだよ。ピアノでも入ってるんじゃねえだろうな」

　そう言いながらトランクを、空いたベッドの上に置きつつ自分もその傍らに乗り、後ろ手に手を突く。

「レディはね、男性と比べて色々と荷物が多くなるものなのよ。覚えておきなさい」

　蝶子が、脱がせてやった大作の上着と帽子をかける場所を探している間に、瑞樹は素早く腰のPPKを抜いて真っ白でふわふわの枕の下に押し込んだ。ずっと背中にゴツゴツ当たっていたのがなくなり、途端に気が軽くなる。

　コンコン、と控え目なノックの音がした。

「はい？　どうぞ」

　ドアが開くと、スズ子が顔を覗《のぞ》かせた。瑞樹をちらりと見て、くすりとおかしそうに笑うがすぐ真顔になって蝶子に言った。

「芦田様ですね？　お車のところにあったトランクは全部芦田様のものでしょうか？　とりあえずこちらへお持ちしました」

驚いて足元を見ると、瑞樹が諦《あきら》めて残してきたトランク二つが並んでいる。蝶子とは初対面だからか上流階級だと悟ったのか、できるかぎり訛《なま》りを抑えているように感じられた。

「あら、重いから助手の草野さんに運ばせようと思っておりましたのに」

「いいえ、荷物運びは慣れてますから」

確かに、改めてよく見ると腕や肩は少女とは思えないほどがっちりしていて、結構な重労働もこなしているのだろうと気がついた。とはいえ、さほど年の変わらない少女に力で負けているなどと思うのはやはりシャクだった。

「芦田様は隣の部屋をお使い下さい。そこの扉からも行けます。もちろん内側から掛け金をかけられますので」

昼間使った洗面台のある扉をスズ子は指差す。先ほどその奥にもう一つ扉があるのは確認していた。二つの部屋で洗面台を共有しているのだろう。

「お荷物は入れておきます」

スズ子がトランク二つを持って隣へ行こうとしたので、瑞樹は慌てて飛び出した。

「俺が二つ持つから」

奪うようにしてトランクを持つと、スズ子は少しきょとんとした様子で、しかし嬉《うれ》しそうに笑った。

「……ありがど」

そう言って彼女は軽々と残った一つを片手で持ち上げて隣の部屋へ運び入れたので、瑞樹も必死で二つのトランクをそこまで運んだ。

蝶子が大作の部屋に通じるドアから中に入り、満足げに見回している。

「お客様方のお世話はわだぐしスズ子がいたしますので、何なりとお申し付け下さい」

「どうもありがとう。大変でしょうから極力お呼びしないつもりですけど、何かの折にはお願いします」

「はいっ」

スズ子はぺこりとお辞儀をして去っていった。

「なかなか感じのいい子じゃなくて？」

瑞樹が名残惜しげに見送っていたことに気づいたのか、蝶子の言い方には含みがあるようだった。瑞樹は聞こえなかったふりをして、ドアを確認する。

「あんまり屋敷内を一人でうろうろしないで下さいよ。休むときは必ずドアの掛け金をかけること。洗面所側はできれば開けておいて下さい。何かあったらすぐぼくたちが駆けつけられますからね。緊急時以外は使いません」

「――分かりました」

珍しく素直に話を聞いてくれたようで、蝶子はそう言って頷いた。

「ぼくはちょっと、警備状況を確認してきます」

返事を聞かずに外へ出てドアを閉める。

昼間は二階を先に案内してもらい、そこでスミス少佐に暴行を受ける羽目になったので、一階はほとんど見ていない。階段を下り、観察しながら警部たちの姿を捜す。

玄関ホール横に大きな観音開きの扉があり、それが今は開け放たれていて、大きなダイニングテーブルを囲んで立っている私服の刑事たちらしき姿が見えた。食堂なのだろう。人影は全部で五人。瑞樹は臆《おく》せず中へ入っていった。彼らは全員ワイシャツにサスペンダーという姿だったが、各人脇や腰に革製のホルスターをつけている。

テーブルの向こう側にいた一柳がこちらに気づき、じろりと一瞥《いちべつ》をくれる。

「皆さん今晩は。九条響太郎の助手の草野瑞樹と申します。お互い協力して不思議紳士の犯行を阻止しましょう」

「お互い……？」

一柳を含め数人が噴き出した。笑わなかった刑事もいたが、もう誰も瑞樹の方を見ようともしない。

ふと見ると、テーブルの上には握り飯がいくつか載った大皿が置かれていて、脇には畳まれた図面や書類が積み上げられている。ここを作戦本部として話し合いながら、腹ごしらえをしていたところのようだった。

どこかへ行っていたらしい四谷警部が、今瑞樹が通ってきた扉から入ってきて声をかけてきた。

「瑞樹くん、君一人か？　九条くんはどうした？」

多少なりとも瑞樹の存在を認めてくれるのはやはり四谷警部だけかと心の中で溜息《ためいき》をつきつつ、ほっとする。

「部屋で少し、休んでいます。明日以降が本番だろうと」

「そうか。泊まり込むことになった部下を紹介しようと思ったんだが、また明日にしておくか。君は、もう大丈夫なのかね」

そういえば昼間は具合の悪くなったふりをしたのだったと思い出す。

「はい。もう何ともありません。――一階を見る暇がなかったので、調べてくるよう先生に言われています。よろしいですね？」

「ああ、好きにするといい。腹は減ってないか？　もしよかったら、ここに余ってるのを食べてもいいぞ」

そう言いながら握り飯を一個取り上げて示すが、それは自分用だったらしく口元に持っていく。

「ありがとうございます。今は結構です」

そう言って立ち去りかけ、あることに気づいて慄然《りつぜん》とした。何か手を打っておかねばならない。瑞樹は素早く思考を巡らせ、さも思い出したように立ち止まって振り向きながら、必死で言葉を組み立てる。

「――あ、そうでした。九条先生から重要な伝言があったんでした。えー、これからの数日間、特に警備の人たちが口にするものについては厳重に管理するようにとのことでした。食糧等を新たに購入する際は、信用できる業者以外使わないこと。検査、搬入は我々自身で行うこと。何かを混入させにくい缶詰等を基本とすること」

四谷警部は、今まさに食べようとした握り飯を口元から放し、睨《にら》みつけながら言った。

「そ……そうか。連中は、我々全員に薬を盛ろうとするかもしれんということだな。確かに！　睡眠薬程度ならまだしも、毒物を入れられたら被害はとんでもないことになる。そんな恐ろしいことは考えてなかった。徹底するよう言っておく必要があるな。さすが九条くんだ、色んな可能性を考えてくれてる」

感心したように警部が言ったので、瑞樹は誇らしい気持ちになった。

警部は一旦握り飯をそろそろと皿に戻そうとしかけたが、全員が注視しているのに気づくと、少し躊躇《ためら》った後一口かじって、どうだ、食ったぞ、というような顔をしてみせる。

「昔の不思議議紳士はともかく、今度の連中はただの強盗集団でしょう。そんな手の込んだ真似をしてきますかね」

一柳が不服げに口を挟む。

「乱暴になっているからこそ、今までとは違う暴力的な手段にも対策を練っておく必要があるだろう。重武装してやってくる可能性だってあるぞ。その場合の対策はスミス少佐に考えてもらうしかないが。我々は拳銃を揃えるので精一杯だ」

浅井男爵邸の事件で相手が銃を持っていることは分かっているわけだから、さすがに今回の警備は丸腰ではできない。この刑事たちも外の警官も全員武装しているのなら、瑞樹が響太郎のＰＰＫを使わざるを得ない事態にはならずに済むかもしれない。

「では、伝言はお伝えしたので、ぼくは少し屋敷を見て回ってきます」

「ああ。使用人たちにも、九条くんと君にも警察と同様に協力するよう言ってある。何か聞きたいことがあったら聞いてくれて構わない」

「ありがとうございます」

スミスのいない今晩しか、そうそう自由に動ける時間はなさそうだ。瑞樹は様々な想定を行いながら、一階の探索を始めた。

助手と刑事

カーテンは閉めずにおいたので、外が白み始める時間には自然と目が覚めた。多分二時間ほどは仮眠できたはずだ。隣のベッドを見ると、大作は鼾《いびき》を掻《か》いて寝ている。身体に問題がなければ叩《たた》き起こすところだが、今は、体調が悪化しているのではないかとその鼾にも慎重に耳を澄ませる。

大丈夫そうだ。ゆっくり休んで、だいぶよくなったのだろう。もう少し寝かせておいてやろうと思い、瑞樹はそっと寝心地のよいベッドを滑り出て昨夜脱ぎ捨てた服を身に着けた。昨日は風呂《ふろ》にも入っていないし、車であちこち移動したせいで多少埃《ほこり》っぽいが仕方がない。元々一週間くらい風呂に入らないのは常なので、そんなことはさほど気にしてはいなかった。

鍵《かぎ》を開けて外へ滑り出す。まだ邸内には物音一つなく、使用人も寝ているようだ。

足音を立てないよう階段を下りていき、外を見回ろうと玄関扉に手をかけたときだった。

「どこへ行く?」

慌てて振り向くと、一柳刑事が鋭い目でこちらを睨《にら》みながら立っている。

「外側の見回りです。――ずっと起きてたんですか?」

「当たり前だろ。何のための泊まり込みだよ」

一柳はこの警備計画そのものを馬鹿にしているのかと思っていたので、その答は少し意外だった。

「そうですか。――お疲れ様です」

軽く礼をして鍵を開け、外へ出ると、一柳がついてきた。

「一柳さんも、見回りですか。何でしたら手分けしますか」

「探偵もそうだが、当然お前のことも信用してないんでな」

「……そうですか。いい心がけだと思います」

「あ?　馬鹿にしてんのか?」

「いえ、そうじゃなくて……油断は禁物だってことです」

外へ出ると、朝靄《もや》の中、白々と明けてゆく空に雲は見当たらず、今日は久々に気持ちのいい天気になりそうだった。広々とした敷地のそこここに植えられた樹木はどれも瑞々《みずみず》しい葉を繁らせていて、都心の埃っぽい空気とはまるで違う。

瑞樹が玄関ポーチを下りて左手、屋敷の東側に回り込んでいくと、一柳は数歩の距離を置いてついてくる。本当に何か妙なことをするとでも思っているのか、それとも〝九条響太郎の助手〟の仕事ぶりを確かめるつもりなのか。

瑞樹は無視して勝手にやることに決めた。

龍乗寺邸の建物と周囲を取り巻く塀の間は、一番近いところでさえ軽く一〇メートル以上は離れている。盗賊たちが、万が一外側の警備の目をすりぬけて塀を越えることができたとしても、そこから屋敷に到達するまでは、身を隠すものがない場所が多々ある。そういう場所を選んで、四谷警部は何台もの投光器を設置したようだ。今は既に消されているが、夜中は点灯していたのだろう。振り向くとそこは食堂で、中から刑事の一人がこちらを見ていた。軽く挨拶《あいさつ》すると、ぷいとどこかへ姿を消してしまった。

大きな窓がたくさん並んでいるあそこからなら、東側からの侵入者は丸見えだろう。二階にも窓が並んでいるが、今は人の姿は見えなかった。しかし四谷警部は恐らく、抜かりなく屋敷の周囲を見張れるよう刑事たちを配置しているに違いない。

北側には広々とした庭園とその中に瀟洒《しょうしゃ》な四阿《あずまや》と小さな池があった。庭園の一角には紫陽花《あじさい》が咲き誇っている。

こちら側の壁は一階には厨房《ちゅうぼう》に繋《つな》がっている裏口と小さな窓が二つあるだけで、二階には一つも窓がない。二階部分は確か金庫のようになっていて、百合江は「戦艦並みの強度がある」と言っていたはずだ。裏口は誰でも真っ先に考える侵入口だが、当然警部も対策はしているようで、小さい窓からこちらを見ている刑事と目が合った。

「お前が子供にしちゃ目端が利く方なのは分かってる」

ずっと背後で苛々《いらいら》した空気を放っていた一柳が、我慢できなくなった様子で話しかけてきた。

「そりゃどうも」

「しかしな、いざことが起きたら足手まといになることは分かり切ってるじゃないか。芦田のお嬢様だってそうだ。一体なんだって九条はお前たち二人をこんなところへ連れてきたんだ？　大体昨日だって様子がおかしかった。何だか顔色が悪かったし、とても名探偵ってタマじゃない。お前の方が仕切ってるみたいだったぜ」

ただ嫌われているだけかと思っていたが、警官としてはしごく真っ当で鋭い言葉に瑞樹は驚いた。まさかとは思うが響太郎の正体に気づかれないためにも、ここは慎重に答えなければならない。

「自惚《うぬぼ》れて言うわけじゃありませんが、役に立つと思っていただけているからでしょうね。――それにもし、一柳さんがぼくを足手まといになるような人間だと思われるのなら、試してみられたらいかがですか」

「どういう意味だ？」

「その通りの意味です。そう、例えばあなたが不思議紳士の一味だとして、ぼくとここで出くわした。これ幸いと人質に取ろうと考えたとしましょう。あなたならどうなさいますか？」

一柳はやや屋敷側、数歩離れたところに立って瑞樹を見下ろしている。ゆっくりと昇る朝日が屋敷の壁から陰を払っていくのが見えた。

「どうするって……腕を捻《ひね》り上げて頭に拳銃《けんじゅう》を突きつけるかな」

馬鹿にしたような、しかしどこか不安を覗《のぞ》かせる口調で一柳は言った。

「なるほど。ありそうな話です。では、やってみたらいかがですか」

一柳は眉《まゆ》をひそめ、首を振った。

「馬鹿馬鹿しい。用もないのに子供に怪我させるつもりはない。後で警部に泣きついて俺を外させようって腹か？」

「そんなことしませんよ。もしあなたがぼくを首尾よく捕まえることができたなら、ぼくはここを去ります。蝶子さんと一緒にね。でももし、あなたがぼくを捕まえることができなかったら、ぼくと、そして九条響太郎の力を認めてちゃんと協力して下さい」

いちかばちかの賭《か》けだったが、思わずそんなことを提案してしまった。一柳の実力は知らないが、訓練を受けた刑事で、四谷警部もそれなりに信頼をしている。悪党たちと渡り合った経験もあるのだろう。普通にやり合えば五分五分以下の勝率しかない。こちらをあなどっているだろうことしか勝算はない。

しかし、警察側と瑞樹たちの間に信頼関係がなければ、この先必ず問題が起きる。そんな気もしていた。ここで何としても彼に自分たちを認めさせなければ。

「――ほう。いいだろう。男に二言はないな」

「ありません」

言った瞬間、一柳は真っ直ぐ飛びかかってきた。ダメだ、まだ早い。

瑞樹は後ろへとんぼを切って伸ばした手をかわす。

たたらを踏んだ一柳は、感心したようにこちらを見て言った。

「ほう。身が軽いな。驚いたよ。しかし次はそうはいかんぞ」

背後は紫陽花の花壇になっていて、そのまま後ろへ下がるのは難しい。ちらりとそれを見た瞬間、再び一柳が迫ってきた。

今だ。

瑞樹は素早く左側へ——東側へ走る。一柳が方向を変えて手を伸ばしてきて上着の肩を掴《つか》んだ。

「逃げられ——ん？」

東を向く形になった一柳は塀の向こうから昇ってきた朝日をまともに浴び、目を細め、片手で顔を覆った。その瞬間、瑞樹は肩を掴まれた手を手刀で払うと、深く身を沈めてくるりと一柳の背後に回り込んだ。

「ん？　どこに……」

一柳がきょろきょろと辺りを見回し、目をしばたたかせながらようやく瑞樹の姿を発見したのは五、六秒後で、その時には瑞樹はもう数メートル離れた場所にいた。まだ日陰になっている暗い屋敷の壁にもたれて、ＰＰＫよりまだ大きくて重い南部《なんぶ》十四年式拳銃を両手で上に向けて。

一柳が自分の腰のホルスターが空になっていることにようやく気づく。

「そんな馬鹿な――くそっ。目が眩《くら》みさえしなきゃ」

言いかけて、まさかという表情をする。

「ぼくの方が背が低いからね」

とだけ瑞樹は言った。

「――参ったな、これは。こんなガキに――言い訳のしようがない」

苦しそうに言葉を吐き出し、悪夢を払うように何度も首を振る。

瑞樹はゆっくりと近づき、十四年式の銃把を差し出しながら言った。

「あなたはぼくを見くびってた。二度目があればもうぼくに勝ち目はないと思うよ。――違う？」

一柳はしばらく苦々しげに瑞樹を見下ろしていたが、やがて拳銃を受け取るとちらりと確かめて銃口を瑞樹に突きつけた。

びくりとするが、瑞樹は一柳の顔を見返す。

しばし重苦しい沈黙が流れた。

「怖くないのか。見ろ、引き金に指がかかってるぞ」

「……安全装置がかかってる。撃つ気はないんでしょ」

一柳は空を仰いだ。

「何て奴だ！　まったく食えないガキだ。二度目があれば勝ち目はないだと？　よく言うぜ」

一柳は首を振り振り拳銃をホルスターへ戻して、ストラップを閉じると、屋敷へ向かって歩き出した。しばらく行ったところで、じっと立っている瑞樹に振り向き、声をかけた。

「——腹が減ったんじゃないのか？　もっと食わないと大きくならないぞ」

少佐と警官たち

スミス少佐は宣言通り〇九〇〇——朝九時丁度にやってきた。今回はMPも連れず一人でジープを運転してきて、武器も見たところ腰の拳銃《けんじゅう》だけ。さほど物騒な戦いは起きないと思っているのか、たとえ起きてもそれに対処するのは警視庁の仕事だと思っているのだろう。

瑞樹は早めに大作を起こし、身体をタオルで拭《ふ》いてやって新しいシャツを着せたので、何とか人前に出せる格好にすることができていた。スズ子が気を利かせて握り飯と味噌《みそ》汁を部屋まで運んできてくれ、蝶子と三人でありがたくいただくことにした（実は瑞樹は早朝既に一柳と一緒に握り飯を二個食べていたのだが）。

瑞樹たち三人とともに、四谷警部以下九名の部下たちも全員玄関ホールへ集まり、入ってくる少佐を待ち受けていた。

「皆さん、おはようございます。幸い、フシギはまだ来てないようですね。我々GHQが乗り出したと知って犯行をやめたりするような腑抜《ふぬ》けでないことを願います」

それだけ捕まえられる自信があるということなのだろうし、新たな犯行がなければ捕まえる手がかりが何もないのも事実なのだが、犯行を待ち望んでいるかのような言葉遣いには全員がかちんと来たようだ。しかし、面と向かって異論を唱えたのは蝶子だけだった。

「犯罪が未然に防がれれば、それも立派な警察のお仕事ではないのでしょうか」

「おや？　昨日はお見かけしなかった方がいらっしゃるようですね。どなたかこのレディをご存じなら紹介いただけますか」

四谷警部が慌てたように前へ出て、

「ああ、この方は新都銀行頭取のご息女で身元はそりゃもうしっかりした方ですので——」

と言いかけたのを蝶子が一歩前へ出て遮った。

「芦田蝶子と申します。響太郎様の右腕（ちらっと瑞樹の方を見やって）——いや、左腕かしら？——ともかく、お手伝いをするために参りました」

スミスは大作を真ん中にした三人の前に立ち、憐《あわ》れむような目つきで見下ろして鼻を鳴らした。

「ほう。女と子供に守ってもらわないといけないような名探偵とは、なんとも頼もしいことですね」

蝶子は挑戦的な目をして前へ進み出たが、大作に押しとどめられて後ろへ戻った。

「このお嬢さんはわたしでも手を焼くほど気が強いのでね。少佐もお気をつけになった方がいいですよ」

蝶子は信じられない、という顔を大作に向けるが、それでスミスは毒気を抜かれてしまったようだった。

「……まあいいでしょう。とにかく我々の邪魔をしないでくださるなら好きにしていただいて結構です。お嬢さんも、そこの坊やもね」

瑞樹はそう言われて一瞬いらっとしたが、怒りはさほど湧いてこなかった。こいつには思う存分威張らせておいて構わない。今だけは。

四谷警部が現在の警備状況と今後の計画を話し合うためと言ってスミスを〝作戦室〟となった食堂へ案内した。

「わたしたちも行った方がいいんじゃ……？」

大作が小声で訊《たず》ねる。

「大丈夫。一柳さんから状況は教えてもらっています」

「一柳……さん？」

大作はそう言って、四谷たちの後を追って食堂へ行った一柳の背を不思議そうに見やる。何か聞きたそうだったが、「ふうん」と呟《つぶや》いたきりそれ以上は何も言わなかった。

「彼らは一晩中起きてたので、昼間は交替で休むそうです。ことを起こすなら夜だろうと考えているようですね。ぼくもそうだろうとは思いますが、逆に昼間手薄な時間帯ができないように気をつける必要があるんじゃないでしょうか」

　みんな食堂の方へ行ってしまったので近くで誰も聞いている気配はなかったが、瑞樹は慎重にそう言った。

「塀の外は、どうなってるんだったかな？」

「二十四時間、必ず複数の目が行き届くよう巡回していただいています。一時間おきに点呼、人定確認をしているとのことです。それでも奴らがその気になれば、警官に化けて入れ替わることは不可能ではないように思います。というか、ここに侵入する気になったらどこかの目を欺くしかないのですから、いずれそうなるものと覚悟しておいた方がいいでしょう」

「彼らだって訓練を受けた警察官なのだから、そう簡単に突破されるとは思いたくないが……まあ確かに時間の問題かもしれないな。怪我人や死人が出なければいいが」

　浅井男爵邸の事件では使用人にまでは手を出していないのだから、何の見境もなく警備の警官までも殺すとは思いたくないが、守りを固めれば固めるほど奴らも強硬手段を取るしかなくなるかもしれない。

「いずれにしてもぼくたちは、既に中にいる人たちの様子に気をつけるべきだと思います」

「既に中にいる人？　使用人ってことかしら？」

　蝶子が訊ねてきたので瑞樹は頷《うなず》いた。

「そうです。それに百合江さんも。――蝶子さんは、せっかく来ていただいたんですから、百合江さんの話し相手になってくださいませんか。その上で使用人の様子や、龍乗寺子爵のお話などをなるべくたくさん聞きだしてもらえると助かります。ぼくや先生には難しい仕事です」

もっともだと思ったのか、蝶子は意外にも反発することなく頷いた。

「確かに、あなた方よりわたくしがするべき仕事のようね。早速、百合江さんの部屋をお訪ねしてみます」

善は急げとばかりに二人をホールに残し、颯爽《さっそう》と二階へ上がっていく。ぴっちりとした生成の長ズボンを穿《は》いた蝶子の細い腰が左右に元気よく動くのを、大作が若干にやついた顔で見送っているようだったので、瑞樹は睨《にら》みつけて言った。

「先生！　ぼくたちは使用人の方々に会いましょう。いいですね？」

「あ、ああ……そうだね」

昨夜も一人であちこち覗《のぞ》いて回ったし、使用人たちの顔も全員確認はしたのだが、瑞樹一人では「今忙しいから」となかなか相手にしてももらえない。大作自身は何も役に立たないとしても、名探偵・九条響太郎が顔を見せるかどうかは大きな違いなのだ。実際、どこへ行っても〝響太郎〟には誰もが興味津々で、逆に引き留められて下世話な質問攻めから逃れるのに苦労することもしばしばだった。

通いの使用人は四谷警部の判断によって昨晩屋敷を出されて、事件終結まで自宅で待機していることになった。中にいる人数は少ない方が、脅迫や買収の機会も少ないと判断したのだろう。現在屋敷内部に残っているのは、元々住み込みの者と、どうしても必要と思われた料理人だけだ。

宮川三郎《みやがわさぶろう》という庭師と、女中頭である松子《まつこ》は夫婦だ。子供はいない。それに田中スズ子。執事兼運転手の山口。看護婦の資格を持っていて龍乗寺兼正の世話をしているという女性、皆本《みなもと》とよ。そして料理長の藤澤吾一《ふじさわごいち》。これが現在中にいる使用人のすべてだ。戦前はもっと沢山の使用人がいた時代もあったらしいが、兼正の妻が亡くなり、華族の暮らしにくい世の中になるにつれ少しずつ解雇せざるを得なかったのだという。だったらまず腹の足しにもならないくだらない美術品を処分すればいいのにと瑞樹などは思うのだった。

料理長の藤澤は住み込みではなく近くに家があるのだが、念のため妻子には埼玉にあるという実家へ〝疎開〟してもらうことにしたようだ。絶対安全とは言い切れないが、万が一何かあればすぐに地元の警察から警視庁へ連絡が入ることになっている。たとえ家族が人質に取られるようなことがあったとしても、その脅迫を藤澤本人にこっそり伝えられなければ利用しようもない。

今日からの食糧についても薬物混入の危険を極力避ける工夫がなされていた。よく知った警官だけを使って都下の警察署等に備蓄してある缶詰、乾パンなど非常用の糧食を中心に掻《か》き集めさせたのだ。既に屋敷内に搬入済みの食糧はよく点検して使用するものの、調理は最小限とし、茶を入れるだけであっても必ず誰か刑事立ち会いの下で行う。

しかし、そうやって穴を潰《つぶ》せば潰すほど、どれもこれも不確実でいくらでも抜け道がありそうにも思えてくるのだった。攻める側はたった一つの穴を見つけだしてそこを突けばいいだけの話だが、守る側はあらゆる可能性に対応しなければならない。しかもそれを「少数精鋭で」というのも矛盾した話だ。

そしてもちろん、変節したとしか思えない今の不思議紳士が、律儀に予告通りの日時にここを襲うという保証はない。犯行予告した日付も場所も実は攪乱《かくらん》に過ぎず、まったく別の屋敷を襲われてしまったら？　すべては無駄骨で終わるだけでなく、警察も響太郎も激しい非難を受けることだろう。もちろん、予告を無視して龍乗寺邸が襲われた場合はもっと大きな問題になることは目に見えているから、ここへ何の手も打たないなんてことは許されない。最初からこれは圧倒的に不利な戦いなのだ。

わずかな望みがあるとするなら、たとえ凶悪になったといえども不思議紳士にある種のプライドが残されている場合だけだ。警察に恐れをなして盗みを諦《あきら》めた、あるいは標的を変えたと言われるのが嫌なら、予告通り犯行に及ぶだろう。しかもそこには殺害に失敗した九条響太郎がいるのだからなおさらだ。殺害に失敗し、次の盗みも邪魔される──それはああいう連中にとっては極めて屈辱的なことではないだろうか。できればそうであって欲しい。

──しかしもし彼らにそんなプライドが残っていたとすると、当然ただ盗みを働くだけでなく、確実に九条響太郎の命も狙ってくるに違いない。他の人間は見逃したとしても、響太郎は——大作だけは見逃されることはない。そのことをこの男はどこまで分かっているのだろうか。

嬉々《きき》として響太郎を演じる大作を傍らで見上げながら、微《かす》かに胸を痛める瑞樹だった。

令嬢と令嬢

蝶子は、用意された部屋に一旦《いったん》戻って洗面台で自分の身なりと顔を確認した。化粧品は一応一式持ってきてはいるものの、今日はほんの少し頬と唇に紅をさしただけだ。髪はくくってある。大丈夫。手を抜いたようにも見えないし、何しに来たのかと思われるほど派手でもない。

忙しく客室を飛び回っていた木訥《ぼくとつ》そうな女中に百合江の部屋の場所を訊《たず》ねると、扉の前まで案内してくれた。

「百合江様。芦田様がいらっしゃいました」

「……どうぞ。入っていただいて」

中から返事があったので、蝶子は「失礼します」とドアを開けて入った。

龍乗寺邸に置かれた美術品の数々には、子爵の家柄だというのに何とも成金のような趣味ではないかと感じていたものの、百合江の部屋は高価であることは見るものが見れば分かるような品々でありながらも落ち着いた雰囲気で統一されていた。ベッドは天蓋《てんがい》つきなどではなく、他の客室に置かれているのと同様の飾り気の少ないもの。白い鏡台が置かれていたが、蝶子のものとよく似ているのでフランスの、それも同じ工房のものではないかと思われた。

「どうぞこちらへ」

小さなティーテーブルの前に置かれた椅子を勧められたので蝶子が座ると、百合江は鏡台の前にあった椅子を動かし、向き合って座った。テーブルには飲みかけの紅茶と、英語の雑誌らしき本が置かれていた。内容は分からないが、拳銃《けんじゅう》を持った男のイラストが描かれているところを見るとさほど品のいいものではなさそうだ。アメリカ兵が捨てていったパルプ雑誌の類《たぐい》ではないか。百合江にはあまり似合わない気もするが、最近はなかなか読むものも少ないから余程読書に飢えているのだろうか。英語が楽に読めるのなら、蝶子とて一度読んでみたいものだった。

「何かお飲物はいかがですか？」

「いえ、お構いなく。勝手にですが、お手伝いに伺ったのですから、皆様の手間を増やすつもりはありません」

「ありがとうございます。……でも、こんなところに若いお嬢さんがいらっしゃるのをお許しになるなんて、ご両親は余程九条先生を信頼していらっしゃるんでしょうね」

「え……ええ、まあ」

父には無許可であることを思い出して言葉に詰まったが、わざわざ訂正はしなかった。

蝶子は龍乗寺百合江を改めてゆっくり観察した。

透明感のある白い肌に静かな落ち着きをたたえた大きな瞳《ひとみ》。今日は紬《つむぎ》の着物で、帯は季節に配慮してだろう、紫陽花《あじさい》柄だった。

悔しいけれど、美人というだけでなく年齢以上に成熟した大人の女の人だと雰囲気で分かる。家柄や経験の差もあるのかもしれないが、その差はこの先どれだけ時間が経っても埋まりそうな気がしない。先生がもしこの人に出会うようなことがあったとしたら、きっと自分は冷静でいられなかったに違いない、そんな想像をしてしまうほどだった。

——大作はどうだろう？ 彼が百合江に恋心というか劣情を抱いたとして、彼女がそれに応《こた》えるというようなことがあるだろうか？ まさか。

どっちでも構わないわ。馬鹿馬鹿しい。勝手に言い寄って肘鉄《ひじてつ》でも食らえばいい。

自分がそんなことを考えたこと自体腹立たしくて、慌ててそんな想像を振り払った。

「百合江さんも、浅井男爵邸の事件のことはご存じですわよね？ その割には落ち着いてお父上の代わりを務めていらっしゃるようにお見受けします」

「警察の方々がこれだけいらっしゃって、おまけに九条先生まで泊まり込みしてくださってるんですもの。これ以上わたくしが慌てたところでどうにもなりませんでしょう？」

百合江はそう言って静かに微笑み、ふと思い出したようにカップを手に取り残った紅茶を飲み干した。

「お父上のお加減はいかがですか」

「お陰様で今のところ落ち着いているようです」

「それはよかったですね」

蝶子は頷《うなず》いて言ったが、不思議議紳士の襲撃が本当に起きたら、たとえ撃退なり、逮捕なりが成功したとしても病人にかかる精神的負担は大きいに違いない。百合江も不安でないなどということはないはずだが、態度にはまったく表れていない。彼女の気を楽にさせるのが自分の仕事なら、どうやらそれは必要なさそうだと蝶子は思った。この人は見た目以上に強い。それでも何か重要な情報が出てくる可能性もないではない。しばらく屋敷や彼女について雑談めいたやりとりを続けていた。

と、突然大きなノックの音が響く。

「ミス・リュージョージ。失礼しますよ」

少佐の声だ。言葉は流暢《りゅうちょう》ではあるが、外国人であることはドア越しでも隠しようがない。

「どうぞ」

女性の部屋にいきなり入らないだけの配慮はあるようだったが、ずかずかと入ってきて二人を睥睨《へいげい》するように見下ろしたその目には、侮蔑《ぶべつ》の色しか浮かんでいなかった。

「若い女性同士ご歓談ですか。楽しそうでよろしいですね」

「何の御用でしょうか」

表情を強《こわ》ばらせて、百合江が訊ねた。

「お分かりでしょう。鍵《かぎ》ですよ。金庫室の鍵をお渡しいただきたい。調査をしなければなりませんので。あなたはミスター・リュージョージが肌身離さず持っているとおっしゃったが、彼は持っていませんでした。今はあなたが持っているのでしょう？」

「父の部屋に行ったのですか！」

怒りのせいか、美しい顔がわずかに歪《ゆが》んだ。

「当然です。……大丈夫、興奮させるようなことは何もしていません。ぐっすり寝ておられたのでね。少し身体を確認させてもらっただけです」

ふと開けっ放しのドアの外を見ると、兼正の看護をしているとよという中年の女性が申し訳なさそうに立っていて、おろおろした様子でしきりに百合江に向かって頭を下げている。スミスは彼女が止めるのも聞かず、強引に調べたのだろう。

「さあ、鍵を渡して下さい。そうでなければ金庫を壊してでも開けると言ったはずです」

そう言ってスミスは大きな手を差し出す。

「しかし、九条先生が……」

「指揮を執っているのは探偵でもなければ警視庁でもありません。GHQです。盗まれてしまってからでは、何が盗まれたかも我々には確認しようがない」

「百合江さん以外誰も鍵のありかを知らなければ――」

蝶子は口を開いた。スミスは片方の眉《まゆ》だけを吊《つ》り上げて蝶子を睨《にら》みつける。一瞬怯《ひる》みかけたが、勇気を奮い起こして続けた。

「誰も鍵のありかを知らなければ、不思議紳士もそれを盗みようがないと思いますけどね」

「前回、彼らは金庫のダイヤル解錠のためにミスター・アサイの妻や子供を拷問したのですよ。もし日本警察がわたしの想像以上に無能で、ここまで賊に侵入を許したとしたら、金庫の鍵などもはや問題になりません」

「あなたが、盗む可能性は？」

「わたしが変装などしていないことも、身元も、四谷警部がちゃんと確認している。わたしがフシギの一味でないことは分かってるでしょう」

「――あなたが不思議紳士でなくても、だからといって盗みを働かないという保証がどこにありますか？」

怒るに違いないと思いつつ覚悟して言ったものの、意外にもスミスは冷たい笑みを浮かべただけだった。

「わたしが、GHQのジェフリー・スミス少佐が、盗む？　なるほど。ではわたしがそんなことをしない証明をしてあげましょう。なぜなら、もしわたしがこの屋敷にあるものを欲しいと思ったなら、盗むなどということをせず、ただ持ち出せばいいだけだからです。わたしにはそうしたければそうできる権限があるのでね。分かりましたか？」

本当にそんな権限を持っているのかどうか蝶子には分からなかったが、しかしいざとなったらこの男はそうするだろうし、もしそれが不当な行為だったとしても恐らく百合江にも兼正にもどうすることもできないだろうことは理解した。

百合江は深く溜息《ためいき》をついて言った。

「分かりました。鍵は開けます。但し、わたくしも一緒に入らせていただきます」

「どうぞお好きに。ここはあなたのお家ですからね——今はまだ」

百合江は立ち上がると鏡台に向かい、引き出しの一つを開け、奥の方を探ってチェーンのついた鍵を引っ張り出してきた。隠していた、というほどの隠し方でもない。いずれ開けざるをえないことは分かっていたのかもしれない。

「ダイヤル錠の数字は？　お父上しか知らないのでは？」

「……昨夜教えていただきました。何があるか分からないから、と申しておりまして」

「結構」

スミスは満足げに頷く。

「わたくしもお供しましょうか？」

蝶子が訊ねると百合江はちらりとスミスを見やる。スミスは好きにしろというように肩をすくめたので、蝶子は許しが出たのだと判断し、歩き出した百合江について部屋を出た。

部屋の外にはとよがいて、「百合江さん……」と申し訳なさそうに声をかけてきた。

「いいんです。どうかお父様をお願いします」

「はいっ」

そう答えると、兼正の寝室へ向かってひょこひょこと戻っていった。

蝶子と百合江が金庫室へ向かうと、後ろから追い立てるようにしてスミスがついてくる。朝食の後、瑞樹に案内されてざっと見た展示室を通り抜け、金庫室の扉の前に立つ。

「収蔵品の点検をするだけなら、鍵はわたくしが持ったままで構いませんね？」

「もちろんです。ダイヤルの数字もわたしに見せなくていいですよ」

百合江はそう聞くと、身体で隠すようにして右へ左へと何度もダイヤルを回した。やがて何桁《けた》目かの数字を合わせると、蓋《ふた》のついた鍵穴に鍵を差し込んで回す。かちゃりと金属音がした。

蝶子が一歩下がって目で促すと、スミスはもみ手をしながら扉のハンドルを摑《つか》み、力を込めて扉を開いた。

余程密閉されていたのだろう、少しずつ開く分厚い扉の隙間から、空気の漏れるような音が聞こえるほどだった。

ここにいたって、百合江と二人だけで大丈夫だろうかと心配になってきた。大作か、せめて刑事の誰かを呼んで立ち会ってもらうべきではなかったか。どこかに見えれば声をかけるところだったが、あいにく今は部屋で休んでいるか一階や庭を見張っているようだ。

金庫室の中は完全に倉庫のような状態だった。頑丈な金属製の棚がいくつも並べられており、大小沢山の箱がぎっしりと詰め込まれている。通路状になった床の半分は絵画が立てかけられて塞《ふさ》がっていて人一人がようやく通れるようなありさま。額装されたものやキャンバスが剝《む》き出しのもの、厳重に梱包《こんぽう》されていて中身の分からないものなど。展示室にあるものより高価なものがここに詰まっているのだとすると、全体で一体どれほどの価値があるのか蝶子には想像もつかない。

スミスがとりあえず目についた絵画の山を調べていたかと思うと、目を輝かせながら猛烈な勢いでメモを取り始めた。

「これを一晩で盗もうと思ったら、一体どれくらい人手がいるんでしょうね」

蝶子は素朴な感想を思わず口にしてしまう。

「……いっそのことこんなもの全部、戦争で燃えてしまえばよかったんですよ。そうすれば不思議紳士に狙われるようなこともなかったでしょう」

百合江の口から突然呪詛《じゅそ》のような言葉が漏れたので蝶子は驚いた。

「そんな……きっと素晴らしい作品ばかりに違いないですのに……」

「だとしてもこんなところに押し込めて死蔵しているのでは、誰も喜びません。作品にとっても不幸なだけです」

父親とはそう単純な関係ではないようだ。それを言ったら自分だってそうか、と蝶子は勝手に納得する。

しかし、これだけの所蔵品を全部点検するつもりなのだとしたら、一時間や二時間では到底済みそうもない。裸で置いてある絵だけならともかく、厳重に梱包されているものを開いてまた元に戻してなどとやっていたのでは、一日がかりでも終わらないのではないか。といってスミスから目を離すわけにもいかない。スミスにここを離れる気がないのなら交替要員が必要だ。

そう考えていたとき、展示室の外から誰かの声が聞こえた。

「蝶子さん？　蝶子さん、こぢらにいらっしゃいますか？」

スズ子の声だと訛《なま》りで分かった。

「こっちよ！　こちらにいます！」

スズ子が入り口から顔を覗《のぞ》かせ、不思議そうにこちらの様子を窺《うかが》う。

「あのー、四谷警部がお呼びだそうです」

「警部が？」

「はあ。門のところから電話で」

門のところから？　電話？　どういう意味かさっぱり分からない。

「とにかく、食堂に来ていただけますか」

「分かりました。お願い、その間百合江さんと一緒にここにいてくださる？　こんな状態だから」

どんな状態なのか、説明せずとも分かったのか、分からなくても構わないのか、スズ子は頷いて中へ入ってきた。

「なるべくすぐ戻ってきますから」

蝶子は百合江に頷いてみせると、小走りに一階へと向かった。玄関のところで刑事の一人が彼女に気がつくと、手招きをして玄関扉を開ける。

「何でしょうか？」

「あなたに会わせろというものが来ているそうで」

「わたくしに？　そんな馬鹿な。わたくしがここにいると知ってる人なんてそんなに——

——」

二人で玄関ポーチに出た時、遠くの方から何やら騒がしい声がわっとあがるのが微《かす》かに聞こえた。

「何だ？」

刑事は眉をひそめて足を速め、門へ向かって走り出した。と、一〇メートルばかり行ったところで立ち止まり、何かを見つけて目を凝らしている。

蝶子は刑事の視線の先にあるものを見つけて、誰が来たのかを悟った。

犬が、弾丸のようにこちらへ向けて走ってくる。

「カール！」

ぶつかりそうになった刑事が慌てて避けると、カールは体当たりするように蝶子の腕の中に飛び込んだ。

老犬と偽探偵

瑞樹が丸山から聞いたところによると、昨日の晩から、カールはすっかり元気をなくしたように蹲《うずくま》り、餌にも水にもまったく口をつけなくなってしまったのだという。蝶子なら同じくらい懐いているけれど蝶子も龍乗寺邸だ。朝になっても餌を食べていなかったので、どうにも心配になった丸山がここへ連れてきたのだった。三人の顔を見るだけでも違うだろうし、もし邪魔にならないと判断されたら（あるいは役に立つと思われたなら）、一緒に置いてもらえるかもしれないと思ってのことだ。

門のところで警官に止められ、四谷警部の許可が下りるのを待っている間に、カールは蝶子の匂いか音に反応したらしく、丸山の持つ引き綱を引き剝《は》がして門の中へ飛び込んでしまった。

幸い、事情を聞いた四谷警部も、「元」ではあるが貴重な軍用犬を屋敷内に置くことには歓迎のようだった。警視庁でも警察犬は戦時供出のためやはり数が激減しており、わずかに二頭が外の警備に連れてこられているだけだった。

今は勝手口の外で、蝶子からもらった餌を一心不乱に食べているところだった。中に入れてくれても構わない、と百合江は言ってくれたのだが、蝶子は固辞した。九条邸は自由にさせているようだが、自分の家なら入れる気はしない。きれいに全身を拭《ふ》いたところで、床に爪で傷がつくのは避けられない。

最終的な判断はやはりスミス少佐が下すとのことで、しゃがんだ蝶子の後ろからカールを見下ろし、睨《にら》みつけている。瑞樹と大作は少し離れたところで四谷警部と並んで見守っていた。

「……ジャーマン・シェパードですね」

ジャーマン——ドイツの名がついていることが気に入らない、とでもいうように聞こえた。まさかそんなことを理由に追い返すんじゃないだろうなと瑞樹が思っていると、カールはふと食べるのをやめて顔を上げ、スミスの顔を見返した。グルルル、と唸《うな》り、牙《きば》を剝《む》き出しにする。

犬には嫌なやつが分かるのだろう。カール、そいつを嚙《か》んじまえ、と心の中で念じたが、いや、そんなことをしたら撃ち殺されちまうかもしれない、と気づきヒヤヒヤする。

「ドイツ人たちは今世紀、二度も大きな過ちを犯しましたが、彼らはいくつも素晴らしいものを作り出しています。その中でも最も素晴らしい成果の一つが、このジャーマン・シェパード・ドッグです。イギリス人はその名を嫌がってアルセイシャンと呼ぶようですがね。何と呼ばれようが、犬には罪はありません」

スミスはそう言って屈《かが》んで土の上に片膝《ひざ》をつくと、カールの顎《あご》の下に手を伸ばし優しく指で撫《な》でた。カールはますます牙を剝き出し、ハッハッと舌を出した。

こいつ、喜んでやがるのか。

瑞樹は、呆《あき》れるやらがっかりするやら何とも複雑な気分だった。

スミスは立ち上がると、瑞樹の方を振り返り、少しバツが悪そうな表情で目を逸《そ》らす。

「――訓練したのが日本人では本来の能力を発揮するかどうか分かりませんが、邪魔になることはないでしょう。何日も放っておくのは可哀想ですから、ここに置いておけばいいのではないですか」

そう言い置いてすたすたとその場を去って勝手口から屋敷の中へ戻っていった。

「指揮官殿の許可も出たようだな。――では九条くん、蝶子さん。犬のことは君たちに任せるよ。わたしはどうも動物は苦手でね」

四谷警部は慌てた様子でスミスの後を追う。

警部の背中が屋敷の中に消えてから、瑞樹はカールに近寄って睨みつけた。

「おい、カール！　あんなやつに手なずけられやがって。見損なったぜ」

怒っているのが分かるのか、つぶらな瞳《ひとみ》で瑞樹を見上げ、クゥーンと甘えるような声を出してみせる。

「カールを責めてやるな。少佐は犬の扱いに慣れてるんだろう。少佐に敵意がないことも、こいつはちゃんと分かってるのさ。賢い犬だ」

大作の言うことも分からないではなかったが、俺たち日本人には敵意丸出しのくせに、犬は可愛がるってどういうこったよ、と思わざるをえない瑞樹だった。

今の時期ならさほど暑くも寒くもないし、雨をしのぐ四阿《あずまや》もあるということで、使用人、刑事たちの匂いをすべて覚えさせた上で、庭で自由にさせてもいいということになった。塀を乗り越えてくる者がいれば、いち早く気がついて吠《ほ》えてくれるということも、実験して確認できた。もっとも、一頭しかいない以上、屋敷の反対側から侵入してくれば気づかないこともあるだろう。あくまでも補助的なものと考えておいた方がいい。

そしてもちろん、ここで警備を担うということは、賊に毒団子を食わされたり、無謀にも向かっていって射殺されたりする危険もあるということなのだと、瑞樹にも分かっていた。しかし、元々が大作の命を守るための番犬なのだ。ある程度の危険は最初から織り込み済みだったと考えれば、ここへ連れてくるのが一番自然なのかもしれない。

「いいかカール、俺たち以外から餌もらっても絶対食うんじゃねえぞ。絶対だぞ。分かってんのか?」

「大丈夫ですわよ。この子はとっても賢いもの。ね?」

味方が増えるのはありがたいことのはずなのだが、何だかそのたびに心配の種も増えていくような気がする。

弱気になっちゃダメだ。大作はこれで案外頼りになりそうだし、カールも蝶子も、そしてもちろん四谷警部が選《え》りすぐった刑事たちがたくさんいる。ちょっと――どころか全然気に入らないが、GHQの少佐だっている。不思議紳士だろうがなんだろうが、この警備状況の中、盗みを成功させられるわけがない。絶対に無理だ。

もしのこのこと入ってきたら全員捕まえるだけだし、この警備におそれをなして犯行を諦《あきら》めたなら、とりあえず自分たちを含め屋敷の人間の安全は守られる。

しかし、そう理屈で考えれば考えるほど、逆に得体のしれない不安に襲われるのだった。

——それでもなお、やつらの方が上手だったら？

そんなふうに不安を感じながらも、時間が経つにつれ緊張感が失われていくのは誰しも同じようだった。当初仮眠だけで、目を血走らせながらうろついていた刑事たちも、夜のためにも体力を温存しようということもあってか、日中はほとんど姿が見えない。四谷警部も一柳刑事に任せて交替で休んでいるようだ。

スミスは指揮を執ると言いつつ、収蔵品の確認の方が優先の様子。百合江たちがずっと見張っているわけにもいかないということで、自分が中にいる間も金庫室の扉は閉じて鍵をかけて構わない、定期的に様子を聞きに来てくれればいいとまで言ったようだ。窒息することはない設計になっているらしいが、美術品鑑定こそが目的で、不思議紳士に対する警備は単なる方便なのではないかと瑞樹は疑った。もしかしたら、貴重なものを見つけたら「不思議紳士に盗まれないようにGHQで保管する」とすぐにでも言い出すつもりなのかもしれない。

好きにすればいい。とても全部を持ち出せるはずはないから、いくつか持ってどこかへ行ってくれればこっちは好きにやれるし、不思議紳士がそっちを狙ってくれればそれはそれでいいのかもしれない。

午後遅く、瑞樹と大作は屋敷の外へ出て、異状がないか見て回っていた。どこからともなくカールが走り寄ってきて、二人と並んで歩きはじめる。やはり自分の一番大事な主人が誰かはちゃんと分かっているようだ。

薄曇りの空に、空気は重みを増してきているようで、夜か、明日には雨になるかもしれない。天候の変化が警備や襲撃に具体的にどういう影響があるか瑞樹にはよく分からなかったが、あまりいいことのようには思えなかった。

「怪我の具合は……どうですか」

ゆっくりと歩き続けながら誰も近くにいないことを確認し、それでも声を潜めて訊《たず》ねた。

「痛いのは痛いが、それだけだ」

「痛み止めは効きませんか」

「ああ。もう飲んでないがね」

「何ですって?」

瑞樹は驚いて足を止めたが、大作とカールはすたすたと先へ行ってしまう。

「薬は飲まないと――」

「元々大して効きゃしないんだよ。おまけに、あれを飲むといろんな感覚が鈍る気がする。これから先、何があるか分からないのにそれじゃ困るだろう」

瑞樹はなぜかは分からないままに、かちんと来た。

「ちょっと待てよ。本当の先生ならまったくその通りだけどよ、別にあんたの頭とか感覚とか、誰もあてにしてねえんだよ。それより、大事なときに痛みでボロが出ることの方が問題だよ」

立ち止まった大作は、心外だ、というような表情でゆっくりと振り向いた。

「――あんた、すっかり自分が九条響太郎になったものと思ってないか？」

目をじっと見つめながら、瑞樹は自分の違和感を口にした。

「何を言ってるんだ。わたしは九条響太郎だよ。当たり前じゃないか」

雲間から漏れる西日を浴びながらそう言ってにこりと微笑んだその顔に、いつかの記憶を揺さぶられた。

今のは、初めて会ったときの？　それとも、初めて仕事を成功させたときの？　時折見せてくれた昔の笑顔と寸分違《たが》わず同じではないか。

これまでずっと心の隅に押し込めていた疑念が、一気に噴き出してきて、息が詰まりそうになった。

「……先生。本当のことを言って下さい。お願いですから。もし、先生の死が偽装だったのなら。あの時死んだのは本当は影武者山田大作の方なんじゃないんですか」

大作は慌てたように瑞樹に近寄って肩に手をかけ、顔を寄せる。

「おいおい。どうしたってんだ。俺はただ役になりきろうとしてるだけじゃねえか。全部をぶちこわしにするつもりか？」

瑞樹は混乱して両手で顔を覆った。

「俺は確かに九条響太郎に似てるけど、微妙に違うところもあるって、蝶子さんも言ってたじゃないか。お前だって思ったんだろ、先生とは違うって」

「あの時は……あの時はそんな気がした。でももう分からない……分からないんだ。本物の先生なら、逆にちょっと違うように見える変装だってできただろうし。それにずっと一緒にいるんだ、もうどこが違うかなんて分からない……お願いです、先生。敵を騙《だま》すにはまず味方からって言葉は知ってます。でも、でもぼくにだけは教えて下さい。――本物の九条響太郎だって。わたしは生きてるぞって」

泣きながら見上げた大作――響太郎かもしれないが――の顔は、苦痛に歪《ゆが》んでいた。

「よく考えてみろ。お前の先生が、なんで俺の――山田大作なんて男のふりをしなきゃいけない。しかもお前たちの前にわざわざ出てきて。そんなことする意味がないだろう？」

「……分からない……」

もちろん理屈に合わない話だ。響太郎がそんなことをする理由はないし、だからこそずっと心の底で否定し続けてきた。大作が響太郎の役柄に入り込むことによってより似て見えてきている、ただそれだけのことだと頭では分かっているのだ。これが本物の響太郎であってくれたらどんなにいいかという願望が、目を曇らせているのだということも分かっていた。

「それに、ひでえ話じゃねえか。狙われてるから死んだふりするってだけなら話は分かる。俺だって先生の死体を見たわけじゃねえから、もしかしたらどっかで生きててくれるんならそれはそれでいいことだとは思うよ。でもだったらずっと隠れてればいいじゃねえか。なんでのこのこお前たちの前に顔を見せて先生のことを思い出させておきながら、でも自分は九条響太郎じゃないなんて言う必要があるんだよ。お前の好きな先生は、そんな残酷なことをする野郎なのかよ。違うだろ？」

そうだ。余りに理屈が通らない。そんなことをすれば瑞樹も蝶子もただ苦しむだけだと分かっていて、それでもなお自分が死んだふりをするなど、意味が分からない。しかも、瑞樹が考え出したこととはいえ、世間に対しては響太郎のふりをしているわけだ。もしこれが本当に響太郎なのだとしたら、騙されているのはむしろ逆に瑞樹と蝶子だけということになってしまう。筋が通らないのだ。

「どうした、何かあったのか？」

少し離れたところから声がかかり、顔を上げると、心配そうな表情で近づいてくる一柳の姿があった。

「何だお前、泣いてるのか？」

幸い会話は聞かれていないようだが、泣き顔を見られてしまった。瑞樹は慌てて涙をこすり、「何でもない」と言うしかなかった。

「どういうことだ？」

大作が――響太郎が瑞樹をいじめているとでも思ったのか、質問の矛先は大作に向いた。

「何、ずっと気を張ってて疲れたんだろう。少し弱気になったようだ。大丈夫だよ、この子は」

「こいつがただの子供じゃないことはよく分かってるよ。足手まといになんかはならないってな」

「ほう？」

大作が少し驚いたようにそう言って、瑞樹と一柳を見比べる。

「一柳刑事と何かあったのか？」

「……朝少し、話をしました」

「そうか。お互い理解し合うのはいいことだ」

「その子のことは認めたが、あんたを認めたわけじゃないんだぜ」

来た。これはこれで厄介なやつだ。

「昨日から――いや、例の記者会見からこっち、ずっとあんたたちを見てるけど、どうにもしっくり来ないんだよ」

「しっくり……来ない。何がだね」

一柳は大作を見据えながら、瑞樹の方を顎で指して、言った。

「あんたほんとに名探偵なのか？　もしかして――あんたの方がこの子の助手なんじゃないのか」

それは恐れていたのとはまったく違う質問だったが、瑞樹ははっとせざるを得なかった。

ある意味では、九条響太郎が偽者だとばれるにも等しいことだからだ。一体何と言ってこの場を繕えばいいのか分からず黙り込んでいると、大作が照れ隠しのように頭を掻《か》きつつ口を開いた。

「さすが、警視庁刑事の目はごまかせないか。何でも瑞樹くんに頼っているうちに、今じゃ一人では靴も履けないようになってしまったからね。そろそろわたしも引退して草野探偵事務所に名前を変えた方がいいのかもしれんよ、ははは」

大作の笑いに一柳は一瞬毒気を抜かれたような表情になり、横を向いて舌打ちする。

「昔はいくつも難事件解決に協力したとも、欧州《おうしゅう》で何やら諜報《ちょうほう》活動に従事してたとも聞いちゃいるがな、今のあんたを見てるとどうにも信じられないんだ。その腑《ふ》抜《ぬ》けた目つきといい身のこなしといい……ズブの素人じゃないかと思えてね」

響太郎の言いそうな言葉、知識については最優先で叩《たた》き込んだものの、身体能力については一朝一夕でどうにかなるものではない。スミスにやられた怪我を必死に隠しているせいもあって、見る人間が見れば佇《たたず》まいだけでもぎこちなさは隠しようもないということなのだろうか。もしかしたら響太郎本人なのではないかと疑うほどうまく化けてきたように瑞樹には思えていたが、それはやはり願望のなせる業だったのかもしれない。

「いや、何とも面目ない。しかし、約束するよ。捕り物になったら、若い君たちに任せてロートルはせいぜい邪魔にならないようにする」

真面目な顔つきでそんなことを言う大作を、一柳は冗談か本気か計りかねた様子で見ていたが、やがて軽蔑《けいべつ》したように鼻を鳴らすと首をふりふり屋敷の玄関の方へと戻っていった。

「……疑われて……ますね」

姿が見えなくなってから瑞樹が言うと、大作はちょっと顔をしかめて首を振ってみせる。

「いやあ。名探偵・九条響太郎って名前が気にくわないだけだろう。そんなに気にすることはないと思うけどな」

大作が再び歩き出すと、伏せの姿勢でじっと大人しく待っていたカールも立ち上がってついていく。

瑞樹は大作ほど楽観的にはなれなかったが、一柳刑事が単に九条響太郎を無能だと思っているだけならさほど問題はないのかもしれないと思うことにした。癪《シャク》には障るが、実害はない。無事に不思議紳士を捕まえさえすれば、否《いや》が応でも見直すはずだ。できれば九条響太郎の名前に泥を塗りたくはないから、何とか響太郎の手柄であるように見せたいところではあるが、たとえそれが叶《かな》わなかったとしても、ことがすべて終わった時には真実を明かさざるをえないのだから結局はどうだっていい——はずだ。

真実を明かす。それはつまり、もう一度九条響太郎の死を世間に公表することであり、大作は元の山田大作に戻るということだ。

そう考えると、ほんの少し胸の奥が痛むのを感じた。

ここにいるのが響太郎ではなく、よく似た別人に過ぎないことを認めるのが辛《つら》いからだろうか？　それともまさか、大作と別れることが……？

屋敷の裏へ辿《たど》り着いた時、突然カールが耳をぴんと立て、グルルと唸《うな》って駆け出した。呼び止める間もなく一目散に紫陽花《あじさい》の花壇を跳び越え、四阿《あずまや》を通り過ぎて左の方へ向かっていく。

何事かと目を凝らしたがぱっと見て分かる異状はない。仕方なく必死でカールの後を追っていると、北西の角に植えられた大きな桜の木の上の方からガサガサッと音が聞こえ、瑞樹は慌てて立ち止まって上を見た。

青々と葉の繁った枝の中に、何かの影が見える。

「カール！　戻れ！」

木の根元から上を睨《にら》んでいるシェパードにそう呼びかけたが、言うことを聞く気配はない。瑞樹は舌打ちして再び走り出した。

「瑞樹くん！　一人で近づくんじゃない。すぐにみんな来る。——一柳刑事！　四谷警部！」

遥《はる》か後方から叫ぶ大作の声が聞こえてはいたが、カールのことが心配だった。

くそっ。まだ明るいのに。

ピストルを持って出なかったことを後悔する。

影が、樹上からぽーんと飛び出し、ほとんど音も立てずに地面に落ちるとくるりと回転してそのまま走り去ろうとする。猿のような身のこなしだ。

「待ちやがれ！」

屋敷の西の塀の下を、地を這《は》うような姿勢で駆け抜ける。瑞樹はその賊の前方を目指して斜めに追った。

が、いかに敏捷《びんしょう》な賊といえども、カールから逃げ切ることは不可能だった。後ろから飛びかかったカールが踵《かかと》の辺りに食らいつくと賊は声を上げて倒れ、地面を滑る。

「やめろ！　もういい、カール！　ハルト（止まれ）！　ハルトだ！」

賊に反撃されてカールが傷つくことを瑞樹は恐れた。カールは今度は従順に賊を放し、数歩駆け戻って大人しく待ての姿勢になった。瑞樹は屈《かが》んで耳の後ろから喉元《のど》を撫《な》でてやった。

「お手柄だ。偉いぞ、カール」

前方から、パラパラと数人の刑事たちがやってくるのが見えた。後ろから大作も来る。

立ち上がって逃げ場を求めてきょろきょろしていた賊も、前も後ろも塞《ふさ》がれたのを知って観念した様子で地べたにあぐらを搔く。黒い着物に地下足袋《じかたび》姿、背中には襷《たすき》がけにした風呂敷《ふろしき》包みを背負った男だった。身体は全体に小さいけれどがっしりとしていて、なめした革のように黒く焼けた坊主頭が乗っている。年は二十前後ではないかと思われたが、たびたび死線を越えてきた兵士のような虚無感を漂わせていた。

男は、十四年式の銃口をぴたりと向けたまま近づく一柳を、動じた様子もなくじろりと睨み返すと、黙ったまま両手を挙げて頭の上で組んだ。抵抗する気はない、と言いたいようだ。

「一体どこから侵入した?」

「北西の角だと思う。塀を登って木に飛び移ったんじゃないかな」

質問は男になされたものだったのかもしれないが、瑞樹は答えた。

一柳は銃口を動かさずちらりとその方角を見やり、再び視線を男に戻した。

「外の警備はどうなってる! 一人のはずがない。仲間がいるはずだ。調べろ!」

一柳ともう一人の刑事が二人がかりで地面に俯《うつぶ》せにし、後ろ手に手錠をかける間、男は顔色一つ変えなかった。

「貴様、不思議紳士の手下だな。一体どういうつもりで入ってきやがった！」

着物の襟を摑《つか》んで引き起こした男の喉元に銃口を食い込ませながら、一柳は迫った。

「一柳くん、そう焦るな。殺しちまっては何も吐かせられんのだからな」

四谷警部はそう言って一柳を宥《なだ》める。

「そうですが、しかし……」

「——九条響太郎だな」

男は銃口も気にせず首を捻《ひね》ると、瑞樹の後ろに立つ大作を見据え、感情のない声で言った。

「いいか。我々の邪魔をすれば、今度こそ命を落とすぞ。……他の連中も同様だ。命が惜しいものは、ここを去れ。お前ら警察や探偵が何人いようと邪魔者は排除するだけだ」

瑞樹はぞっとした。

たった一人で警察官たちに捕まり銃を向けられているにもかかわらず、動じるどころか逆にこちらを脅迫してくる男の不気味さに恐怖したのだ。

こいつは一体どういう人間なんだ？

「その包みを調べて下さい！」

瑞樹が背中の包みを指差して叫ぶと、一柳はちょっと苛立《いらだ》ったような顔で「……今そうしようと思ってたところだ」と言い、片手で胸元の結び目を解いた。男は抵抗しなかったので、包みは重みで後ろの地面に落ちる。

もう一人の刑事がその場で風呂敷を拡げると、中からは古びたピストルにドス、竹皮に包まれた握り飯と竹の水筒、鑿《のみ》巻きと呼ばれる道具入れなどが出てきた。

「えらく物騒なピクニックだな、え？　先に潜入して待機するつもりだったか。一体何をするつもりだった！」

一柳は再び銃口を突きつけたが、男はもう口を開くことはなかった。

その時ぽつりと暗い空から水滴が落ちてきて瑞樹の額に当たった。

「雨だ。――いずれにしてもこんなところでまともな尋問もできん。中へ連れて行け」

四谷警部が言ったので、刑事が男を無理矢理立たせて玄関の方へ連れて行く。一柳はと見ると、苛立ちを抑えながら男の背中を睨みつけていた。

賊と刑事

男は念入りな身体検査を受けた後、使用人が使う浴室へ連れて行かれた。近くの署に連行して取り調べるという案もないではなかったが、今現在ここを狙っている仲間たちが他にもいるであろうことを考えると、この男の持っている情報は緊急に必要とされるもののはずだった。人員をそこに割くのも問題だし、途中で奪い返される危険もある。それがスミスと四谷警部の出した結論だった。瑞樹にも何が最善の策かは分からず、口は出さなかった。

塀の外側の警備は、計画通り行われていたのだが、近くの林の中に潜んでいた男は巡回の一瞬の隙を突いて三メートル近い塀を駆け上り、忍び返しをものともせずに桜の木に飛び移ったようだ。あの男の並はずれた身体能力があって初めて可能な方法で、警部はさらに人員を増やして近くを取り巻く林や畑にいたるまで警戒を強めるよう命令したが、少なくとも現在のところ屋敷周辺に仲間らしき不審者は見つかっていない。

夜になり、各々夕食を済ませた頃、最初に尋問に当たった一柳が疲労困憊《こんぱい》した様子で食堂へ報告に戻ってきた。袖《そで》をまくったシャツは汗だくで、鍛えられた体にべったりと貼り付いている。

「何か……吐いたか」

表情を一目見て答えは分かっていた様子の四谷警部の問いに、一柳は首を横に振る。

「名前も言いません」

「——君、顔に血が付いてるぞ。怪我でもしたか」

「え?」

一柳は頬に手をやり、指先に付いた血をまじまじと見る。

「わたしのじゃありません」

それだけ言ってふらふらと食堂を出て行った。

「……拷問したんだな」

大作が冷たい声で漏らしたので、瑞樹ははっとした。

GHQがより民主的な警察を作らせようとしている中、昔のような取り調べが問題視されていることは瑞樹も知っていた。少なくとも建前上は容疑者に対する拷問などはしないよう強く言われているはずだ。顔に血が跳ねるようなどんな〝尋問〟が行なわれたのか。なぜ浴室がその場所に選ばれたのか。瑞樹は想像するのをやめた。

四谷警部は言った。

「緊急だからな。やむをえんだろう。少佐も『この際手段は問わない』と言っていた」

瑞樹も同じ気持ちだった。あいつは不思議紳士の仲間であることをまったく否定していないし、ここにいる全員に対し面と向かって脅迫を行なったのだ。彼が凶悪強盗殺人犯の仲間であることに疑いはない。しかも一刻も早く知っていることを吐き出させなければ、新たな犠牲が出るかもしれないのだ。多少痛めつけるくらいどうということはないはずではないか。

「わたしが気になるのは一柳刑事のことです。彼は少々冷静さを失っているように見受けられます」

大作の言葉に警部は眉《まゆ》をひそめる。辺りにちらっと目を配り、大作に顔を近づけ声を潜めて言った。

「……多少個人的なこともあってね。無理もないんだ」

「というと？」

「彼の父親も警察官だったんだ。君も顔は合わせてるはずだ。ほら、不思議紳士が帝室《ていしつ》博物館を狙ったことがあっただろう。復興本館ができたばかりの頃だから九年か十年ほど前か。あの時警備の指揮を執っていたのがそうだ」

「ああ……」

大作は曖昧《あいまい》な返事でごまかすが、警部は気づかなかったようだった。

上野にある帝室博物館は今年新憲法が施行されると共に国立博物館と名を変えているが、警部の口にはまだ古い名前の方が馴染《なじ》んでいるようだ。瑞樹はノガミ時代に仲間たちとよく博物館の畑から野菜を盗んだりしていたのだが、それも既に懐かしい想い出だった。

「あの時君は警察側の度重なる失態にもかかわらず一度は不思議紳士を捕まえ一層名を上げたが、逆に一柳の親父さんは職を失ったんだ。その後すぐ身体を壊して亡くなった。あいつにとっては不思議紳士は親の仇《かたき》みたいなもんなんだ。そして悪いが、君のこともあまりよくは思ってない」

大作がちらりと瑞樹の顔を窺《うかが》う。瑞樹も響太郎の残した資料はいくつも読んではいたが、警察側の個人名などは省略されていることが多く、一柳の名前を見た覚えもなかったので、「知らない」という意味で微《かす》かに首を振った。

「……そうでしたか。しかし、私情は判断を狂わせます。これから先、暴走するようなことがなければいいのですが」

「分かっとる。分かっとるよ」

警部はぽんぽんと大作の肩を叩《たた》き、一柳の後を追うように食堂を出て行った。

瑞樹は驚いていた。一柳は単にああいう性格なんだとばかり思っていたからだ。彼と不思議紳士との間にそんな因縁があり、またその機微を大作が観察で見抜いたことも驚きだった。

九条響太郎に対する敵愾《てきがい》心というか競争心のようなものが、何か障害にならなければいいのだが。

瑞樹と大作は部屋に戻って蝶子と三人で情報を交換しつつ身体を休めていた。緊張続きでみんな疲れが出ているようだ。

「カールが気づいてくれたからよかったようなものの、そうじゃなかったらあいつたった一人で何をするつもりだったのかな……」

瑞樹はベッドに寝転がってひとりごとのように呟《つぶや》いた。

「あいつの持ってた道具入れには錠前破りらしきものに加えて簡単な変装道具も入ってたようだ。うまく屋敷内に潜伏して、一人になった誰かを捕まえることができたら、そこで入れ替わって色々工作をするつもりだったのかもな。——それにそもそもあいつが本当に一人だったのかどうか」

大作の言葉に瑞樹はぞっとして身を起こした。

「ちょっと待てよ……待って下さいよ。既に屋敷の中の誰かが入れ替わってるかもしれないって言うんですか！」

「慌てるな。常にそういう警戒をしておくのは最初からの予定だろう。君が言ったんだぞ。少し気が緩んで忘れかけていたのが、今回のことでより現実味が増したってだけだ」

「それはそうですが……」

「それに、カールの優秀さもよく分かった。もし誰かが陰で入れ替わったりしていても、真っ先にあいつが気づくだろう。いくら変装の名人だって、あいつの鼻は騙《だま》せんさ」

「でも、カールが来たのは今日よ？　昨日の時点で既に入れ替わってたら？」

蝶子がまた恐ろしいことを言い出す。

「確かにそういう可能性は常に忘れない方がいい。でも、もし誰にも気づかれず首尾良くそんな人間を送り込めたのなら、あいつがまた侵入してくる必要はなかったはずだ。これから何をするつもりだったにしても、警戒を強めるばかりでいいことは何もない。多分あいつが最初の侵入者なんだ。そしてぼくたちはそれを食い止めた。とりあえずはこちら側の一勝だと考えていいんだろう」

瑞樹の結論に大作はとりあえず納得した様子だったが、表情は暗い。

「――それにしてもあいつの落ち着きぶりは気になるな。拷問されても口を噤《つぐ》んでるのは、いずれ仲間が来て助けてもらえると信じてるからじゃないか。最終的には自分たちが勝つと。警察よりＧＨＱより仲間を信じてるし、仲間の方を恐れてるのかもしれない」

これだけ大勢の警官が警備する中、その顔ぶれも装備も見てなお自分たちの勝利を信じているのだとすると、不思議紳士とは一体どれほどの力を持った存在なのかと空恐ろしくなる。

「くそっ。何とかあいつを喋《しゃべ》らせる方法はないんですかね。拷問でダメなら催眠術とか」

書棚に何冊かあったので響太郎が催眠術を勉強していたことは知っているのだが、そんなものが本当に通用するのかどうか、彼でさえ使えたのかどうか瑞樹は聞いていない。もちろん、響太郎が使えたところで大作ではどうしようもない。

「自白剤ってのがあるとは聞いたことがある。捕虜に飲ませると口が軽くなるそうだが……スミス少佐なら当てがあるかもしれない」

そんな便利なものがあるのならスミスにそれを取ってこさせてあの男に飲ませてもらうか？　いや、どんな手段を使っても吐かせろと言ってたというのだから、当てがあるなら自ら取ってくるだろう。こちらから口出しするのは釈迦《しゃか》に説法というものかもしれない。

「尋問して情報を引き出すのは刑事や少佐に任せておけばいい。あれだけ強情なやつだ。もし何か情報を漏らしたとしても、それが正しい情報とは限らんぞ。攪乱《かくらん》するために嘘をつく可能性もある。結局は連中の真意を我々が見抜くしかない」

大作は一兵卒かと思っていたが、もしかすると少しは捕虜の尋問などにも関わったことがあるのかもしれない。それとも、軍隊というものにいると噂話やなんやである程度は詳しくなるものなのか。

しかしいずれにしても、犯人たちの真意、今後の計画自体は分からないままだ。響太郎ならこんな時いつも、明解な推理を示して犯人たちの先回りをしてくれるのに――。響泣き言を言っても仕方がない。響太郎がいないのは最初から分かっていたことだ。響

太郎の教えを思い出せ。観察して、人の話を聞いて、考えろ。考えれば、もう少し何か

掴《つか》めることがあるはずだ。

なぜだ。なぜあの男はたった一人で潜入した。何をするつもりだった？

「――そうか」

「何？　何か分かったの？」

「考えてもみてよ。この警備を、正攻法で突破することは難しい。そりゃそうだ。なら

やはり連中は、人質を取ることを考えたはずだ。ここにいる誰か、あるいは数人を人質

に、警察に言うことを聞かせる。この状況では、軍隊でも持ってくる以外、他に方法は

ない」

「人質か……確かにそれは最初から心配してたことでもあるな。外にいる人間ではなく、

屋敷内の人間を人質にするか。しかし、たとえば首尾良く主人の龍乗寺子爵を人質に取

ったとして、警視庁はともかくあのスミスが、ＧＨＱが言うことを聞くかな？　不思議

紳士がここの警備状況を大まかにでも掴んでいたとしたら、人質作戦は諦《あきら》めるんじゃな

いか」

「……ＧＨＱが来たのは、不思議紳士にとっても誤算だったかもしれません。確かに少

佐がいる以上、誰を人質に取っても犯人の要求を達成するのは難しいでしょうね……少

佐本人を除いては」

瑞樹は考えながら喋っていて、自分の言葉に驚いた。大作は首を傾げる。

「少佐？　少佐を人質にすることを考えたんじゃないかと？　無謀だな。無謀すぎる。誰にも見つからずに潜入できたとして、少佐の居場所を見つけて捕まえ、人質にする……そんなことのできるやつがいるかな」

「……不思議紳士なら、やってのけるはずです」

「あいつが不思議紳士本人だって言うのか？　そんなまさか。あっさりカールに捕まるようなやつが」

大作は笑い飛ばすように言ったが、顔を見合わせているうちに三人ともどんどん真顔になっていった。

「捕まることは最初から想定済みだったとしたら……？　不思議紳士はピン一本あったら手錠の鍵《かぎ》なんかすぐ外せますよ」

「いやいやいや、待てよ、わざわざ捕まるようなやつはいないよ。一柳刑事のあの勢いを見ただろ？　いきなり撃ち殺されててもおかしくないんだぜ。手錠が外せるからってわざと捕まるなんてそんな……拷問だって受けてたはずだし……」

大作の声が段々小さくなる。

瑞樹はベッドから跳ねるように飛び降り、ドアを開けて飛び出すと、大作と蝶子も慌てたようについてきた。

階段を駆け下りるのが途中でもどかしくなり、手すりを跳び越えるようにして尻《しり》を乗せて滑り降り、半分くらいの高さで床に飛び降りた。絨毯《じゅうたん》があっても思った以上に大きなずん、という音がホールに響いて、開いたままの扉の向こうで、刑事たちが何事かとこちらを見るのが分かった。

「さっきのやつは、まだ浴室ですか！」

瑞樹が誰にともなく呼びかけると、シャツを着替えたらしい一柳刑事が少しさっぱりした顔でホールに顔を出す。

「そのはずだが……どうした」

「今も尋問中ですか」

「気を失ったらしくて、今は一旦《いったん》休ませてるはずだ」

「誰か見張ってますか」

「安井《やすい》刑事が見張ってるし、水道管に手錠で繋《つな》いであるから……」

瑞樹は再び走り出した。この悪い予感が杞憂《きゆう》に終わることを願いながら。

厨房《ちゅうぼう》の横を通り過ぎ、いくつかある使用人部屋の向こうに、彼ら専用の浴室があるのだった。ドアの取っ手に手をかけた時、後ろからやってきた一柳に「待て」と止められた。見ると、十四年式を手にして、ドアから離れるよう手を動かしている。瑞樹の考えが分かったのだろうか。

瑞樹が後ろに下がると、一柳は一旦ドアに耳を当てて中の気配を窺ってから、ぱっとドアを開け、中に向かって銃を構えた。

脱衣場に倒れている猿股《さるまた》姿の男が、一柳越しに見えた。

「安井か……？　どうした！」

一柳ははっとしながらも、ピストルを構えたままじりじりと中へ足を踏み入れた。賊が陰に潜んでいる可能性を忘れていない。

脱衣場にはその倒れている刑事以外誰もいないと確認できたらしく、一柳は仲間の首に手を当て、脈を探る。生きていたのか、ほっとした表情を見せ、奥に進んだ。

一柳は後ろの瑞樹に少し離れているよう合図してから、奥の引き戸に手をかけ、一気に開くと同時に戸の陰に身を隠す。

檜《ひのき》か何かでできた完全に和式の浴場だ。使用人用とはいえ手入れも行き届いている。その洗い場にはまだ点々と血の飛び散った痕《あと》があるが、人影はなく、壁を這《は》っている水道管から片方の開いた手錠がぶら下がっていた。

「……まずい。少佐は。少佐はどこにいますか！」

「何だって？　少佐？　少佐が何だって言うんだ」

「少佐を人質に取る可能性があります……と先生が」

「人質――？　何だか分からんが、また金庫室にいるんじゃないか」

瑞樹が廊下に顔を出すと、大作と蝶子はまだホールにいて、様子を窺いながらこちらへ向かっているところだった。

「先生！　やつは逃げました！　少佐は金庫室です！　誰か人をやって安全を確認して下さい！」

まだ怪我の癒《い》えていない大作に任せるわけにはいかない。幸い食堂にいた刑事たちが飛び出してきて階段を駆け上がっていくのが見えた。

一柳は裸の仲間の鳩尾《みぞおち》辺りを押しながら、呼びかけている。

「おい、しっかりしろ！　目を覚ませ！」

少佐の安否も気になるが、自分はここから賊の足取りを追う必要があると瑞樹は思った。

風呂《ふろ》場には出入りできるような窓はない。脱衣場もだ。ということは廊下から逃げたのには違いない。手錠もしてあるし気を失ったと思って気を抜いていたであろう刑事を脱衣場で襲った。目に見える外傷はないようだから、何か一撃で気を失わせるような技を使ったのだろう。しかし、なぜ裸なんだ？　ざっと見回しても賊のものである黒い着物は放り出されてあるものの、ワイシャツやズボンは見当たらない。

――そうだ。賊が服を脱がせたんだ。

瑞樹は愕然《がくぜん》とした。一瞬後、気を取り直して廊下に飛び出す。

くそっ。先生なら一目見た瞬間に気づいていたはずなのに。いつもいつも一歩遅い。

その一歩が致命傷を招くかもしれないのに。

ホールへ駆け戻り、階段を一段飛ばしで駆け上がる。小さな瑞樹にはそれ以上は無理だった。展示室へ通じる廊下に入ったところで、扉を開けて入っていく刑事たちと、後を追おうとする大作、蝶子の背中が見えた。

「金庫室を開けちゃダメだ！　あいつは安井刑事の服を着てる！」

ぎょっとした様子で立ち止まり、振り返る面々。と、その中にいた男が周囲の人間を突き飛ばし、こちらへ向かって走り出した。腹の辺りで構えている何かが、明かりを反射してキラリと光った。ドスだ。ドスを構えて一直線に大作に向かっている。

「先生、危ない！」

大作には避ける余裕が充分にあったはずだったが、その場を一歩も動かなかった。

ごつん、と骨がぶつかる音がして、蝶子が悲鳴を上げた。

令嬢と偽探偵

刑事だとばかり思っていたワイシャツ姿の男がいきなりこちらへ向かってきた時、大作のやや後ろにいた蝶子は動転するばかりでどうしていいのか分からなかった。

「先生、危ない！」

瑞樹の叫び声が聞こえたかと思うと、男の持っていた刃物が大作の腹に吸い込まれるように突き刺さるのを見て、蝶子は悲鳴を上げた。

しかし、数瞬後、膝《ひざ》から崩れ落ちたのは刑事に化けた賊の方だった。ずるずると床に倒れた男の帽子は外れ、坊主頭が露《あら》わになっている。色は白くなっているものの、捕まえた賊であることは間違いない。

大作はよろよろと後退し、壁に寄りかかった。脇腹には刃物の柄が突き立っていてじんわりと血が滲《にじ》み始めていた。

蝶子は両手で口を押さえた。

「嫌……嫌よ……」

「……大丈夫だ。傷は浅いよ……多分」

顔は苦痛に歪《ゆが》んではいたが、その言葉通り、大作は意外にもしっかりした口調でそう言った。刺された辺りは薬を塗って既に包帯がぐるぐる巻かれている部分でもあり、多少は守られていると咄嗟《とっさ》に判断したのかもしれない。

大作の額の髪の生え際辺りから、二筋の血が鼻の脇まで流れた。

駆け寄ってきた瑞樹が大作を支えながら、「頭突きかよ」と呆《あき》れたように言ったのでようやく蝶子は何が起きたか理解した。

腹を刺されることは覚悟し、それと引き替えに強烈な頭突きをしたのだ。皮を斬らせて肉を斬る、肉を斬らせて骨を断つという言葉は聞いたことがあるが、その逆だ。なんて割の合わない戦法だろう。

「頭の固さには自信があってな」

しかしそう言いながらも、瑞樹にもたれかかりながらずるずると床にへたり込む。頭突きのせいなのか刺されたせいなのか、傍《はた》から見ているだけでは分からない。

刑事たちが――本物の刑事たちが駆け寄ってきて、気を失っている男を縄と手錠で念入りに拘束し、大作を客間へと運び入れてくれた。その間蝶子は自分でも驚くほど度を失っていて、ただおろおろするしかなかったことを恥じた。

またもう一度響太郎を失うかもしれないということの衝撃が大きすぎたのだ。

何を馬鹿な。この人は先生じゃない。全くの別人で、たとえこの人が殺されたところで、先生を失ったこととは比較するまでもない小さなことだ。今さらショックを受ける道理がない。

そう自分に言い聞かせていたにもかかわらず、涙が溢《あふ》れてきた。

龍乗寺子爵の看護婦の皆本とよが呼ばれ、スズ子と一緒に応急手当をしてくれている間、蝶子と瑞樹はドアの外で所在なく立ちつくしていた。どうしても医師やちゃんとした設備が必要なら、大作を外へ連れ出すしかないが、もちろん瑞樹も大作もそれは望まないだろう。

「泣くなよ。包帯、ぎちぎちに巻いてたしな。多分本当に傷は浅いよ。大丈夫さ」

瑞樹が自分自身に言い聞かせるようにそう言って、ハンカチーフを渡してくる。彼にしたところで、今にも泣き出しそうな顔だ。

「――分かってます。びっくりしただけです。泣くわけないでしょう。あの人《の》は――」

周りには他に誰もいなかったが、先生じゃないんだから、という言葉は呑み込んだ。

「――死ぬわけないんですから」

長い時間が経ったように思ったが、実際には一時間ほどで手当は終わったようだった。スズ子に呼ばれて中へ入る。

とよはどこかの大病院で婦長まで務めたベテランらしい。医師の資格はないけれど、戦争中、大抵のことはこなしてきたようだ。

「傷は内臓までは達してないようでした。鍛錬の甲斐《かい》があったわね。一応縫いはしたけど、もちろん責任なんか持てませんよ。一刻も早く病院に行くことをおすすめします。――って、言うことは言いましたからね。まさかこれだけ警察に協力してるのに、罪に問われるようなことはないわよね」

床に落ちている大量の血まみれの布やガーゼをスズ子は拾い集めている。こともなげな様子ではあるが、それなりに大変な施術だったに違いない。闇医者のような真似をさせられたことに不安を感じているようだった。

「大丈夫ですよ。感謝状だってもらえるかもしれません。心配しないで」

瑞樹はおだてるようにそう言って、とよとスズ子を外へ送り出した。

大作は青ざめ、弱々しい笑みを浮かべてベッドに横たわっている。相当血を失ったかもしれないが、ここではそう簡単に輸血もできない。しかしとりあえずは大丈夫そうだった。

蝶子は傍らに近寄り、大作の剝《む》き出しの肩にそっと指で触れた。

「どうして――」

大作が問うように黙って眉《まゆ》を吊《つ》り上げる。

「どうして、避けなかったんですか。相手は刃物を持ってたのに。あなたは怪我だってしてたし……逃げればよかったのに……あなた……言ってたじゃないですか。危なくなったらいつでも逃げるって」

「……いやあ、びっくりして動けなかったんだよ、恥ずかしいことにね」

掠《かす》れた声で大作はそう言った。額の真ん中には大きく切ったガーゼがべったりと貼り付けられている。

「蝶子さんが後ろにいたからですか」

ぽつりと瑞樹が言うと、大作は口ごもった。

「……どっちみちあいつはわたしを狙ってたんだ。あの状況では計画続行は無理だと分かった時点で、せめて九条響太郎だけでも殺そう、そう思ったんじゃないか」

それは確かにそうかもしれない。あの男は真っ直ぐに大作に向かっていった。逃げ道を探していたのではなく、彼を殺そうとしていた。しかし、もしあの場に蝶子がいなければ、大作はもっと違う戦い方を選べたのではないか。

「……わたくしの……ために……？」

「だから違うって。俺はそんな立派な男じゃないんだ、九条響太郎と違って。勘違いすんな。あの時あれしか方法が思い浮かばなかった。ただそれだけだ」

急に大作は乱暴な口調に戻って言った。

その言葉は嘘ではないのかもしれない。しかし、ほとんど無意識であれ、蝶子や瑞樹を、危険な目に遭わせたくないという気持ちが働いたゆえの行動なのではないか。蝶子にはそんなふうに思えた。

再び涙がこぼれそうになり、蝶子は瑞樹に渡されたハンカチーフをまだ持っていたことに気づき、軽く目元を拭《ふ》いた。

「――分かりました。でもいいですか。お願いですから、ご自分の身体も大事にして下さい。お願いですから……死なないで下さい。もう、見たくないんです。あなたが――人が死ぬところを」

令嬢と眠る偽探偵

賊は最初に捕まえたときに身ぐるみ剥《は》いで身体検査をしたはずなのだが、どうやら口の中に仕込んでいた針金のようなもので手錠を外し、脱衣場にいた安井刑事を襲って昏倒させたようだ。刑事たちの側に油断があったのは確かだろうが、あの男の能力も単なる一兵卒を超えたもののように思える。一時はあの男が不思議紳士本人かとも考えたが、やはり彼はあくまでも斥候のような存在で、手下であろうことはまず間違いない。一人送り込んだ以上、この後いずれ「本隊」がやってくるのは確実だし、他にもあのような手練《てだ》れの部下がたくさんいるのだとすると、ここにいる刑事たちだけで立ち向かえるのか急に不安になる瑞樹だった。

しかし元々「少数精鋭」を瑞樹が主張したことにも充分な根拠はあった。今ここで慌てふためいて増員要請するようでは、人数を絞った意味がない。もしかするとそれこそが、あの男をわざと単独で送り込んできた狙いなのかもしれない。増員が来た際にさらに部下を数人潜り込ませるつもりかもしれないし、そうでなくてもお互い疑心暗鬼になれば人数の多いことが逆に負担にもなる。やはりここは当初の予定通りこの顔ぶれで持ちこたえるべきだろう。瑞樹は勝手にそう結論した。

大作が危うく死ぬところだったことについては、刑事たちの気の緩みにも責任はあると思うものの、残り半分は自分の責任だと忸怩《じくじ》たる思いを拭《ぬぐ》えないでいる。連中が九条響太郎を狙うだろうことは最初から分かっていたのだから。ただでさえ怪我をしている大作に、自分の身は自分で守れなどとはとても言えない。

それにしても蝶子の心底狼狽《ろうばい》した様子にはこちらが困惑させられた。芝居なのかと思ったがどうやらそうでもなさそうだ。自分と同様大作を本物の響太郎かもしれないと疑っているのかもしれない。それとも、響太郎もさすがに蝶子を騙《だま》すことには耐えられず、彼女だけには正体を明かしている、ということはないだろうか？　大作が死にかけたところであんなふうに慌てる理由はないと思うのだが。

――いや駄目だ。もうあいつが本物の先生かもしれないなどというくだらない考えは捨てるんだ。そんなわけはないんだから。彼が本物だったらそもそもスミスにあそこまで叩《たた》きのめされたりしないし、たとえ多少怪我をしていたところであんなドスごとき叩き落とすのは苦もないことだったはずだ。あんなふうに身を挺《てい》して自分たちを守ってくれたことには感謝したいくらいだが、無様に刺されるしかなかったこと自体が響太郎でないことの証拠だ。あれは顔だけそっくりの偽者、九条響太郎は死んだ。とうに死んだんだ。

瑞樹は何度も頭の中でそう自分に言い聞かせた。

大作が刺されてしまったことには肝を冷やしたし、「九条響太郎」としてはいささかお粗末なことではあるが、これで堂々と一人休ませる口実はできた。これからは安全な場所にいて指示を出しているということにすればいい。誰かが病院へ運べと言い出すかもしれないが、それは何としても避けねばならない。響太郎がここにいないとなれば瑞樹がいる理由もなくなってしまう。外に出る方がかえって危険だとでも言うしかないだろう。実際どこにいるのが一番安全なのかは誰にも分からない。大作がもう響太郎役を降りたいと言い出したならその時はしょうがないと覚悟していたが、彼はそんなことはおくびにも出さなかった。一度始めたことだからやり遂げようという責任感なのか、それとも刺されたことで逆に恐怖よりも怒りを感じたのか。

蝶子が付き添うと言って聞かないので、瑞樹は部屋を代わり、蝶子にあてがわれた部屋で一晩を過ごした。いくら大作といえどももはや邪《よこしま》な考えなど持てる状態ではないし、持ったところで何もできない。余計な心配はしていなかった。

彼女の目を盗んで枕の下のワルサーＰＰＫをそっと回収するのはもちろん忘れていない。

様々な感情が渦巻きなかなか眠れず、何度も外へ出て階下の刑事たちの様子を覗《のぞ》きに行ったが、状況に変化はないようだった。再び監視下に置かれた賊は今度こそ何もできないよう拘束され、スミス少佐直々の取り調べを受けているとのことだ。自分自身が狙われたと聞いた今、何か吐かせる手段を持っているとしたらためらいなく使うだろう。

　何とか少しだけ眠った後、夜明け前に再び起きて、洗面所を抜けて元いた部屋へ戻ると、蝶子はまだまんじりともせずベッドに腰掛け、ベッドサイドのランプが照らし出す大作の顔を見つめ続けていた。

「蝶子さん……少し寝た方がいいよ。そうやって見てたって怪我が治るわけじゃないだろう」

　瑞樹が声をかけると蝶子はのろのろと顔をこちらへ向けて、見知らぬ訪問者の正体を確かめるようにじっと見つめる。

　何か答えるのかと思いきや、結局無言のまま大作の顔に視線を戻す。大作は時折唸《うな》り声をあげ、顔を歪《ゆが》めるが、まだ目は覚まさない。

「聞いてなかったのかよ。少し寝た方がいいって言ってんの」

「……あなたは怖くないの」

「連中が人殺しでもなんでも平気でやるってことは、最初っから分かってたことだろう。今さら怖がることなんかあるもんか」

「確かに、最初から分かってたことですわね」

　響太郎のことを思い出したのだろう、両目をぎゅっとつぶるがすぐに開いた。

「怖くなったんなら、あんたは帰んなよ。元々来るべきじゃなかったんだ」

「いいえ。帰るときはみんな一緒です。大――先生が帰るというのならわたくしも帰ります。もちろんあなたも。でも、先生が帰らないなら、わたくしもここに残ります」

まったく、頑固な女だ。分かっちゃいたけど。

瑞樹はしばし考えて、隣の部屋へ戻った。枕の下に入れていたＰＰＫを手に取り、蝶子の元へ戻る。

「――これを預けとくよ」

「……ピストル？　一体どうして」

反射的に手は伸ばしたものの、受け取るのはためらっている。

「先生のピストルだ。いつか必要になることがあるだろうって、ずっと机の中に隠してあったんだ。必要なときがあるとしたら今しかない、そう思って持ってきた。俺が使うつもりだったけど、あんたに渡しとく」

「先生の――」

蝶子は引っ込めかけた手を再び伸ばし、ＰＰＫの銃把を握る。両手で持ったのを確認して瑞樹はそっと手を離す。

「重い」

瑞樹は安全装置の外し方と撃ち方を説明し、さらに付け加えた。

「でも蝶子さんは撃つことは考えない方がいい。ただ向けるだけだ。安全装置も外さないでいい。もし敵に会ったら、とにかくこれを向けて、助けを呼ぶんだ。それならできるだろう？」

蝶子はＰＰＫの黒光りする銃身を魅入られたように見つめながら、こくりと頷《うなず》いた。

「……これが先生の……ピストル……」

「休むときは枕の下に入れておくといい。まさかあんたがこんなもの持ってるとは悪党どもも思わないだろうから、忍び込むような奴がいても、取り出してこれを向けるヒマくらいあるだろう」

やはりこのＰＰＫは、撃てない蝶子ではなく自分で持っておくべきなのではと一瞬後悔したが、重傷の大作と非力な蝶子にこそ武器が必要だと改めて思った。どうしても飛び道具が必要な場面が来たら、その時は何か探せばいいだろう。

部屋のドアに錠をかけさせた方がいいかとも思ったが、すぐに否定した。こんな錠前は不思議紳士には何の意味もないだろうし、いざというときの逃げ道を塞《ふさ》ぐことになりかねない。

「いずれにしてももうすぐだ。もうすぐ片を付けて、みんなで帰ろう」

「みんなで……？」

眠り続ける大作に問いかけるように呟《つぶや》かれたその言葉は、瑞樹の耳には入らなかった。

助手と少佐

三日目の朝だ。予告の日付まではまだ間があるが、既に戦いは始まっている。いつ本格的な襲撃があってもおかしくはない。

瑞樹が再び食堂へ下りていくと四谷警部と数人の刑事たちが疲れた表情でお茶を啜《すす》っているところだった。瑞樹の顔を認めると、四谷は無理に笑みを作って話しかけてきた。

「瑞樹くん。九条くんの様子はどうかね。変わりないか」

「ええ。大丈夫です。問題ありません」

薬で眠ったままではあるが、発熱している様子もないしそう言っても嘘にはならないだろう。

「周辺の警備は強化されたんですよね」

「もちろんだ。屋敷から数百メートルの範囲までをパトロール対象に拡げて、絶対に不審人物を近づけないようにしてる。たとえ忍者だろうと軽業師だろうと、二度と侵入はさせんよ」

もともと「万全な警備」のはずなのだからそう言われても安心はできないが、同じ手はそうそう通用しないだろう。逆に、最初の男が斥候だとすると、連中は本隊用に何かもっと違う手段を用意していそうではある。

「……空からってこともありえますよね」

響太郎の資料によれば、かつて不思議紳士は真っ黒に塗った飛行船を使用して、夜間に音もなく侵入したこともあったようだ。

「夜は中にも外にも強力な投光器を用意してあるし、優秀な狙撃手も数人だが待機させてある。飛行船だろうと滑空機だろうと寄せ付けんよ」

さすがに不思議紳士との対決経験のある警部に抜かりはないようだった。

飛行船などというのは意表を突ければ有効な手段ではあるが、分かっていれば狙い撃ちにされるだけの鈍重な代物だ。といって飛行機は接近すれば騒音ですぐ気づくし、そこから落下傘で降下するならこれまた狙い撃ちだ。滑空機なら音もなく飛来し飛び去れるかもしれないが、乗員はせいぜい一人か二人。本隊の侵入用にはとても使えそうにない。

大丈夫だ。警戒さえしていれば、空からの侵入も恐れるに足りない。

昨日は油断しているところを突かれてゲリラ的な侵入を許してしまったが、やはりあの男があっさり捕まったのは敵にとっても誤算だったと考えるのが妥当だろう。あいつが捕まっていなければ内部の情報を何らかの手段で外に送ったかもしれないし、本隊が侵入する手引きだってできたかもしれない。しかし実際にはあいつが捕まったことでかえって警戒を強め、本隊の侵入は難しくなった。大作は大怪我を負ったけれど命に別状はないし、そもそもその情報は漏れないようにしているから連中はどうなったか知るよしもない。奴らは今必死で善後策を練っているところだろう。

まだしばらく本格的な襲撃はないと思ってもよさそうな気がする。みんなを油断させたくはないから、瑞樹はそんなことを口にするつもりはなかったが。

と、そこへずかずかと靴音も高くスミス少佐が入ってきた。上着も帽子も脱いでいるし、いつもぴったりと撫《な》でつけている金髪も乱れていて、無精髭《ひげ》も伸びている。相当に憔悴《しょうすい》し、苛々《いらいら》しているようだった。

瑞樹と警部の方をじろりと見やっただけでテーブルに歩み寄り、大きな薬缶《やかん》に入ったお茶を茶碗《ちゃわん》に注ぐと一気に飲み干した。

「少佐殿。奴は何か吐きましたか」

警部は恐る恐る近づきながら少佐に声をかける。

「駄目ですね。泥棒とはいえ見上げた根性です。訓練された兵士を相手にしているようだ」

偉そうな口を叩《たた》いた割には結局日本の刑事たち以上のことはできなかったと知って、瑞樹は少しいい気分だった。

スミスは瑞樹をちらりと見て言った。

「ミスター・クジョーはどうしていますか。捕まえる際に刺されたと聞きましたが」

「幸い、大事ないようで」

「怪我人が、足手まといにならないといいのですがね」

黙っていられなかった。

「あいつはあんたを狙ってたんだ！　身を挺《てい》してあいつを捕まえた先生に礼を言ってもバチは当たらないんだぜ」

「ふん。黙ってわたしのところに通してやればよかったんだ。そうすれば誰も怪我をせずに済んだ」

瑞樹は言い返す言葉がなく、歯噛《が》みするしかなかった。あれが響太郎なら怪我一つしなかっただろうとも思うし、そして大作であってもそもそもスミスに叩きのめされていなければ、あるいは……とも考えてしまう。すべての問題がスミスのせいであり、そのしわ寄せが大作に集中しているように思えて仕方ない。

「……それで、何も情報の得られなかったＧＨＱの少佐殿はどういう手を打つおつもりなんですかね」

せめてそうやって挑発するくらいのことしかできなかったが、意に介していないのかそもそも皮肉が通じていないのか、スミスの表情は変わらなかった。

「連中は軽い攻撃をしかけ、ポイントを失った。一旦《いったん》態勢を立て直すしかないはずです。周囲の警備はお粗末でしたが、少しはこれで気を引き締めてくれることを願います。―

―さっきも言ったように、あの男はかなり訓練された兵士です。同等の仲間がかなりの数いると覚悟して、総攻撃に備えるべきでしょう。敵の総数は分かりませんが、一個分隊の精鋭が攻撃をしかけてくるものと思っておいた方がいい」

四谷警部は顔色を失った。

「……そんな。我々は軍隊じゃありません。拳銃《けんじゅう》だって満足に行き渡ってはいない状態です。一個分隊が完全武装で攻めてきたら、とても対抗できません。米軍の力を借りるしか……」

「あくまでも最悪の想定です。警察でさえ満足に武器が手に入らない状況なら、連中だってそう大した武装はできんでしょう。しかしたとえ連中が飛び道具を持っていなかったとしても、侮ってはいけません。訓練された兵士の攻撃に備えておく必要がある、ということです。銃がないならお得意の竹槍《やり》でも掻《か》き集めたらどうですか。そしてこちらの兵力、武装に限界がある以上、問題はいかに早く敵の接近を察知して対応するか。そこにかかっています。外の情報収集にも力を割くべきでしょう」

指揮を執る、と言いながらもあくまでもGHQから武器や人員を割いてくれるわけではないようで、所詮《しょせん》は他人事と思っているようだった。貴重な収蔵品だけは守りたいけれど、それにしたところで命まで賭《か》ける価値などないのだろう。賊の尋問には多少気合いが入ったようだけれど、それも自分を狙おうとしたことへの怒りの表明に過ぎなかったのかもしれない。

「いずれにしてもわたしは少し休みますので、後は警部にお任せします。くれぐれも同じ間違いのないことを願いますよ」

スミスは、すべては日本警察の無能ゆえであると言いたげに吐き捨てると食堂を出て行った。途中、洗濯物を集めて忙しく駆け回っている様子のスズ子と階段ですれ違い、自分の部屋へサンドイッチを作って持ってくるよう命じていた。テーブルの上には白米の握り飯が常時補充されているのだが、それはお気に召さないらしい。

スズ子は元気よく「承知しました！」と言って早足で洗濯物を裏へ運んでいく。きっとその足で厨房《ちゅうぼう》へ行き、サンドイッチを作ってまたすぐスミスのところへ行くのだろう。恐らくは彼女もこの一連の事態に振り回され、休む暇もないはずだが、不安も疲れの色も見えない。

みんなを守らなければ、という思いが新たになった。

スミスの「竹槍でも掻き集めて」という言葉を思い出し、ちょうどよい武器があるといいと思った。自分の身軀《しんく》を考えると、竹槍ではないにしろ、長い棒のようなものがいいのではないか。ドスを叩き落とす程度ならそれくらいで充分だ。

屋敷の中を得物を探して歩きながら、敵の襲撃がどんなふうに行なわれるか、いくつもの想像を巡らせてみる。

例えば……周囲の警備の一ヵ所を集中して攻撃し（何人か警官が殺されるのは必至だろう）、梯子《はしご》を立てかけて一斉に海賊のように乗り込んでくる。情報伝達、内部の対処が遅ければ、何人かが窓を割って侵入することも充分に可能だろう。誰かが人質に取られでもすれば、途端にこちらの打つ手は制限され、武装解除させられてしまうかもしれない。女中や料理人たち、龍乗寺子爵と百合江さんなどには特に、改めて警告しておく必要があるだろう。

正門を突破する可能性ももちろんある。無人の車にダイナマイトを積んで門にぶつけたらどうなるだろう？　警備の警官ごと門は吹き飛ぶことだろう。――いや、これはあまりうまくない。もう一台車があったとしても、大破した車や瓦礫《がれき》が散らばっていると、すんなりと通ることが難しくなるだろう。徒歩で乗り越えたところで、屋敷までは結構な距離がある。爆発音に気づいた屋敷側の警戒は厳しくなり、近づこうとしても狙い撃ちにされる。正門から来る可能性はあるだろうが、こんな乱暴な方法は取るまい。

どこかに盲点はないか。何か意表を突いてくるのではないか。考えろ……考えろ……。

瑞樹は想像力を働かせつつ屋敷の中の隅々に、そして外の様子にまで意識を伸ばしていった。

令嬢と女中

遠くから太鼓の音が響いていた。蝶子はなぜか南洋とおぼしき密林の中を彷徨《さまよ》っていた。草や枝でお気に入りの服が切り裂かれ、肌には血が滲《にじ》んでいる。

覆い被《かぶ》さるようなシダを掻《か》き分けると、そこは開けた広場で、槍《やり》を持って腰蓑《みの》をつけた男たちが円陣を組み、太鼓に合わせて踊っている。その中心には獰猛《どうもう》なライオンの檻《おり》があって、今にもその中に落とされようとしているのはそう、九条響太郎その人ではないか――。

蝶子は声にならない悲鳴とともに飛び起きた。

すぐそばには「ううん……?」と呻《うめ》き声を漏らす響太郎――いや、大作の顔があった。

大作の寝ているベッドにもたれかかるようにしていつの間にか寝てしまっていたようだ。すっかり夜になっていたようだが、窓の外の強い投光器のおかげで、部屋の中もほの明るい。

そうだ。ここはまだ龍乗寺の屋敷。そして響太郎はとうに帰らぬ人なのだった。密林でライオンの檻に放り込まれるというのは昨年観たアメリカ映画『鉄腕ターザン』の一場面が何とも恐ろしかったからだろう。オリンピックの砲丸投げメダリストがターザン役をやったというのでもたいそう評判になった作品だ。

「芦田様！　九条様！　起きていらっしゃいますか？　開けてもよろしいですか？」

スズ子の切迫した様子の声に、蝶子は急いで応《こた》えたが、妙に掠《かす》れた声しか出てこなかった。

「どうぞ！　お入りになって！」

ドアが開き、スズ子が半身を覗かせる。

「ご無事でございますか？　お二人ども、お変わりありませんか？」

「え？　ええ……大丈夫ですけれど……何かありましたの？」

大作も完全に目を覚ましたらしく、身を起こそうとしているので、蝶子は立ち上がって両手で彼の背中を支えた。大作はどこかの傷が痛んだのか、うっと呻いて顔をしかめたが、何とか起きることができたようだ。

「……実は、女中頭をはじめ、うちのものがみな腹痛を訴えでおりまして……刑事さんたちも何人か、はあ」

言葉だけとればさほどのことにも思えなかったが、スズ子の狼狽《ろうばい》ぶりは尋常ではなかった。

「まあ、それは……」

大変ね、と言いかけて、背筋がぞっとして寝ぼけた頭にかかっていた靄《もや》が吹き飛んだ。こんな時に、何人もが同時に腹痛とは……。ちらりと大作と目を合わせると、大作は眉《まゆ》をひそめ、何か考えている様子だった。

「食中毒かもしれねえ、そう思いましで、皆さんのご様子を確認して回ってるような次第で、へえ」

「わたくしたち以外は、全員確認できましたの？」

「いえ、後まだ草野様が……」

「部屋にいるのかしら？」

「しばらく前に少し休むとおっしゃったので恐らく、へえ」

蝶子はややふらつきながらも洗面所へ通じるドアへ飛びつき、それを開けてさらに向こう側のドアを開け、昨日まで自分が使っていた部屋へと入った。

と、窓のカーテンが閉まっているせいでほぼ真っ暗な部屋の中、ベッドからガサガサッと音を立てて飛び退く黒い影が見えて蝶子はひっ、と声をあげてしまう。

「……何だよ、蝶子さんかよ。いきなり飛び込んできたら敵かと思うじゃねえか」

黒い影がベッド脇のテーブルに置かれたランプをカチリとつけると、長い竹竿《ざお》のようなものをこちらの喉元《のど》へ突きつけて立っている瑞樹の姿が浮かび上がった。

「大丈夫……そうですわね。よかった」

目の前の竹竿をそっと手で退けながら、蝶子は言った。

「大丈夫って、何がだい」

「何人も、お腹を壊しているそうなの。刑事さんたちも。食中毒かもしれないって」

「何だって？　くそっ……こんな時に、なんて間の悪い」

瑞樹は毒づいてから、何かに気づいたように凍り付いた。

「まさか……いやそんな」

「その可能性も考えた方がよさそうね」

「あいつが、何かに毒を入れたってのか？　ありえないぜ。そんなもの持ってなかったし、ただでさえ口にするものには充分注意してたはずだ！」

瑞樹は頭を振ってそう言いながらも、竹竿を持ったまま部屋を飛び出していく。蝶子は一旦《いったん》大作の元に戻って、逡巡《しゅんじゅん》した。

「先生、あの……」

「わたしのことは心配ない。スズ子さんと一緒に病人を診てやってくれ」

大作は依然血の気の引いた顔にかろうじて笑みを浮かべ、大きく頷《うなず》いてみせる。

「はい！」

蝶子はかつて半ば花嫁修業のように、友人らと共に日本赤十字《せきじゅうじ》で救護研修を受けたこともあった。どの程度役に立つかは分からないが、医師のいないこの場で、ただ傍観しているわけにもいかないだろう。

「スズ子さん。病人はどちらにいらっしゃるの？」

「厨房《ちゅうぼう》……それから食堂にも」

蝶子は身は起こしたものの立ち上がれずにいる大作の耳に口を寄せ、

「枕の下にピストルがあります」

と囁《ささや》いた。大作は目を丸くしたが、何も言わず頷いた。

「じゃあ行きましょう」

階段を猛スピードで駆け下りていく瑞樹を追うように、蝶子とスズ子も階下へと急いだ。

食堂では四谷警部と刑事たちが、床にうずくまったり倒れたりしている刑事たちに毛布を掛けたり背中をさすったりしてやってはいるものの、それ以上どうすればいいのか分かっている人間はいないようだ。呻《うめ》き声に加え激しい嘔吐《おうと》の音も聞こえる。

倒れている刑事は五人。面倒を見ているのは四人。一柳刑事の姿が見えない。

思った以上に悪そうな状況に、蝶子は必死で気持ちを落ち着かせた。慌てても仕方ない。

一旦目をつぶってそこを素通りし、厨房を覗《のぞ》く。ここでは立っているものはおらず、女中頭と庭師の夫婦、運転手の山口、それに料理長が芋虫のように床でもがいている。四人とも何度か嘔吐したようで、床は汚れ、酸っぱい臭いが中へ入らずとも漂ってくる。

「松子さん！　三郎さん！」

さすがにスズ子はもう素通りできなかったようで、屈《かが》み込み、二人の背をさすりながら、途方に暮れた様子で蝶子を見上げる。

「……一体どうしたらええだか……？」

「看護婦の……とよさん。とよさんは大丈夫なの？」

とてもこの状態は付け焼き刃の救護研修では乗り切れそうもない。

「へえ。旦那《だんな》様の様子を見に行っておられます。異常ないようなら、こちらに来てくださると」

そう言っているところへ、とよと百合江がやってきた。とよは長襦袢《じゅばん》姿のまま、百合江は部屋着に羽織を引っかけている。

「なんてこと……！」

とよは躊躇《ちゅうちょ》せず四つんばいになると、床の汚物の臭いを嗅《か》ぎ、首を傾げる。百合江は山口が心配らしく駆け寄る。

「この人たちがいつ何を食べて、飲んだか、分かる人はいない？　それと、元気な人たちが何を食べなかったか」

とよがその場の全員に向けて問いかける。

「わだしたちと、同じものしか食べとりゃせんのですが……握り飯かパンに缶詰、後はお茶です。それ以外は口にするなと。作り置きしてる握り飯は、塩も強めに利かせでるし、減り具合を見て少しずつ握ってるから、まんず中《あた》ったりするこだあねえと思うんですけど……」

自分たちもほとんど同じものを食べている。いずれ彼らと同じ症状に苦しむことになるのだろうか？　そう考えるだけで、蝶子は胃のあたりがむかむかとしてくるようだった。

　これはただの気のせいか、それとも食中毒の始まりか？

　蝶子は瑞樹の姿を求めて見回したが、どこにも見えない。となると行く場所は一つしか考えられなかった。奥へ進むと案の定、脱衣場へ通じる扉が開け放たれている。

「瑞樹くん！　そこにいるの？」

　中を覗くと、浴室の入り口に立っている瑞樹の背中が見えた。

「瑞樹くん？」

　声をかけながら恐る恐る近寄ると、彼の頭越しに浴室の中が見える。

　座ることができないよう、手錠をかけられて天井から吊《つ》るされている男が、身体をくねらせながら苦悶《くもん》している。げえぇっと音だけはするものの、吐くものはもはや残っていないらしく、口から泡のようなものだけが垂れる。

　瑞樹がゆっくりと振り向き、蝶子を見上げた。

「どういうことだよ。――こいつがやったんじゃない」

　そう言った瑞樹の顔には途方に暮れたような表情が浮かんでいた。

偽探偵と泥棒

瑞樹は、かつて感じたことのない恐怖を覚えていた。

怪盗だの不思議議紳士だのと言ったところで所詮《しょせん》泥棒、強盗の類《たぐい》だ。ピストルで撃たれるかもしれないし大作のように刃物で刺されるかもしれない。死んでしまうかもしれないことは覚悟していた。

しかし、こんなふうに得体の知れない症状で雇い人たちや刑事たちまでがバタバタ倒れていくことなど想像もしていなかった。忍び込んだ男自身もこうして苦しんでいる以上、これが敵の攻撃であるのかどうかも分からない。

「草野瑞樹、しっかりなさい！　あなたもわたくしも、幸いまだこうやってぴんぴんしています。あなたが慌てふためいて、どうするの！」

瑞樹と同じように恐怖に青ざめているくせに、蝶子は彼の顔を両手で挟みこみ、真っ直ぐに目を覗《のぞ》き込んで言った。

「蝶子……さん……俺……」

「幸い、百合江さんもスズ子さんもとよさんも無事よ。具合が悪い人たちはわたくしたちで見ます。あなたは、あなたのやるべきことをやりなさい」

「やるべき……こと？」

「あなたは、何しにここへ来たのです？　不思議紳士を捕まえるためでしょう。ならそのことに専念なさい。他に一体何ができますか？」

蝶子の言うとおりだった。響太郎にはまだ遥《はる》か及ばないとしても、自分は頭を使うしかない。彼らが苦しんでいる原因がなんなのかを一刻も早く突き止めなければならないし、そしてまたそれが何であれ、いずれ必ず行なわれる不思議紳士の攻撃への備えもしなければならない。大作も戦力にはならず、刑事たちも半分ほどやられた今、もし中に侵入された場合の防衛態勢も立て直す必要がある。

「そういや、一柳刑事は？　どこかで見なかった？」

「……いえ。食堂や厨房《ちゅうぼう》では見かけなかったけど」

全員の安否を確かめる必要もあるし、もし元気でいるのなら協力してもらいたい。今頼りになりそうなのは彼ぐらいだ、と瑞樹は思った。

「——蝶子さん、病人たちは頼みます」

瑞樹が言うと、蝶子は強《こわ》ばった笑みを浮かべて頷《うなず》いた。瑞樹は脱衣場を飛び出しかけて、振り向いて釘《くぎ》を刺した。

「そいつには近寄らないでくださいよ！　手の込んだ芝居の可能性もある。とにかく他の人が優先です」

「……分かっています」

蝶子はちらりと男を見たものの、唇を固く結んで頷いた。

瑞樹は廊下へ出て、一旦《いったん》裏口のドアを確かめたが、内側から閂《かんぬき》がかかっている。こちらからは誰も出たはずがない。玄関ホールに戻りつつ、厨房と食堂を覗き込んで顔ぶれを確かめたが、やはり一柳はいない。

食堂でうろうろとただ歩き回りながら頭を掻《か》きむしっている四谷警部に、入り口から声をかけた。

「警部。一柳刑事は？　見かけませんでしたか？」

「一柳……？　ああ、彼なら、スミス少佐と一緒に屋敷の外へ出たよ。これは襲撃の前触れに違いないとね」

「少佐や警部はこれはやはり毒か何かだとお考えですか」

「そうとしか思えんだろう。見たまえ！」

百合江やスズ子たちによって運ばれた毛布や枕で少しは楽な姿勢を取っているようだが、皆原因不明の症状にいまだ立ち上がることなどできない様子で、洗面器などを抱え、胃の中身を戻している。汚れた床は、ゴム手袋にマスクをしたスズ子が必死で拭《ふ》いている。

「いいですから皆さんはもう病人に近寄らないで！　どうせ何もできないんだから！」

皆本とよが、おろおろするしかない刑事たちを追い出しにかかっている。

「……しかし……わけがわかりません。口にするものはみんな充分気をつけていたはずでしょう？　ぴんぴんしている人間が何人もいる一方で、あの人たちは一体……？」

「分からんのだ、それが。我々が発症するのも時間の問題なのかもしれんし……」

ふと疑問が湧いた。

「……皆さん、食堂や厨房に集められていますね。どうやって連れてきたんですか」

「え？　いや、そうじゃない。彼らは夜番だよ。具合が悪くなったんで、自分たちで集まったんじゃないか？　わたしもさっき叩《たた》き起こされたところで、よく状況は分かっておらんのだが」

夜番……それに、使用人たち。つまり、起きていた人間たちだけがあの症状に苦しんでいる、ということだ。

「だからなんだね」

「じゃあ何か食べたんですよ、やっぱり！　それに毒が入ってたんだ」

「彼らが食べたらしきものはざっと見たんだがね、同じものをわたしだって他の刑事だって口にしてるんだ。もちろん、これ以上犠牲者が出てもらっては困るから、何もこれ以上口にするなとは言ってあるが……」

食べたものでないとしたら……空気？

「毒を霧やガスのようにして、どこかから送り込んだ可能性はありませんか」

「そんなことができるとは思えんが……だとしたら、我々も時間の問題じゃないのか」

確かにそうだ。多少薄れたにしても、これだけの人数が倒れるほどの毒ガスが一瞬で消えるはずもないし、他の刑事たちも少しくらい具合が悪くなりそうなものだ。

瑞樹ははっとした。

「あの男！　浴室にいるあの男が、最後に口にしたものは何ですか？」

「……捕まえた男かね？　いや、何もやっておらんはずだが……おい、安井くん。やつに何か与えたか？」

何もできることがない以上、一柳に合流しようとでも考えたのか、玄関扉へと向かう数人の刑事に警部は声をかけた。

「食事ですか？　何も与えておりません。……ああ、コップに一杯、水をやりましたが……」

言いながら、刑事たちも警部も顔を見合わせる。

「水？」

龍乗寺の屋敷はやや郊外ではあるものの、華族であったこともあって、早くから電気、上下水道が完備していたという。

「いや……まさか、そんなことはあるまい……水道の水……」

警部の目が完全に泳いでいる。

「水道管ですよ！　やつらきっと、少し離れたところで、ここに繋《つな》がる水道管を掘り出したんだ。そこで毒を入れたんです。それしか考えられない」

瑞樹は言い終える前に走り出すと、厨房に飛び込んで、病人を看ている蝶子と百合江を目で捜した。

と、蝶子が今まさにコップに水を汲《く》んでいるところを見て全身の血の気が引く。

「毒が入ってたのは、水道の水だ！　絶対飲んじゃだめだ。なるべく触らないで――」

蝶子はぎょっとした様子で動きを止め、手にしたコップを凝視する。

「……水？」

「飲んでないよね？　病人が水を欲しがっても飲ませちゃ駄目だ。他のみんなにも徹底させて」

「分かったわ」

ごくりと唾《つば》を呑《の》みながら蝶子はコップの水をそっと流しに捨てる。

「その毒がどういうものかは、分からないんでしょうね？」

「……こっちが聞きたいくらいだ。症状から何か、分からない？」

蝶子は首を振る。

「……でも、食中毒でも伝染病でもないって分かっただけでも収穫よ。ひまし油を飲ませて、中のものをなるべく出させた方がいいでしょう」

最後の言葉は襷《たすき》がけして懸命に使用人たちの介抱を続けている百合江に向けたもののようだった。

後ろで、カラカラーンと派手な金属音がして、瑞樹と蝶子は同時に振り向いた。

戸口のところで、スズ子が真っ青な顔をし、口を押さえて立っている。足元には金ダライが落ちていて、まだ小さく回転していた。

「どうかなさって?」

「……い、今言ってたのは、ほんどですか」

瑞樹はスズ子の表情を見ながら、ゆっくりと近づいた。

「――まさか、水を飲んだのか?」

スズ子は頷く。

「いつ? いつ飲んだんだ?」

「五分……ぐらい前。起ごされでから、ずっと何も飲んでねがっだから、どうしでも我慢でぎねぐてコップにいっぺえ……」

「早く吐くんだ! 蝶子さん、ひまし油を――」

スズ子は聞いていなかった。急激な吐き気に襲われたのか、口を押さえ、身体をくの字に曲げる。トイレへ駆け出そうとしたようだったが、たまらずその場へ崩れ落ち、厨房の隅へと胃の中身をぶちまけた。

瑞樹は恐怖した。

死んでしまう。この子も死んでしまう。俺が守ると約束したのに。俺には誰一人守れやしない。こんな田舎娘一人ですら。

「スズ子！　スズ子！　全部吐いちまえ、吐いたらきっと楽になる！」

「……すまねえ……あっちへ……あっちへ行って……」

　ぐいと弱々しい腕で押され、瑞樹は呆気《あっけ》にとられながら後退した。

「……見られたくないのよ、あなたに」

　蝶子が慌ててタオルを持ってきてスズ子の手と顔を拭き、横にしてやる。

「何言ってんだ！　死にかけてんだぞ！」

　大声で言ってから、慌てて口を噤《つぐ》んだ。もしそれが正しければ、ここにいる人間の大半は死にかけている。

　くそっ。

　瑞樹は厨房を飛び出した。自分にできることはここにはない。

　頭を冷やせ。頭を冷やしてみんなを助ける方法を考えるんだ。でないとみんな、みんな死んでしまう――。

　大作に警告しなければと瑞樹が階段へ辿《たど》り着いた時だった。

　上から、手すりに摑《つか》まりながらゆっくりと大作が下りてくる。雑ではあるが一応背広も着込んでいる。なんでじっとしてないんだ、と思いつつ、安堵《あんど》が胸に拡がる。

「大――先生！　大丈夫なんですか？」

　慌てて駆け上がり、身体に手を添える。

「大丈夫……とは言い難いが、ただ寝てるわけにもいかんだろう。一体どうなってる？」

瑞樹は手短かに状況を説明した。

「水道管に毒を……？　鬼畜のやることだな。皆殺しにするつもりだったか」

そうなのかもしれない。水道、というのも盲点だったが、そこまで凶悪な手段を取る可能性があるとも考えていなかった。

手を貸しながらゆっくりと階段を下りていると、玄関扉が開いて一柳とスミス少佐が入ってくる。そこへ、眩《まぶ》しいヘッドライトがこちらを向いて迫ってくる。

すごい勢いで、二台の白く巨大な車が玄関に横付けされた。救急車だ。中から三人ずつ白衣に警官帽の救急隊員が降り、担架を持ってやってくる。

瑞樹は大作から手を離し、玄関へ走った。

「駄目だ！　そいつらをそのまま入れちゃ！」

扉を塞《ふさ》ごうとする瑞樹を、一柳が摑んで引き戻す。

「おい、何してる。警視庁消防部の救急隊だ。邪魔するんじゃない」

「患者はどちらですか？」

「あっちだ！　急いでくれ！」

救急隊員たちは瑞樹の目の前を通り過ぎ、一柳の指示で食堂へと向かう。

「警視庁消防部……？」

「ああ。電話で救援を要請したんだ。救急車だって消防部のものだからな」

瑞樹は瞬時にしてすべてを理解したが、同時にもう手遅れであることも分かっていた。

「――奴らはこれを狙ってたんだ」

「何だって？　何を言ってる？」

食堂に入っていった救急隊員たちは、大きな長テーブルの上にあった皿や薬缶《やかん》などを全部床に払い落とすと、その上に畳まれた担架を置いて拡げる。そこにはあちこちから掻き集めたのか様々な種類の銃――自動小銃にアメリカ製とおぼしき散弾銃、かと思うと南部式、モーゼル、回転拳銃《けんじゅう》――がざっくりと包まれていたのだった。

隊員たちは担架の上の銃を素早く取り上げ、あらかじめ決めてあったようにさっと散開する。厨房へ入る者、玄関ホールに出てきて一柳や大作に銃口を向ける者。その間、警察側の人間は誰一人動くこともできないでいた。瑞樹でさえ。

一人残った長身の男は、手ぶらのままテーブルの上にひらりと飛び乗ると、ゆっくりと見回して低く、落ち着いた声で言った。決して大声ではないのだが、オペラ歌手のようによく通る声だ。

「いいか、誰も動くんじゃないぞ。警視庁、並びにGHQの少佐殿。そして――高名なる名探偵、九条響太郎にその助手。総出で出迎え痛み入るよ。おっと少佐、動くなと言ったろう。あんたを狙ってる銃があるのが見えないか？」

スミスは銃を抜こうとしたらしいが、目ざとい男に制止されたようだ。

「そんな馬鹿な……」

一柳は絶句し、口をぱくぱくさせる。

「……あいつらは救急隊を呼ばせるために、水道管に毒を入れたんだ。ぼくらを全員殺すためなんかじゃなかった。救急車が来ると分かっていれば、それを待ち伏せて入れ替わることも簡単だ」

瑞樹は依然自分の手を摑んでいる一柳にこっそり説明したつもりだったが、食堂の中のリーダーらしき男の耳にも届いたようだった。男はテーブルから降りると、食堂を出て瑞樹をじっくりと観察してからホールを見回す。

「ほう……見たところこの中で一番賢いのはそこの子供らしいな。それに引き替えそっちの名探偵様はどうした？　何だか今にも死にそうな顔をしてるが」

警官帽の下の顔は浅黒いが意外なほどの優男で、とても凶悪な殺人集団のボスには見えない。恐らくは響太郎よりも年下、二十五、六なのではないかと思われた。ずっと微笑を浮かべているようにも見えるが、虚無的な光をたたえたその眼に、瑞樹はぞくりとするものを感じた。あの捕まった男と同じ眼をしている。

「……お前が……お前が不思議紳士なのか？」

一柳がかろうじて声を出した。

それを聞いてなぜか男は顔をしかめる。

「……そうだ。貴様は一柳刑事か？」

敵は、刑事一人一人の顔まで摑んでいるらしい。完全に状況を把握し、こちらの裏をかいて正面から堂々と入ってきた。余りにも用意周到で、大胆不敵、そして——情け容赦のない集団だ。

「我々の仲間が一人、お邪魔しているはずだが。どこにいる？」

一柳は口を噤んで答えなかったが、わずかな視線の動きを読んだのか、男は頷く。

「……あっちだな？　おい、誰か向こうを捜してこい。多分浴室だろう」

近い側にいた男が一人、浴室へ走っていく。屋敷の構造も熟知しているようだ。

「……本物の救急隊員たちはどうなった」

一柳が唇を舐めながら訊《たず》ねると、男は面白そうに聞き返す。

「他のやつの心配か？　安心しろ。殺しちゃいない。俺たちが殺すのは、殺してもいいと思うやつだけだ」

「……なら、全員助けてくれるんだな。警官だけじゃない、ここの使用人まで苦しんでるんだ。頼むからあの救急車で彼らを病院に連れて行かせてくれ」

一柳が必死で怒りをこらえている様子で懇願する。

「慌てるな。誰も死にはしない……お前たちが余計なことをしなければ」

浴室へ走っていった男が、ぐったりした様子の半裸の男を背負って戻ってきた。ボスの前まで来て、そっと床に半裸の男の身体を横たえる。意識が朦朧《もうろう》としているのか、白目を剝《む》き、ひくひくと手足を痙攣《けいれん》させている。同情する気などないが、恐らくは水を飲んだ他の人たちも現在同様の状態なのだろうと思うと、目を背けたくなる。少し猶予はあるかもしれないが、いずれスズ子もああなる。

「さて、諸君。先ほど草野少年が言ったように、我々はこの屋敷のためにだけ引かれた水道管の水に、ある毒薬を混入した。そこらの町医者は知るはずもないし、たとえ知っていたところで対処法も持たない、無味無臭の毒物だ。我々が想定していた以上の人数がそれを摂取したようだな。しかし、安心して欲しい。この毒はすぐに効果を現わし、嘔吐《おうと》、下痢《げり》、意識混濁といった症状を示すが、すぐに死ぬことはない。五時間以内にある中和剤を注射すれば、嘘のように元気になるんだ。それを今からお見せしよう」

男は白衣のポケットに手を入れると、葉巻きでも入れるような平たい金属製のケースを取り出した。中から取り出した小さな注射器を高々と掲げて見せてから、ケースを白衣のポケットに戻す。注射器には既に何かの液体が入っているようだ。

男は、依然ひくひくしている男の傍らに跪《ひざまず》き、ためらいなく注射針をその肩に刺した。瑞樹は銃を持った男たちの様子を窺《うかが》ったが、まったく注意が逸《そ》れることはない。スミスや刑事たちはもちろん、瑞樹が動こうとしただけで、ぴたりと銃口が向けられ、いつでも発砲する気でいることがはっきりと分かった。

ほとんど息を止めていたので長い時間が経ったような気がしたが、恐らくはわずか数分のことだったに違いない。

白目を剝いていた男が、「ううっ……」と呻《うめ》き、瞬きを繰り返す。何度か唾を呑み込み、咳《せ》き込んだかと思うと、手を突いて自分で身体を起こした。ゆっくりと首を振り、周囲を見回す。

「俺だ。聞こえるか？　どうだ。もう大丈夫か」

「隊長……！　少し目眩《めまい》がしますが……もう大丈夫です」

ボスはどうやら「隊長」と呼ばれているらしい。あれだけ不敵だった男が、その隊長の前ではひどく従順な口調であることで、軍隊のような組織であるらしいことが垣間見《かいまみ》える。

「立てるか？　なら立て」

隊長は、平然とそう言い放ち、男はふらつきながらも立ち上がった。

「——諸君。見たかね。これが中和剤の効果だ。そしてその中和剤は今ここに充分な数を持っている。諸君らが大人しく我々の言うとおりに動けば、病人全員に中和剤をやる。もし誰か従わないものがいて、我々の計画に支障を来たした場合、この中和剤はすべて破棄する。言っておくが、毒と同様この中和剤も、日本中探したところで作り出せる人間はいない。つまり、ここにあるこの薬がなくなれば、病人は全員約五時間後に死亡するということだ。……もういい。休んでいろ。——誰かこいつに服を着せてやれ」

隊長に許可をもらった男は崩れるようにその場にへたり込んだ。肩で息をしているが、先ほどまでの死にそうな様子とは確かに違う。

この男は、自分が毒を飲まされ、中和剤の効果を示すための実験台となることが分かった上で屋敷に単身侵入したのだと瑞樹は気づき、戦慄《せんりつ》した。後で回復すると分かっていても致死性の毒を飲むのが怖くないはずはない。計画がうまくいかなかったりすれば仲間は入ってこないかもしれないし、頼みの綱の中和剤も時間内に打ってはもらえないかもしれないのだ。

「全員、理解したかね？　諸君らを信じてもいいかな？　銃を向けて従わせるのは、こちらにとっても神経のいることでね。できればお互い信頼関係で物事を進めていきたいんだよ。……あー、忘れていた。ＧＨＱのジェフリー・スミス少佐殿」

隊長は、一柳や瑞樹の後方、最も玄関扉に近いスミスを指差して言った。

「あんただけはちょっと事情が違う。そうだな？」

スミスは、肩をすくめて首を振り、まるで日本語が分からないかのような仕草をした。

「おいおい。あんたがそこらの田舎者より流暢《りゅうちょう》な日本語を話すことはちゃんと知ってるよ。何をしにここへ来たのかもな。――あんたは、あそこに倒れてる連中の命なんかどうでもいいんだろう。だから、あんたには脅迫の効果がない。悪いがあんただけは自由にさせておけないんだ。――やれ」

隊長が命令すると、先ほど浴室から男を連れてきた仲間が、スミスに小銃を向けたまま近づき、外したばかりの手錠を足元に放った。

「おい、小僧。あいつに手錠をかけろ。後ろ手だぞ」

男はスミスを見たまま言ったが、〝小僧〟が他にいるわけもない。瑞樹は仕方なくスミスに近寄り、手錠を拾うと後ろに回った。

「……緩めにかけとくから、後は自分で何とかしろ」

スミスの背中に隠れて囁《ささや》きながら、そっと手錠の輪をかける。最初にカチリと音がするところで止めたので一番緩いはずだが、そもそもスミスの腕が太いので、そう簡単に外れるとも思えない。

「かけたか？　なら戻れ」

男はスミスに近寄り、銃口を頭に向けたまま腰のホルスターに手を伸ばし、大型の回転拳銃を抜きとった。スミスの顔が憤怒《ふんぬ》に赤く染まったが、何も言わなかった。

「これでいい！　さあ、残りの諸君。どうか、どうかすべての武器をあのテーブルの上に置いてくれたまえ。もちろん、使う機会などないとは思うが、念のためだ。――どうした？　もう動いてもいい。ほら、銃だって向けてないだろ？　拳銃を持っているものはあそこへ行ってそれを置く。簡単なことだ。それが、苦しんでいるお仲間たちを助ける第一歩だ。そうそう、倒れている刑事たちの分もついでに持ってきてくれると助かる」

真っ先に動いたのは、四谷警部だった。自分が動かなければ部下も動かないと思ったのかもしれない。唇を白くなるほど固く引き結び、食堂の中へ戻ってテーブルに近寄ると、ホルスターから抜いた十四年式を、拡げた担架の上に置いた。

それを見て、刑事たちがあきらめの吐息をつき、動き始めた。

「一柳刑事？　あんたもだよ」

最後まで動こうとしなかった一柳も、隊長にそう言われて食堂へ歩いていった。

瑞樹は依然階段で手すりに摑まっている大作を目の隅で捉《とら》えていたが、動く気配はない。ＰＰＫは寝室に置いてきたのだろうか？　そうであってほしい。

「さて、名探偵・九条響太郎。こっちへ下りてきてもらおうか。それとも少佐同様、罪もない使用人や、刑事たちがこのまま死ぬのはどうでもいいかね？」

「……馬鹿な」

大作は吐き捨てるように呟《つぶや》いて、ゆっくりと階段を下り切った。

隊長はつかつかと歩み寄り、大作の顔をじろじろと眺め回す。やがて手を伸ばし、頰を引っ張ったりし始める。

「……いまだに信じられないが、本物なんだな。確かにお前をやったと報告があったんだが」

瑞樹ははっとした。今のはつまり、響太郎を爆殺したという告白ではないか。やはりあれは、こいつらの仕業だったのだ。もう疑いの余地はない。

「そしてまたしても死に損なったんだな。俺の部下にここを刺されたんだろう、違うか？」

隊長が大作の腹を軽くパンチすると、大作は苦痛の呻きをあげてしゃがみ込む。

「やめて！」

誰かが廊下を風のように走ってきた。

蝶子だ。

隊長が場所を空けるように一歩退いたので、蝶子は大作の前に屈《かが》み込み、心配そうに顔色を窺う。

馬鹿な。今飛び出してきても何にもならないのに。それにそいつは九条先生ですらない、偽者だ。あんたが命を賭《か》けるような男じゃないんだよ。瑞樹は自分も飛び出したい気持ちがあったにもかかわらず、心の中で蝶子を否定せずにはいられなかった。

「これはこれは、芦田のお嬢様。こんなところに来るべきじゃなかったな、あんたも、死に損ないの名探偵殿も。一体何ができると思っていたのか、聞いてもいいかね？」

蝶子も先ほどの〝告白〟を聞いていたのか、それともこの一連の所業に怒りを覚えているのか、燃えるような瞳《ひとみ》で隊長を見上げる。

「――わたくしは先生のお手伝いをしようと思っただけです。先生のいらっしゃるところへはどこでもお供します」

「そうかいそうかい。それはまったく残念だ。だって先生は、これから地獄へ行かなきゃならないからね」

「どうして？　あなたたちは、泥棒でしょう！　盗みたいものを盗んで、さっさと逃げればいいじゃない！　罪のない人間は殺さないとか言ってたのは、やっぱり嘘だったの？」

涙を流しながら叫ぶ蝶子の言葉を聞いて、隊長の顔色が変わった。

「嘘？　嘘だと？　俺は嘘なんかつかん。俺たちが殺すのは、死んだ方がいい人間と、俺たちの邪魔をする人間だけだ」

「……泥棒に邪魔だから九条響太郎を殺すと言うの？　とんだ詭弁《きべん》ですこと」

「九条響太郎が邪魔になったというのは確かにその通りだ。わざわざ警察の捜査に協力しようというんだからな。しかしこいつは、日本を滅ぼした逆賊でもある。だから、機会があるなら当然殺す。それだけのことだ」

「先生が逆……賊……？　何をおっしゃってるの？」

隊長はすぐには答えず、ぐるりと見回した。食堂や厨房の入り口から、廊下から、立って歩ける人間は全員彼を見つめている。白衣の仲間たちも今はもう銃口を下ろし、休止の姿勢を取っていた。

「ただ殺すのではもったいないな。名探偵ともてはやされた男が一体何をしてきたか、お前たちに教えてやる」

華族と偽探偵

「――しかし、当主がいないじゃないか。龍乗寺子爵様が！　おい、子爵様をお連れするんだ」

隊長はスミスの銃を取り上げた部下に命じた。

声が聞こえたのだろう、厨房《ちゅうぼう》の前で立ちすくんでいた龍乗寺百合江が小走りにホールへと出てきた。

「お待ち下さい！　父はもとより体調が優れません。どうかそっとしておいていただけないでしょうか。金庫の鍵《かぎ》は開けますし、何もかも持っていって構いません。ですから……」

「大丈夫だ。心配しないでいい。全部終わったら、この探偵さん同様、あんたの親父も、あんたも、仲良く同じところに送ってやるから。ずっと一緒だよ」

百合江と同時に蝶子も息を呑《の》んだ。

響太郎だけでなく、龍乗寺家にも何か恨みがあるということなのだろうか？　いや、そもそもこの屋敷を狙ったのは、その収蔵品などではなく、最初から別の動機があったということなのかと混乱する。

「……百合江……」

弱々しい声が頭上から聞こえてきて、蝶子を含め全員が上を見上げる。

「お父様！」

病院で着せられるような寝間着姿の龍乗寺兼正が、車椅子を使って階段上まで自力で出てきていたようだ。さすがに邸内の異常事態におとなしく寝ていられなかったのだろう。

襷《たすき》がけ姿のままの百合江が階段を慌てて上がってゆくのに、小銃を肩にかけた部下の一人がゆっくりとついていく。

「龍乗寺子爵も登場いただいたところで、ようやく役者が揃ったようだ。おまけにGHQの少佐殿まで飛び込んで来てくれるとは……神など信じたことはないが、ちゃんと我々を見守っていてくれたのかもしれんな」

隊長の眼は歓喜の光をたたえ、その声は感動に打ち震えているようだった。両手を拡げたその姿は舞台役者のようで、広い玄関ホールはさながらオペラ劇場のようにも感じられる。

蝶子は隊長と同じような表情の部下をちらちらと見ながら、たとえようのない不気味さを感じ取っていた。

何かおかしい。罪もない人々を惨殺し、毒を飲ませ、財宝を強奪していく集団——そう思っていた姿とは相容《あいい》れない雰囲気を、彼らは持っている。怒り？　信念？　よくは分からないがそれに近いものだ。

「龍乗寺子爵に恨みでもあるというの？　だとしても、百合江さんには関係のないことでしょう！　浅井男爵邸でもご家族をあんな目に——そんなことに少しでも正義があると思っているんだとしたら、あなたたちはみんな狂ってるわ！」

蝶子は隊長の顔を睨《にら》みつけてそう言ったが、彼はにやりと笑った。

「狂ってる？　もちろん、狂ってるとも！　なあ？　お前たちの中に、狂ってないものがいるか？　いたら手を挙げてみろ」

隊長が呼びかけたのが部下だったのかそこにいる全員だったのか分からないが、誰も手を挙げるものはいない。そして部下たちは互いにちらりと視線を交わして含み笑いを浮かべているだけで、黙って隊長の言葉に耳を傾けている。

「俺たちは元々、そうそう褒められた人間なんかじゃない。泥棒だよ。しかし、昔はこんな非道なことなどしなかったし、する気もなかった。まだ狂ってなかったからな。でもみんな、狂っていったんだよ、戦争のせいでな」

一度はそんな可能性を考えてもいたのに、今改めてそう言われると胸を衝《つ》かれる思いだった。

「俺たちはみんな戦争に行った。喜んで行ったわけじゃないが、泥棒でもまあお国のために働くつもりはみんなあったってわけだ。たくさんの人間を殺し、それよりたくさんの仲間が死ぬのを見た。飢え死にしかけて人の肉を食った奴もいる。かろうじて命からがら帰ってきたものの、家も家族も何もかも焼けてなくなってた奴もいる」

ついこの間までみな苦しんでいた。比較的安全な場所に疎開していた蝶子でさえ、いつ家族を失うかもしれなかったし、響太郎の生死も分からなかった。瑞樹にいたってはこの年で天涯孤独の身の上だ。傷ついていない人間を探す方が難しい。しかし――。

「大変なのはみんな同じだ、誰もが傷ついた、そう言いたそうだな？　しかしこの東京に、あの戦争で敵に協力した連中がいて、そいつらはのうのうと生き延び、戦時中も戦後も何不自由ない暮らしをしてると知ったら、どう思う？」

「――連合軍のスパイ……ってこと？」

蝶子はちらりと傍らの大作を見たが、もちろんそこに見ていたのは響太郎の影だ。

「そうとも。例えばこの男、名探偵九条響太郎殿が戦争中何をしてたか、知ってる人間はいないのか、ここには。誰か？」

隊長はいくつかの顔を見て最後に蝶子を見据えた。

「ほう、フィアンセも知らないか。――この男は、日本のために働くふりをしながら、米国のために働いていたんだよ。日本の情報を連合国側に流し、敗戦に一役買った」

「そんなことが信じられますか！」

「そいつに聞いてみればいい」

言われて蝶子は反射的にまた大作を見たが、もちろん彼は困惑した表情を浮かべているだけだった。もし隊長の言っていることが本当だったとしても、大作に分かるわけがないのだから、反論もしようがない。

今や、歩ける人間は全員ホールに集まり、大作を見つめながら息を呑んで隊長の言葉に耳を傾けていた。

「簡単に認められるわけがないな。別に構わんよ。我々は貴様が逆賊だと分かっている。それだけで充分だ」

「……浅井男爵や龍乗寺子爵もそうだと言うの？」

蝶子は混乱しつつも話を響太郎から切り替えた。

「あいつらか！　あいつらはある意味つまらん連中だ。東京中が焼け野原になった中で、こんなにも大きな屋敷が焼夷弾《しょういだん》の一発もかすることなく残っているのは不思議だと思わんかね？　華族様の壮大なお屋敷が」

「……運が良すぎる……と？」

「運なんかじゃない。奴らは、空襲が激しくなったあの年、屋敷内に貴重な美術品が多数あることを伝え、戦争が終結した際にはそれを密《ひそ》かに――いいか、密かに、だ――差し出すことを条件に、米空軍の将校と密約を結んだのさ。違うかね、スミス少佐」

全員の視線がスミスに集中する。後ろ手に手錠をかけられたままのスミスは動じる様子もなく肩をすくめ、

「……馬鹿馬鹿しい。あり得ない話だ。いずれにしろわたしは陸軍のたたき上げで、空軍のことなど何も知らん」

「ほう？　そうなのか？　しかし少佐は、G2の長の命を受けてここへ来たのだろう。あなたの上司は確か、ロバート・ウィルフォード空軍中将じゃなかったかな？」

スミスは驚きに目を見開いたが、答えなかった。

「ウィルフォード中将は、自分たちの財産が灰燼《かいじん》に帰すことを恐れた華族や財閥たちに泣きつかれ、帝都の詳細な地図と引き替えに、空襲の際、彼らの住居が重点地域とならぬよう配慮したんだ」

「……東京だけでもどれだけの数の爆撃機、戦闘機が参加したと思ってるんだ。重点目標などなしに絨毯《じゅうたん》爆撃したことも何度もあったはずだ。くだらん与太話だよ」

「……そうかもしれん。確かに、空襲の際に細かな手心を加えるようなことが、中将だろうと大将だろうとどこまで細かく命令できたかは疑わしい。しかし、華族連中が米軍に命乞《ご》いをし、屋敷共々生き残った――これは事実だ。そうだろう、龍乗寺子爵殿！」

隊長が上へ向けて怒鳴ると、みんなの視線は車椅子の当主に集中した。

兼正は一言も発しなかった。

「……お父様……？」

青ざめた顔の百合江が一歩、車椅子から離れる。

隊長は再び一階の面々に視線を戻し、続けた。

「――そして戦後だ。GHQは統治のため多くの建物を接収したが、浅井邸も龍乗寺邸もそこからは免れた。ウィルフォード中将の働きかけがあったからに違いない」

「……こんなところにある屋敷を接収して、一体何に使うっていうの」

蝶子は半ば隊長の言葉を信じつつあったが、少しでも否定できる部分を探さずにはいられなかった。隊長は顔をしかめる。

「……ま、ここに関してはそうだな。しかし浅井邸はそうじゃない。都心にあってどこへ行くにも便利な場所だ。しかし、都合良くGHQからは見逃された。いずれそこにある美術品の数々を、日本国やGHQでなく、こっそり中将が手にする予定になっていたからだ。そしてだからこそ、ウィルフォードはここに部下をたった一人だけ派遣して美術品を調査させた。俺たちが次にここを狙うと分かっていたからだ。GHQの意思ではない。一人の将校の私利私欲のためにこいつは来たんだ」

今度はスミス少佐に視線が集中する番だった。スミスは何も言わず唇を引き結んでいたが、その唇からは血の気が失われていた。

「それが本当だとして、なんで……なんであなたたちにそんなことが分かるの」

「ああ、よく聞いてくれた！　――さっきも言ったように、俺たちはみんな召集された。過酷な前線から生還した者も多いが、元々俺たちの多くは特殊技能を持っていた。その資質を見込まれ、特務機関に所属していた者、化学兵器・生物兵器開発に携わっていた者など様々だ。戦争が終わって戻ってきたあの焼け野原で何とかして生き延びるため、家族も何もかも失った俺たちがかつての仲間を捜したのは、泥棒でなくても普通のことだと思うだろう？　そしてある程度の人数が集まったところで仕事を再開しようと考えるのも当然だ。しかしそこで、今後、俺たちの標的としてふさわしいのはどんな連中かという話になった。その時、信頼できる仲間から出てきたのがこの話というわけだ。そして不思議紳士はただの義賊から生まれ変わった――日本をこんなふうにした逆賊たちに天誅《てんちゅう》を下していく世直し集団にね」

「証拠は……証拠はないんでしょう」

蝶子は震える唇でかろうじて言った。

「密約は確かにあったという仲間がいるんだ。それ以上何が必要だ」

仲間がそう言ったというだけで一家を皆殺しにしていいわけがないと思ったが、相手は元から犯罪者なのだからそんな理性を求めても仕方がない。蝶子自身、今の話を信じかけていたし、そしてそれが本当ならば同じ日本人として、人間として許せない、そんなことを思っていた。

「……先生が……九条先生がスパイだと言ったわね。それは一体どういうことなの」

「言葉通りの意味だ。九条響太郎は戦争末期、内務省の密命を受けて欧州を飛び回りながらスパイとして働いていた。しかしどこかで金に転んだか敵に捕まって身分がばれたか、いつしか連合軍のために働くようになった。二重スパイというやつだ。日本のために働いていると見せながら、実際は、知られても構わない情報の山の中に嘘の情報を仕込んだり、逆に日本の諜報《ちょうほう》機関の情報を向こうへ漏らす。そういう薄汚い売国奴なんだよ、こいつは」

混乱しつつ自然と大作を見てしまう。聞いたところで彼には答えられるはずもないと分かりつつ、蝶子は呟《つぶや》かずにはいられなかった。

「嘘……そんなはずない――」

しかしその声は瑞樹の叫びに掻《か》き消された。

「そんな話が信じられるもんか！　この嘘つき野郎！」

子爵と令嬢

瑞樹は思わず隊長に向かって飛びかかろうとし、一柳に再び腕を摑《つか》まれていた。

「放せ！　……先生が売国奴だと！　デタラメ言うのもたいがいにしやがれ！　先生が米英の片棒なんか担ぐわけねえだろ！」

「……お前はいつから九条を知ってる。つい最近じゃないのか。もっと前から、そしてお前よりもずっとよく知ってるはずのフィアンセの顔を見てみろ。もうすっかりあいつのことを信じられなくなってるようじゃないか。え？　何か弁明することがあるならしてみろ、九条響太郎！　俺たちを説得できたなら、命を助けてやることだってできるかもしれないぞ。お前だけじゃない、そこの女や龍乗寺家の連中もだ」

隊長は初めて大作へ向け、剝《む》き出しの怒りをぶつけているようだった。

瑞樹は途方に暮れた。

もちろん大作には何も答える言葉などあろうはずもない。響太郎のことなど、蝶子や瑞樹以上に何も知らないのだから。

くそっ。殺された上に、こんなとんでもない汚名まで着せられて、その上また殺されることになるのか。このままやられっぱなしじゃどうしたって先生に申し訳が立たない。一体何のためにこれまで頑張ってきたのか。

瑞樹は、悔しくて悔しくて、溢《あふ》れる涙をこらえることができなかった。

「わたしはね――」

大作が口を開いたので、瑞樹は一体何を言い始めるつもりかと息を呑《の》んだ。一瞬、偽者であることを明かし、命乞《ご》いをするのではないかと思った。ここにいたって、なおも響太郎でいてくれと言うのは余りにも過酷だ。

「わたしは、ずっと日本のために戦っていたよ。日本の国を、日本に住む人々の命を一つでも多く助けようと、戦っていた。君たちが信じようと信じまいとそれは自信を持って言えることだ」

驚くほどに冷静で、ただ淡々と事実を述べているようにしか聞こえなかった。大作は隊長ではなく、むしろ瑞樹を、そして蝶子を見つめながら話していた。

瑞樹は混乱した。

これは大作自身の言葉なのか、それとも響太郎の言葉なのか？　大作は、瑞樹達も知らない響太郎の何かを知っているのだろうか？　このままでは殺されると分かっていてなぜ響太郎のふりをするのか？

隊長はその落ち着いた態度に少し怯《ひる》んだようだった。

「はっ！　そんな程度のことしか言えないのか。貴様がスパイでなかったという証拠を出してみろと言ってるんだ。そうでなければ殺すだけのことだ」

大作は、ふっ、と力無く笑った。

「残念だが、君たちに見せられる証拠なんてものはない。大体、スパイの証拠ならともかく、〝スパイじゃない証拠〟なんてものを出せると思うか？　殺したいなら殺せばいい。しかし、そんな言いがかりをつけても凶悪犯罪を正当化できるものではないし、それが日本のためだなどと決して言うんじゃない。そんなことは、あの戦争で失われたすべての命――君たちの大切にしていた人たちの魂を救うことにも決してならないよ」

その声音、態度、不屈の表情――すべてが九条響太郎そのものだった。彼が九条響太郎でないと知っている瑞樹でさえ、その言葉を信じ、あっという間に疑念を捨て去り、大作を――響太郎の無実を信じた。瑞樹以外の人たちも信じたに違いない。それを空気の変化で感じ取ったのか、ちらりとみんなの表情を確認した隊長は、顔を真っ赤にして怒鳴った。

「黙れ、この売国奴が！　お前が戦前も戦後も財閥たちとつるんで何不自由ない生活を送ってきたのは誰でも知ってることだろう。いくつもある家も焼けてなきゃ家族も死んでない。お前のようなやつに、俺たちの気持ちが分かってたまるか！」

大作の表情が歪《ゆが》んだ。

「……わたしだって……」

家族をなくしたんだ、そう言うのかと思いきや、口を噤《つぐ》んでしまった。それでは九条響太郎ではなく山田大作の言葉になってしまうと気づいたからなのだろうか。そもそも大作は家族を失っているのだろうか。本当にこれは大作なのだろうか。瑞樹には何が本当で何が嘘なのかまるで分からなかった。

「もういい！　貴様らの始末は後でゆっくり考える。どうせ貴様らの命など、行きがけの駄賃みたいなものだからな。――おい、全員食堂に入れ。さっさと動け！」

少しは自分の信念に疑いが生じたのか、今この場で大作を殺すことは避けたようだ。隊長に小突かれ、蝶子の肩を借りた大作はよろよろと食堂へと向かう。続いてスミス少佐、一柳に続いて瑞樹も入ろうとしたときだった。

「小僧、お前はこっちに来い」

「――え？」

隊長の言葉を聞いた部下の一人が、立ち止まった瑞樹の身体を摑み、無理矢理反対に向けて背中をどんと突いた。瑞樹は泳ぐように隊長の前に転び出る。

振り向くと食堂の中に入れられた人々の多くは隅にまとめられ、床に座らされている。

「この小僧と、子爵親子以外は全員そこにいてもらう。分かっていると思うが、誰か一人でも我々に逆らうようなことがあれば、まず中和剤を破棄する。つまり、病人達は全員死ぬ、ということだ。もちろん、その前に撃ち殺されなければの話だがな」

「その子をどうするつもり！　関係ないでしょう！」

蝶子が前に出て文句を言ったが、小銃の銃口を突きつけられ後退する。

「食堂で何か問題が起きれば小僧は殺す。逆に、小僧や龍乗寺のお嬢様が妙なことをすれば、食堂にいる人間は全員死ぬ。お互い大人しくしておいた方がいいってこった」

毒を飲んだ人間だけでなく、無事な人間達も一応分断して保険にしようという考えだ。近くにいればまだ何か秘密の相談をできた可能性もあるが、分けられてしまってはどうしようもない。瑞樹は歯嚙《が》みした。

二人の部下を中に残し、ずっと開放されていた食堂の扉が中から閉じられた。最後に隙間から見えたのは、不安そうに見送る蝶子と大作の視線だった。

「ついて来い」

瑞樹は隊長を前に、両側と後ろを部下に固められ、囚人のように階段を上って行かざるを得なかった。

上には、車椅子の龍乗寺兼正と悔しそうに唇を嚙み締めた百合江が待っている。

「さあ、金庫室を開けてもらおうか」

観念した様子の兼正が黙って自分で車椅子を動かそうとするのを見て、百合江が慌てて押し始める。

瑞樹はちらちらと自分を囲む男達の様子を窺《うかが》ったが、さほどの緊張はない。完全に制圧した上に、今一緒にいるのはまさに女子供と老人だけだ。左を歩く男など、右腰につけたホルスターが白衣の下から顔を出していて、ひょいと手を伸ばせば奪うことは不可能ではなさそうだった。

　しかし、それから一体どうしたものか見当がつかない。一人二人拳銃《けんじゅう》で撃ち殺すことはできたとしても（もちろん真っ先に隊長を殺すべきだろうとは思った）、全員一度にというのはさすがに無理だろう。どう頭の中で模擬戦闘を繰り返しても、三人が限界のように思えた。そして恐らく四人とも、瑞樹より遥《はる》かに多くの訓練と実戦を重ねた兵士なのだ。現実にはたった一人さえ倒せず叩《たた》きのめされる可能性は充分にある。そしてもちろん、たとえ四人を倒し、中和剤を奪ったところで、いずれ銃声を聞きつけた食堂の部下が状況を把握すれば、丸腰の大作たちを殺すだろう。

　今はまだ、その時じゃない。瑞樹はそう自分に言い聞かせ、機会を待った。

　廊下を奥まで進むと既に展示室の扉は開け放たれていて煌々《こうこう》と明かりも灯《とも》っていた。百合江は車椅子を押して中へ入ったが、ゆったりと置かれているとはいえ、展示物の間を押して通ると縦一列にならなければ通れなくなる。

「じじいは置いていけ。さっさと金庫室の扉を開けろ」

　百合江は黙って兼正の乗った車椅子を邪魔にならぬよう展示室の広々とした場所へ運び（ちょうど大作がスミスに叩きのめされた場所だ、と瑞樹は思い出していた）、安心させるように軽く肩に手を触れると、すいと金庫室の方へ向かう。

　今は閉じられている扉の前に立つと、くるりとこちらを向いて鎖のついた鍵《かぎ》を顔の前にぶら下げて見せた。

「これが鍵です」

隊長は眉《まゆ》を吊《つ》り上げ、興味深げに百合江を見つめる。

「親子共々殺されると知ったというのに、えらく殊勝じゃないか。自分たちの罪深さを思い知ったか」

「……あなた方には同情いたします。言葉に尽くせぬ目に遭われたのでしょう。ここにあるものは好きなだけ持っていっていただいて構いません。父やわたくしの命が欲しいとおっしゃるなら、喜んで差し上げます。しかしそれもあくまで、他の方々の命を助けるという保証があった上でのことです。そうでなければこの鍵をお渡しすることはできませんし、ダイヤルの数字も教えられません」

「ほう。他の人間の命の方が大事だってか。美しいねえ。泣けるねえ。——さっきも言ったが、無駄な抵抗さえしなきゃ他の人間はハナから殺す気はない。余計な心配はしなくていい」

「九条先生もですか」

「あいつは別だ。スパイだと言っただろう」

「あの方は、わたくしがお願いしてこちらへ来ていただいたのです。関係のない方を巻き込んでしまうわけには参りません。もちろん、芦田蝶子さんも、そこの草野瑞樹さんもです。わたくしたち二人以外、誰一人手にかけないとお約束ください」

百合江はそう言って瑞樹を見ると、安心させるように微笑んでみせさえした。

線の細いお嬢様だと思っていたが、その精神は驚くほど強靭《きょうじん》であるようだ。こんな、想像もできないほど最悪の事態に陥りながら、まだその尊厳を保ちつつ、進んで死にゆこうとしている。

「……分かったよ。小僧と女は殺さない。探偵がスパイだったことも知らない様子だしな。しかし九条本人は別だ。あいつについてはあんたがどうこう言えることじゃない」

「分かりました。仕方がないですね。――ではまず、病人を助けていただけますか？　中和剤をそこの草野さんに渡して病人たちに届けさせてくだされば、この鍵をお渡ししましょう」

隊長は呆《あき》れた様子で声をあげた。

「おいおい。勘違いしてもらっちゃ困るな。これは別に取引でも交渉でもない。俺があんたの頼みを聞いてやるかどうかってだけの話だ。あんたから鍵を奪い取るのなど、簡単なことなんだぜ」

言わずもがなのことだった。しかし百合江は相変わらず落ち着いている。

「そうですか。しかし、鍵は奪えても、このダイヤル錠の数字はどうされるおつもりですか？」

「ふん。俺たちゃ泥棒しに来たんだぜ。金庫破りの一人も連れてこないとでも思ってんのか。どうしても数字を教えないってんならそれでも構わない。いくら最新式の扉だろうが、時間をかけりゃ開かないものはないのさ」

「何時間です？　二時間？　三時間？　――もしかしたら朝まで？　その間に病人たちは亡くなってしまうかも知れませんわね。そうしたらたくさんの命と引き替えに、あなた方はどっちみち中和剤という切り札をなくすことになるんですよ。それにもちろん、中と連絡が取れないまま時間が過ぎれば、ここで異常なことが起きてると外の方々も気づきます。救急車が奪われたことにもいずれ誰か気がつくでしょう。そうなったら一体どうやって逃げるつもりです？」

　この人はただ肝が据わっているだけじゃない。冷静に先を読み、そして相手を説得する技術を持っている。瑞樹は驚嘆し、心の中で喝采《かっさい》を送った。中和剤さえ手に入れば、スズ子を助けられる。助けられるんだ！

「ガタガタうるせえお嬢様だな。いいからさっさと数字を教えな！」

　そう言って隊長は拳銃を抜き、すっと腕を水平に上げて、兼正に狙いをつけた。

　百合江は信じられないことに、にやりと笑った。

「どうせわたくしたちは死ぬのでしょう？　どうしてそれが脅迫になるとお思いなのかしら？」

　隊長は一瞬驚いたが、すぐに邪悪な笑みを浮かべると、立て続けに二発、身動きもできない車椅子の男の身体に銃弾を撃ち込んだ。兼正は呻《うめ》き声をあげて、がっくりと首を垂れる。寝間着の胸から腹にかけて、真っ赤な血がみるみると拡がっていった。

　瑞樹は反射的に動こうとしたが、いつの間にか二人の部下から小銃を突きつけられていた。

隊長の拳銃は今度は百合江を狙っている。

「どうだ！　これで本気だと分かったか！」

百合江はと見ると、何とも不思議な表情で隊長を見つめていた。恐怖というよりも、それはむしろ哀しみ、憐《あわ》れみの表情に見えた。

「言ったはずです。わたくしたちを殺しても構わないと。――さあ、中和剤をその子に渡すか、そうでなければわたくしも撃って、朝までかけて金庫を開けるんですね」

隊長は百合江に拳銃を向けたまま、顔を紅潮させていた。

バタバタと足音がして、廊下を部下が一人走ってくる。銃声は予定になかったのだろう、異状がないか確認しに来たようだった。隊長が振り向きもせず「子爵殿が死んだだけだ！　問題ない。戻れ」と声をかけると、再び部下は急いで戻っていった。

隊長はしばらくそのまま百合江に狙いをつけていたが、やがてふっと息を吐くと拳銃をホルスターに戻して、首を振った。

「大したタマだな。――分かったよ。中和剤は渡してやろう。どっちみち人質は人質だ。毒で殺すか弾で殺すかの違いはあっても、いつでも殺せることには変わりないんだからな。おい、小僧。これを受け取れ」

そう言って隊長は白衣のポケットから金属製のケースを取り出し、瑞樹に向かって差し出した。瑞樹は急いで手を伸ばし、ケースを受け取る。そのまま下へ戻ろうとしたが、相変わらず小銃を向けていた部下たちがそれを視線で押しとどめる。

「その子を一人で一階へやって。そうしたら数字を教えます」

隊長はしばし怒りを堪《こら》えているようだったが、やがて頷《うなず》いた。

「おい。下へ行って、病人に注射してやれ」

瑞樹は依然向けられたままの二つの小銃の間をすり抜けるようにして展示室を出ると、はじめはゆっくりと、やがて全速力で走り出した。

階段に辿《たど》り着いたとき、後方で再びパンパンと銃声が響いて瑞樹は立ち止まり、慌てて振り返った。

展示室の開いたドア越しに、金庫室の扉が開いているのが見えた。そしてその傍らに、百合江が倒れている。

数字を聞きだした途端、百合江を殺したのだ。

瑞樹は怒りに震えたが、今するべきことをすぐに思いだし、階段を駆け下りた。

スズ子が——みんながこれを待っている。

人質と見張り

ドアが閉じられると、蝶子と大作は小銃の銃口で食堂の隅に追い立てられた。

「そこにいて、動くんじゃないぞ」

白衣の部下がそう言い置いて離れようとしたので、蝶子は慌てて呼び止めた。

「ちょっと待って。この人は、怪我人なんです。椅子を持ってきても、よろしいかしら？」

「勝手にしろ」

蝶子は大作を壁にもたれさせ、中央のテーブルから椅子を一脚運んできてそこに大作を座らせた。

「……ありがとう」

土気色の顔をしていた大作の顔が、ほんの少し綻《ほころ》んだが、できれば横にならせてやりたいところだった。毒を飲まされた人たちももちろん心配だが、大作も早くきちんとした手当を受けないとどうなることやら分からない。

別の隅の方へ集められた使用人や刑事たちは、床の上に座らされ、もう一人の部下が少し離れたところからじっと見張っている。こちらは小銃を肩にかけ壁に背を預けている。刑事たちが反乱めいたことを起こすかもしれないとは思っていないようだ。ここで二人を何とかして倒して銃器を奪い返したところで病人は救えないし、龍乗寺親子と瑞樹の三人も危険に晒《さら》してしまうだろう。

「……ごめんよ」

大作が小さく呟《つぶや》くように言ったので、蝶子は彼の口元に耳を寄せた。

「えっ？」

「……俺はもう、あんたを守ってやれそうにない。何とかしてあんただけでも逃げるんだ。今ならあの二人の隙をつけば逃げられるだろう。背中に拳銃《けんじゅう》を挟んでいるから、それを持っていくといい。人質は他にもいるんだから、あんた一人を追いかけるわけにはいかない」

「でも、そんなことをしたら他の人たち……それに瑞樹くんは――」

「あいつのことは気にしなくていい。あいつは、九条先生の仇《かたき》を討ちに来たんだ。今まさにその仇とあいつは対峙《たいじ》してる。あいにく、圧倒的に不利な状況ではあるがな。返り討ちに遭うかもしれないのは覚悟の上だろ」

こんなにも冷酷な人間だったのか、と蝶子は憤りかけたが、その苦渋の表情が言葉を裏切っていた。せめて蝶子一人だけでも、と考えてくれているのだ。

「……わたくしだって、瑞樹くんと同じ思いでここへ来ました。一人だけ逃げるつもりはありません。あなたこそ、関係ないのならお逃げになったらいかがですか。それとももしかしたらあなたは――」

本当は九条先生なのではないですか、という言葉を呑《の》み込んだ。

「本物じゃないかって？　さっきは自分でも一瞬、先生の霊でも降りてきたのかなって気はしたけどな」

「じゃあ、さっき言ったことは――？」

「戦時中先生がどこで何をしてたかなんてことはもちろん知りゃあしない。でも、自分のやってきたことを思っちまったんだ。――俺が映画に出てたって話はしたっけ？　あんたも何度か見せられたことがあるだろう。戦意高揚のために、勇ましい軍人の役ばかりやったよ。お国のために戦いましょう、死にましょうってな。陛下のために、お国のために」

時折苦しそうに顔をしかめながらも、大作は話し続けた。

「もちろん俺は、それも立派にお国のために働く仕事だと思ってた。兵隊も国民も、士気が下がっちゃいけねえ。政府や新聞の言うことも全部ほんとのことだと思ってたよ。――でもその後、赤紙が来て兵隊に行って、何もかも嘘っぱちだったって知った。食糧もなきゃ弾薬も満足にないところに行かされて、俺たちゃ戦うどころかみんな野垂れ死にするところだったんだ。勇気だの、士気だの、そんなもの何一つ関係ありゃしない。ようやく死なずに帰ってきてみりゃ、東京は焼け野原で家も家族もいなくなっちまった。

その時思ったね。――俺がやったことは、映画も兵役も、本当にお国のためになったんだろうかってね」

それは誰もが――蝶子でさえ――考えないようにしながらも考えないではいられないことだった。あの戦争は一体何だったのか。

「先生が昔何をしてたかは知らねえ。でもよ、俺はあの人が、人として間違ったことをする人だったとは思えねえ。腹割って話したことがあるわけでもねえけど、それくらいは分かる。――もしかしたら先生は連中が言ったみたいに、日本を負けさせるために動いてたのかもしれねえ。でもだとしても、それは日本を――まだ生きてる日本人を救うためだったかもしれねえじゃねえか？　だって、日本のために戦ってると思ってた俺が、俺みたいな奴らが、よってたかって日本をこんなふうにしちまったんだからな。もしあの時日本が降伏してなかったら、一体今日本はどうなってると思う？　アメリカは、この東京に新型爆弾を落としたんじゃないか？」

そんな自虐的な、皮肉な考え方があるだろうか。しかし、響太郎が「人として間違ったことをする人だったとは思えない」という言葉には、はっきりと頷《うなず》けるものがあった。自分の方が遥《はる》かによく知っていて信じなければならないはずなのに、一瞬でも疑いを持ってしまったことを蝶子は恥じた。

「だからって、あなたが先生の身代わりになる必要はないじゃありませんか。そうでしょう？　わたくしは、あの男が言ったとおり、財閥の箱入り娘で、空襲にも遭わず、食べるものにも困らず、のうのうとこの二十年間生きてきた人間です。彼らに恨まれても当然の人間なんです。でもあなたは、彼らと同じ苦しみを味わってきた、何の罪もない方じゃないですか。――今からでもあなたが九条響太郎でないと伝えて、解放してもらいましょう」

ずっと寄り添うようにしゃがんでいた蝶子はすっくと立ち上がり、見張りの部下に近づこうとしたが、大作に腕を摑《つか》まれた。

「やめとけ！　……そんなことしても無駄だよ。とち狂ったと思われるだけだ」

二人が何か言い争っていることに気づいて、逆に見張りが近づいてきた。

「こそこそ何話してる。何かできると思うんならやってみろよ。え？　みんなの命を危険に晒す覚悟があるならな」

「……いえ。すみません、何でもないです」

一斉にこちらを見た刑事と使用人たちの視線の前に身体は硬直し、何も言いだせはしなかった。厨房《ちゅうぼう》にはまだ苦しんでいる人たちがいるし、瑞樹と百合江も心配だった。

駄目だ。自分一人逃げるなんてことはもちろんできないし、たとえこんな状態でも大作にはやはり一緒にいてほしい。決して響太郎のような頭脳も肉体も持ち合わせてはいないけれど、でも今やもう自分はこの人を必要としているのだと気づいた。現に今も、響太郎への信頼を思い出させてくれた。そして、響太郎ならきっと「諦《あきら》めるな」と言ってくれるはずだ。

全員で。全員で助からなきゃ。

幸い、大作が拳銃を持っていることは気づかれていないようだ。何か、どうにかして連中の不意を突く方法はないだろうか。

今ここで自分があの二人のどちらかを撃って、運良く当たったとしても、もう一人に撃ち殺されるだけだ。たとえ奇跡的に二人とも殺せたとしても、大きな銃声が響いて二階へ行った連中が戻ってくるのは分かり切っている。仲間が撃たれたと知れば報復に出るだろう。撃った蝶子はもちろん殺されるだろうし、宣言通り中和剤は破棄され病人は全員助からない――。

駄目だ。拳銃はあるけれど、今使うことはできない。

拳銃を使わずあの二人を制圧できるような人間は――大作はこの通りだし、スミス少佐は手錠をかけられてしまっている以上、刑事たちしかいない。

蝶子が必死でみんなの顔を見ていると、その様子を不審に思ったらしい一柳刑事が、そっと横目でこちらの様子を窺《うかが》っていることに気づいた。

あるものは正座し、あるものは足を投げ出し、厨房側の隅から窓沿いにずらりと並んでいるけれど、一柳は比較的こちらに近い場所にいた。その隣には見張りをじっと睨《にら》みながら、何かを考えている様子のスミス。

一柳とうまく意思を伝えあう方法はないだろうか。拳銃にしたところで、大作や自分が扱うより余程役に立つのではないか。

もし見張りをどうにかすることができたとして、スミスの手錠を外して協力し合うべきだろうか？　それとも彼は自分だけが助かろうなどと考えてかえって邪魔になるだろうか？　蝶子は考えたが分からなかった。

蝶子は、大作の背をさするふりをしながら、腰の辺りに硬いものがあるのを確認し、銃把の向きを推測した。着るのが面倒だったのか、ベストは着ていないようだから、背広をめくって抜くのに数秒とかからないはずだ。

何か。何かちょっとした機会があれば。

今こそ何かしなければ、首尾良く金庫室から欲しいものを盗み出した仲間が戻ってきて、何もかも手遅れになるのではないか、自分も大作も処刑されてしまうのではないかと思うと、焦燥感で気が狂いそうになる。

「……諦めて、ないんだな」

蝶子の様子をじっと細目を開けて見ていた大作は、ぽつりと言った。

「ええ。もちろんです。もう誰にも死んで欲しくないんです」

「なるほど。そいつは俺も同感だ。……じゃあ何とかもう少し足掻《あが》いてみるか」

大作はそう言うと、蝶子の肩に手をかけて立ち上がろうとする。

「何？　一体どうなさるの？」

「おい、すまないが――」

大作が見張りの二人に声をかけたとき、銃声が聞こえてきた。

続けて二発。そして重苦しい沈黙。

二人の部下がぎょっとした様子で顔を見合わせているが、どちらも肩にかけていた小銃を一瞬で構え、いつでも撃てる体勢になっていた。立ち上がった大作の背中に手をやった蝶子は、すぐに銃を抜くことを断念した。

手で何か合図をしたと思ったら、ホールへのドアに近い方の部下が、黙って頷き、食堂を飛び出していった。残った一人はその不在を埋めるように食堂の真ん中へ出てきて全員を撃ちやすい位置に立ち、言った。

「動くんじゃないぞ。まあ、そんなわけはねえと思うが、あの小僧が何かしでかしたんだとしたら、悪いがあんたたちを撃つことになるかもしれねえ。恨むならあいつを恨むんだ。分かってるな？」

二発の銃声の後、静かなままだ。不思議紳士側の誰かが撃たれたのだとしたら、二発で済むはずがない。瑞樹か、百合江か、兼正。この三人の誰かが狙って撃たれたか、威嚇されたのに違いない。

響太郎や瑞樹につきあううち、多少なりとも探偵法が身についたのだろうか。恐怖を感じながらも冷静にそんなことを考えている自分に驚いた。

「ちょっと……」

「動くなと言ったろうが！」

よろよろと歩き出した大作に、残った見張りがぴたりと銃口を向ける。

「そんなにピリピリすることはないじゃないか。銃を持ってたのはどっちだ？　撃ったのはわたしの助手じゃないし、ましてや子爵やお嬢さんでもないだろう。もしそんなことが起きてたら今頃上はもっと大混乱になってるはずだ」

大作の言葉に、見張りは少し考えていたようだったが、肩をすくめて小銃の銃口を下ろした。

「確かにそうだ。——多分あれは隊長のピストルだ。二発撃ったんだから、人間を撃ったんなら、確実に仕留めただろう」

蝶子はぎゅっと目をつぶり、大作にしがみついた。

大作は囁くように言う。

「……大丈夫。瑞樹くんじゃない。威嚇か、百合江さんに金庫室を開けさせるために撃ったんだ。瑞樹くんを撃つ意味はない」

蝶子はその言葉を信じようとした。そうだ、瑞樹は撃たれない。兼正には立ち上がって金庫室を開ける力はなさそうだから、百合江が開けるしかない。つまり、撃たれたのは兼正……？

兼正には申し訳ないが、それが蝶子にとっては一番ありがたい想像だった。とにかく、無事でいて欲しい。

「煙草を吸いたいんだ」

蝶子は耳を疑った。響太郎が煙草をあまり吸わないので大作にも吸わせないようにしていたから、多分ここへも煙草は持ってきていないはずだ。

「好きにしろ。——お前たちも、吸いたかったら吸ってもいいぞ。俺たちにもそれくらいの情けはある」

後半は、刑事たちに言ったものだった。情け、と言うからには既に全員殺すつもりでいるようにも聞こえる。

「急いで降りてきたから、部屋に置いてきてしまったんだよ。取ってくるのは……駄目だろうね」

「当たり前だ」

「じゃあ一本、くれないか？」

大作は蝶子を押し留《とど》めて一人でよろよろと近づきながら左手を出す。見張りは反射的に白衣のポケットに手を伸ばしてすぐに首を振った。

「おい、ふざける——」

次の瞬間、大作が背中から抜いたピストルの銃把が見張りの帽子の上から叩《たた》きつけられた。

「なっ——」

見張りがかっと目を剝《む》き、大作の方へ摑みかかった——ように見えた。が、大作が一歩後ろへ下がると、見張りは膝《ひざ》から崩れ落ち、床に伸びた。

真っ先に一柳が立ち上がって飛んできて、倒れた男と大作を交互に見る。

「おい、どうするつもりだ。連中が戻ってくるぞ」

「……こいつの白衣を着てください。帽子も」

どこか痛むのかさっきの一撃で残った体力を使い切ったのか、荒い息で大作が言うと、それだけで一柳はすべてを察したようだった。

「それしかないな」

そう言って倒れた男をドアの脇まで引きずっていくと、白衣を剝《は》ぎ取ってさっと羽織り、帽子を目深に被《かぶ》って小銃を手にした。ちらっと見ただけなら見張りに見えるだろう。四谷警部と安井刑事はテーブルに駆けつけ、奪われた自分の拳銃を取り戻している。と、階段を駆け下りてくる足音が聞こえた。

「誰か戻ってきます！」

蝶子は外にまで聞こえないよう、抑えた声で叫んだ。刑事達は一斉に元の位置に戻って座る。

蝶子も再び大作に手を貸し、椅子に戻ろうとしていたところで、勢いよくドアが開けられたので立ち止まって振り向いた。様子を見に行った見張りが一人で入ってくる。いいことだ。全員が戻ってきたのでは拳銃が何丁かあるとはいえ、やはり不利だ。

ぐるっと見回し、さほど変化がないことを確認した様子で頷く。

「さっきの銃声は、何だったんですか？」

男のすぐ後ろに倒れている仲間を見ないようにしながら、蝶子は話しかけた。

「ああ……問題ない。子爵が死んだだけだ」

申し訳ないと思いつつ安堵《あんど》は抑えられなかった。瑞樹はまだ生きているのだ。

と、目の隅で、白衣が近づいてくるのが見えた。わざと離れていた一柳が、じりじりと男の背後に回ろうとしている。蝶子は大作から離れると注意を惹《ひ》くためにわざと大きく手を動かしながら、南側の窓辺へ向かって歩を進めた。

「おい、じっとしてろ！」

小銃の銃口を向けられびくりとして立ち止まった瞬間、再び二階で銃声が響いて全員が天井を見上げた。

蝶子は胸を押さえた。今度は一体、誰が撃たれたのだろう？

しかしその隙を見逃さなかった一柳は素早く男の後ろに忍び寄り、頭を小銃の銃床で殴りつけていた。

男は白目を剝いてどうと倒れる。

「急げ！」

一柳が叫ぶと安井刑事が駆け寄ってきて、白衣と帽子を奪って身に着ける。

と、再びドアが開いたので一柳と安井は二人揃って小銃を向けた。

「待って！　撃たないで！　隊長さんに言われて来たんだ……あれ？」

瑞樹だった。

思わず、蝶子は走り寄って少年を抱きしめていた。

決　戦

瑞樹は蝶子に中和剤の入ったケースを渡し、子爵が殺され、恐らくは百合江も死んだだろうことを感情を堪《こら》えながら皆に伝えた。その間に、二人の部下が床に伸びていて、一柳と安井が白衣と帽子を身に着けているのを見て、おおよその事情を察する。二人は屈《かが》み込み、自分たちの持っていた手錠を、俯《うつぶ》せにした男達の手にかけた。

蝶子は飛ぶように厨房《ちゅうぼう》へと駆けていった。瑞樹は自分も一緒に行って一分でも早くスズ子に打ってやりたい気持ちだったが、ぐっとこらえて蝶子に任せることに決めた。もう大丈夫なはずだ。そしてもし中和剤を打ってもダメなら――偽物の薬、という可能性も否定できない――瑞樹が行こうが行くまいがみんな助からないのだ。

「中和剤は手に入った。そして子爵と百合江さんが死んだのなら、連中にはもう人質もいないってことだ」

一柳が考え考え、そう言った。

確かにそうだ。百合江まで殺されてしまったことで冷静さを失っていたようだが、今こそ逆襲に出る時だ。二人を制圧し、残りは四人。こちらで戦力になりそうなのは一柳と安井、それに四谷警部。瑞樹はもちろん自分も戦うつもりでいたから四対四だ。

「誰かわたしの手錠を外してはくれないかね」

スミスが立ち上がり、苛々《いらいら》した様子で叫んだ。瑞樹がなるべく緩くしてやったはずだが、それでも外れはしなかったようだ。

刑事達と瑞樹は顔を見合わせた。スミスを味方と考えていいものかどうか、迷っているのだ。

「おい、早くしないか！」

彼らが逡巡《しゅんじゅん》している様子を見て、スミスが怒鳴る。

「君たちはわたしを快く思っていないんだろうが、わたしが——GHQが、フシギの味方をするわけがないことくらい分かるだろう。確かに、美術品については、接収に向けて事前調査をするよう命令を受けてきてはいる。しかし、それが何らかの個人的な密約に基づいているなどということはない——少なくとも、わたしは知らん。君たちは兵士としての訓練も受けてるのか？　人を殺したことがあるのか？　彼らは兵士だぞ。警官とは違う。——わたしもあいつらと戦うからこの手錠を外せと言ってるんだ！」

四谷警部が自分のポケットから手錠の鍵《かぎ》を取りだし、スミスに近づいた。それを見てスミスはにやりと笑い、頷《うなず》く。

「さすが、警部殿は誰に従うべきかちゃんと分かってるようだな」

その言葉に、四谷はスミスの少し手前で立ち止まり、首を傾げた。

「――誤解しないでいただきたいものです。今は緊急事態ですので手錠は外して差し上げますが、あなたの指揮下に戻るつもりはありませんので。あなたの指揮による警備は既に失敗したんですよ。その上、あなたが本当にGHQの命で動いているのか、疑義も生じてきました。わたしの命令に従っていただけるのなら、手錠を外して拳銃《けんじゅう》をお返ししますが、そうでないのなら、そこでそのまま待機していてもらうことになります。いかがなさいますか？」

決して高圧的ではないものの、断固たる口調でスミスに告げる四谷警部を見て、瑞樹は口をあんぐりと開けてしまった。警部がGHQの将校に反抗することがあるなどとは想像もしていなかったのだ。一柳や安井も同様だったらしく、瑞樹以上に驚いている様子だった。

「なんだと――」

スミスは余程屈辱を覚えたのか、みるみる真っ赤になった。が、誰も自分の味方をする人間はいないと悟ったのか、すぐに諦《あきら》めたようだ。

「分かりました。それがお望みなら、あなたが指揮を執ればいい。しかし、もし連中を一人でも逃がすような失態を犯せば、その時はもちろんあなたに全責任を取ってもらいますよ」

「もちろん、最初からそのつもりですよ」

警部が後ろに回って手錠を外すと、スミスは手首をさすりながら怒ったようにテーブルに近寄り、自分のピストルを見つけて、異状のないことを確認してホルスターに収めた。

「――さて。どうするね、警部。恐らく時間はそうないぞ」

スミスがお手並み拝見とでも言いたげに訊《たず》ねると警部は顔をしかめ、少し考える。

「安井刑事、まずは外の警備隊に連絡だ。電話を傍聴している仲間がまだいるかもしれんから、直接門まで行ってきてくれ。本物の救急隊員と、何人か増援を寄越してもらうんだ。絶対連中を逃がさんよう、外の警備は穴を作っちゃならん」

「了解」

そう言うと安井刑事は変装は必要ないと判断したのだろう、小銃を置き、白衣と帽子を脱ぎ捨てると、ドアを開けてホールへ飛び出していった。

いつの間にか立ち上がっていた大作がゆっくりとその白衣に歩み寄り、拾い上げて袖《そで》を通した。

「九条くん……！　君はその……大丈夫なのか？」

「引き金を引く力くらいあります。ご心配なく」

蝶子がいればきっと止めたに違いないが、幸か不幸か今は病人の手当で忙しいのだろう。瑞樹には彼を止めるつもりはなかった。大作が最後まで響太郎を演じるというのなら、そうしてもらおう。

瑞樹は少しでも支えになれるよう、黙って大作の脇に寄り添った。

「よし、一気にカタをつけよう」

警部の言葉を合図に、一柳はホールへ出た。大作と瑞樹、それにスミスと警部が続く。

安井刑事は玄関のドアを開け放したまま飛び出していったようだ。

階段に辿《たど》り着いた瑞樹がちらりと後ろを振り返ると、玄関先に停められた白い救急車に安井刑事が乗り込んでいるのが見えた。闇の中を走っていくよりその方が早いし、人を連れて戻っても来られると判断したのだろう。

なぜか胸がざわついた次の瞬間、白い救急車は大きな音を立てて弾み、そして炎に包まれた。

大作に突き飛ばされ、瑞樹は床に転がる。と同時に熱風がホールの中まで押し寄せ、車体から弾《はじ》け飛んだらしい裂けた白い鉄板が、階段の絨毯《じゅうたん》に突き刺さっていた。

誰に当たっていてもおかしくなかった。

「や、安井……安井！」

一柳は我に返るとドアまで駆け寄ったが、車の炎に立ちすくみ、ポーチへ出ることさえ躊躇《ためら》われるようだった。

「――誰かが車で逃げ出すかもしれないことまで、考えてやがったんだ」

大作は吐き捨てるように言った。

「だとすると、今の爆発音で上の連中は何が起きてるか把握してるはずだな。もう奇襲は効かないぞ」

スミスが冷静に言う。

四谷と大作は顔を見合わせて考え込む。

彼らの会話が耳に入っていたのかどうかは分からない。一柳は突然ドアから身を翻すと、脱兎《だっと》のごとく駆け出し、階段を二段飛ばしで上がっていった。

「一柳くん！　待ちたまえ……」

警部は叫びかけたが、誰かに聞かれることを恐れたように尻《しり》すぼみに小さい声になった。

「一人で行かせるわけにはいきません。警部と少佐は少し離れて援護してください」

大作が小銃を構えながら、歯を食いしばり、階段を上ってゆく。瑞樹は大作の腰に手を当てＰＰＫがそこにあることに気づいたので、そこを避けて尻を押す形になった。

四人が階段を上りきったときには、一柳は廊下の奥の展示室の前まで辿り着いていた。瑞樹がさっき見たときと同様ドアは開いたままだが、ここからは中にまだ誰かいるのかどうか分からない。いつどこから撃たれてもおかしくない、とハラハラしながら見ていると、一柳は帽子を目深に被《かぶ》り直し、展示室に走り込んでいった。あまりに無防備すぎるとも見えるが、仲間のふりをするならそれが普通だと考えたのだろう。

正体がばれて中の連中に撃たれるのを覚悟したが、何も聞こえては来なかった。

大作が足を速め、瑞樹も倣った。

展示室の中に階段が出現していた。三階——あるいは屋根裏へ上がるための収納階段がここにはあったのだろう。百合江たちは知っていたに違いないが、教えてもらわなかったので恐らくみんな気づいていなかったようだ。

階段を下ろす邪魔になったのだろう、兼正の乗った車椅子は端の方へ追いやられている。ちらりと金庫室の入り口付近を窺《うかが》い、百合江の姿を捜したが、驚いたことにそこには誰もいなかった。

もしかしたら、あの時撃たれはしたものの、百合江はまだ生きているのかもしれない。人質として連れて行かれたのだろうか。

警部とスミスも追いついた。

「どういうことだ、これは」

警部はわけがわからないといった様子で首を振る。スミスは拳銃を構えて開きっぱなしの金庫室に飛び込み、少しして飛び出してきた。

「ガッデム！　……価値の高いものばかりごっそり消えている。何としてでも捕まえねばなりません」

「——連中は、救急車が爆発する音を聞いたはずです。あれで逃げるつもりは最初からなかったんじゃないでしょうか？　そうですよね、先生？」

瑞樹は大作に訊ねるように言った。

「君の言うとおりだ。銃声も外に聞こえているだろうし、門から逃げ出すつもりは最初からなかったのかもしれないな」

「門じゃなかったら塀を乗り越えるというのか？　徒歩で美術品を担いで？」

「いや……違うでしょう」

そう言って大作は天井を見上げる。

「空？　いや、確か飛行船なんかで来るのは無理だろうと――」

「乗り込んでくるのは難しかったでしょう。しかし、上から脱出するための方策は何か用意しているのかもしれません」

大作にもそれがどういう手段かは分かっていないようだったが、確かに状況から言ってそうとでも考えるしかない。

「ぐずぐずしてる暇はない」

一柳は銃口を上に向け、屋根裏に潜んでいるかもしれない敵を撃てるようその向きを何度も変えながら階段を上っていく。

ようやく上半身を上に出したところで一柳は一旦《いったん》身を屈めて顔を見せ、声をひそめて言った。

「……屋根裏部屋です。暗くてよく見えませんが、窓が開いているようです」

そういえば、屋敷の屋根にはところどころ三角形の屋根窓が見えていたと瑞樹は思い出した。その一つがここにあるのだろう。しかしここから外へ出ても、そこは傾斜のきつい瓦《かわら》屋根の上で、そこからどうやって脱出しようというのだろうか。

「そんなところで銃撃戦は困ります！　美術品に当たるかもしれませんし、下に落とされても困ります」

　スミスが慌てた様子で口にする。

「相手は兵士だと言ったのはあなたでしょう。わたしは美術品なんかのために部下の命をむざむざ捨てるつもりはありません。――一柳、銃を向けられたら撃っていい。しかし、逸《はや》るんじゃないぞ。それから草野くん。君は下に行って歩ける人間を屋敷の外へ逃がしてくれないか。誰かに増援を呼んでもらいたい。中和剤の効果が出た刑事もいるかもしれない。何人かでライトを屋根の方へ向けさせてくれ。万が一空から逃げるようなことがあっても、光で照らしていれば撃ち落とすこともできるかもしれん」

　危険のない仕事に回そうとしている、そう思って瑞樹は反発した。

「嫌です。ぼくは先生についています。――警部が行ってください。あるいは少佐でも」

　警部は一瞬鼻白んだが、すぐにふっと笑った。

「――分かったよ。老いぼれが行こう。九条くんを守ってやってくれ」

　あっさりと瑞樹の意見を聞いてくれたことに、ささやかな感動を覚えていた。誰ももう、瑞樹に危ない真似をするなとも言わない。緊急事態だからというのもあるにせよ、一人の大人として扱ってくれている。

「いいか。できれば、下からライトを当てるまで待ってくれ。闇の中では何が起きるか分からん。どうしようもなくなるまでは様子を見るんだ。いいな！」

警部はそう言い置くと展示室を走り出ていった。

スミスと大作が顔を見合わせる。

しまった、四谷警部がいなくなったのはまずかったかもしれない、とすぐに瑞樹は後悔した。警部がいない状態で、ここにいる男達が大人しく協力し合うようにも思えない。

「――先に行け」

譲ったのか、盾にしようというのか、スミスはそう言って上を指し示した。本意がどちらにあるにしろ大作にも瑞樹にも否やはない。瑞樹は再び大作の尻を押しながら狭い収納階段を上る。

一柳がぼんやりとだけ形の見える窓に辿り着き、そっと押し開けている。

外はいつの間にか細かい雨が降っていたらしく、湿気と共に瓦屋根の上を動き回る足音が聞こえてきた。

「左――北の方にいる」

一柳が囁《ささや》いた。

金庫室の真上辺りにいるということだろうか。

一柳は窓框《がまち》を跨《また》ぎ、半身を外へ出す。框を摑《つか》んだまま続いてもう片方の足を外へ出すと、瓦がカタンと小さな音を立てた。

「……駄目だ。革靴じゃ滑る。靴を脱いだ方がいい。白衣も邪魔だな。闇の中で目立っ」

一柳の言葉に、みな無言で靴と靴下をその場に脱ぎ捨て、大作と一柳は白衣も脱いだ。

「俺はこの三角屋根を回り込んでなるべく屋敷の西側から連中に近づく。お前達は少し待って東側から追いつめろ」

一柳は返事も聞かずに右側――南側へと消えていった。

瑞樹も一柳の真似をして窓框を跨ごうとしたが、股下《また》の長さが足りない。音がしないように外へ降りるためには腕立て伏せのように框に両手をついて、ゆっくりと身体を下ろさねばならなかった。続いて大作に手を貸し、慎重に乗り越えさせる。

暖かい雨が二人を包み、じわじわと身体を濡《ぬ》らしていく。濡れたフランス瓦は素足でもともすれば滑りそうで、靴を脱いだのは正解だった。

スミスが出てくると、開いた窓を閉じ、三角屋根からそっと顔を出してなかなかの勾《こう》配《ばい》の屋根の中央辺りを覗《のぞ》く。ぼうっとランタンの明かりが闇の中に浮かび上がっている。その周りに集まる男達は依然白衣を身に着けたままなので、闇に蠢《うごめ》く亡霊達のようだ。運び出した美術品だろう、男達の間には大きな木箱が二つ置かれているようだ。恐らくは小さくて高価なものに限ったのだろう。

ここからどうやって逃げるつもりなのかはさっぱり分からない。

瑞樹は、小銃を腰で構えながらゆっくりと屋根を登る大作の後ろから慎重についていった。

頂上近くまで来たところで、反対側から近づいている一柳の影が微《かす》かに見えた。立ち止まって小銃で狙いをつけている。

まだ投光器がこちらを向いていない。待つべきだ、と思ったとき、連中の一人が、明かりを持った手を大きく振り回した。空へ向けての合図のようだ。瑞樹はそう思い真っ黒な空へ目を凝らす。何かが飛んでくるのだろうか。エンジン音も何も聞こえない。滑空機？ いや、滑空機では大した人数も運べないと結論したはずだ。

一人が、屋敷の端まで走っていき、狙いすまして何かを摑んだ。ロープのようだった。ロープが、遥《はる》か上空から垂れ下がっているのだ。その先に何かがあるに違いないとロープの先を追ったが、降りしきる霧雨のせいか、何も見えない。

男達が隊長一人を残してロープに集まり、一斉に引っ張って、それを屋敷の屋根に打ち込んだ鉤《かぎ》のようなものへ固定しようとしている。強い力で引っ張られているのか、なかなかに苦労している様子だ。

「――気球……恐らく熱気球だ」

背後に近づいていたスミスが囁く。

熱気球――外国にそういうものがあると聞いたことはあるが、もちろん瑞樹は見たこともない。それに、かの気球爆弾もそうであるように気球は風に乗るだけで、自由に飛べるわけではないはずだ。風を読んで、時間を合わせてぴったりここへ到達したというのだろうか。

「全員銃を捨てて観念しろ！」

突然一柳の声が響いて、瑞樹たちは慌てた。ロープを引っ張っていた男達は両手が塞《ふさ》がっていて、そもそも銃を持っていないので今しかないと思ったのだろうか。ランタンのそばにいる隊長も、銃はホルスターの中だ。

一柳はすっくと立ち、小銃を向けたまま瓦が音を立てるのも気にせず隊長に近づいていく。

隊長は一瞬硬直してきょろきょろと闇の中に目を凝らしているようだったが、近づく一柳の影を認めると、不敵にも笑い声を上げる。

「ほう。二人はやられたんだな。まあ仕方ない。戦争に犠牲はつきものだからな。しかし、もう終わりだよ。お前達に我々は止められない」

隊長はＭ１カービンを突きつけられているにもかかわらず、悠然と腰のホルスターに手を伸ばし、拳銃を抜こうとする。

タンタン、と発射音がして隊長の胸が弾ける。身体はゆっくりと木箱の上に倒れ込んだ。上に置かれていたランタンが弾き飛ばされ瓦屋根を転がり落ちていくと辺りは闇に包まれた。

駄目だ。闇の中で動くのは危険すぎる。

一柳がゆっくりと隊長の倒れた辺りへ近づく足音がする。

「油断するな！　まだ仲間がいるぞ！」

大作が叫んだ瞬間、辺りが再び明るくなった。庭の投光器を、誰かが屋根の上に向けたのだ。闇に慣れかけていた目には真昼のように眩《まぶ》しい。手で光を遮りながら目を細めて一柳のいる方向を見た。

二発撃たれて木箱の上に倒れ込んだはずの隊長が、信じられないことにむっくりと起きあがり、拳銃を一柳に向けていた。一柳自身はやはり目が眩《くら》んでいるのか、顔の前に手をかざし、銃口はあさっての方を向いている。

「危ない！」

瑞樹が叫ぶと同時に隊長の拳銃が火を噴き一柳は屋根の上に倒れた。と、その勢いのままこちら側に転がり落ち始める。あっと思ったときには、大作が小銃を放り捨てて飛び出し、一柳の身体に覆い被さっていた。大作も一緒に滑り落ちていきそうになるのを見て、瑞樹も倒れ込んで手を伸ばし、右手で大作の足首を掴んだ。左手と両足で引っかかりを求めて瓦の上を探るが、止まらない。さらにずり落ちそうになったところで、力強い手に足を掴まれた。

スミス少佐が、開いた窓枠に手をかけたまま、瑞樹の足を掴んでいた。ずり落ちる動きが止まった。

大作を、あるいは一柳を、助けてくれたのだろうか。それとも瑞樹のような子供が死ぬのはさすがに見過ごせなかったのか。

下に視線を戻すと、かろうじて屋根の端で大作の身体は踏み止《とど》まっているが、一柳の身体は半分以上屋根から垂れ下がっているようだった。大作が手を放せば確実に助からない。

「――少佐もそこにいるのか？　好都合だ。全員あの世に送ってから、おさらばするとしよう」

隊長はまずはスミスを狙ったようだった。銃声、弾丸が空を切り裂く音、そして呻《うめ》き声がほぼ同時に聞こえ、瑞樹は恐怖の余り思いきり濡れた瓦屋根に顔を押しつけた。

そっと顔を上げて振り向くが、スミスの姿はもうそこになかった。三角屋根の陰に隠れたのだろう。

大作の投げ捨てた小銃が少し離れたところに落ちていたが、左手を伸ばそうとしたとき、その手を思い切り靴で踏みつけられた。

骨が折れたような感触がして、瑞樹は悲鳴を上げていた。目の前の小銃を隊長が拾い上げ、狙いをつけてから首を振る。

「――弾がもったいない。三人まとめて落としてやる」

蹴《け》り飛ばそうと足を後ろへ引くのを見て、瑞樹はもう片方の足を痛む手で薙《な》ぎ払った。

再び激痛が走ったが、軸足を滑らせた隊長は見事に転倒する。

瑞樹は立ち上がって三角屋根の方へ逃げ戻ろうとしたが、倒れた隊長に足を摑まれた。

「貴様！　ガキのくせに――」

瑞樹は、立ち上がった隊長に三角屋根に押しつけられ、首を絞められる。駄目だ。力ではやはり敵《かな》わない。
そう思った時、北側の端、ロープを繋《つな》いだ辺りで銃声と呻き声が交錯した。
隊長が瑞樹の首を押さえ込んだまま、首だけを振り向ける。
投光器の照らす明かりの中、降りしきる霧雨に濡れ、二つの黒ずくめの人影があった。
一人は背の高い男。そしてもう一人は女——龍乗寺百合江だった。

怪盗と怪盗

「百合江さん……？」

よかった、百合江さんは生きていたんだ、そう思うと同時に、その格好が意味することを必死で理解しようとしていた。上も下も黒ずくめのタイツのようなものに身を包み、手袋と地下足袋《じかたび》。そしてやはり黒く分厚いチョッキのようなものを着ている。まるで泥棒――不思議紳士の仲間だ。

そしてもう一人の男は、見たこともない顔だった。精悍《せいかん》ではあるが恐らくは初老といってもいい年齢だろう。

その眼が、兼正に似ている――そう気づいた瞬間、すべてが分かった、ような気がした。細かいことは何も分からない、しかし何もかもが腑《ふ》に落ちたという感覚だけがあった。

「お頭――」

隊長が、感極まったような口調で言った。

ああ、やはりそうなのか、と瑞樹は思う。弛《ゆる》みかけたその腕を払って逃げようとしたが、かえって強く首を絞めつけられた。

「その子を放しなさい」

百合江が――これまで龍乗寺百合江だと思っていた女が、言った。

「何だって？　ちょっと待てよ……ってことはあんたは……」

「放しなさいと言ったでしょう！」

もう一度言われ、隊長は不服そうに瑞樹の首から手を放した。瑞樹は少し隊長から距離を取り、痛む首をさすった。大したことはないようだと分かると今度は潰《つぶ》された左手の痛みが増してくる。

「お頭――あんた、子爵に化けてたのか？　そうなのか？　水くせえじゃねえか。俺たちみんな、あんたを捜してたんだぜ。もう死んじまったもんとばかり――」

「悪かったな、必要なときにそばにいてやれなくて」

初めて〝お頭〟が――不思議紳士が口を開いた。龍乗寺兼正として喋《しゃべ》っていたのとは似ても似つかぬ声だ。

「本当にお前達には申し訳ないことをしたと思っている。――だが、だからといってお前達が不思議紳士の名を汚したことは許されるものではない」

「何だって？　あんただって、俺たちと同じような思いをしてきたんじゃないのか！　……まさか、俺たちの邪魔をしようってんじゃないだろうな」

「お前達は、既に許されない罪を犯したし、今もまた犯そうとしている。見過ごすわけにはいかないんだよ。たとえお前達がどんなに可愛いわたしの子供であろうとも」

子供？　子供と言ったのか？　瑞樹は一瞬耳を疑ったが、多分それは比喩《ひゆ》的な意味なのだろうと理解した。

「相変わらず、人は絶対殺しちゃいけないんだって言うつもりか？　あれだけたくさんの人間が虫けらのように死んでいったってのに？　人間の命の値段なんて、そこにある美術品一つにも及ばないものだって、よーく分かったんだよ、俺たちは。まだ分かってないんだとしたら、それはあんたがこの戦争で何も学ばなかったってことだ」

「……そうかもしれんと思うこともあるよ。お前達がどんな思いで非道な行為をしようと、それはお前達だけの問題だ。しかし不思議紳士の名前を使えば、ことはそれでは済まなくなるんだよ。それは承知の上だったんだろう？」

「俺たちは……俺たちは、もしどこかであんたが生きてるなら、また会えるんじゃないかと思ってたよ。みんな、みんなあんたを慕ってたんだ。きっとまた、俺たちを助けてくれるはずだって――」

不思議紳士は悲しげに首を振った。

「残念だ。本当に残念だよ」

「……そうかい。あくまで邪魔するってんなら、仕方ない」

隊長が拳銃《けんじゅう》を向けると、二つの影は光の中から消えた。彼は舌打ちし、今度は瑞樹に銃口を向けてくる。

「おい！　よく聞け！　邪魔をしたらこの小僧を殺す。何も手出ししないなら、外で解放してやるよ。人殺しをさせたくないんだろう？　だったら手出しするな」

くそっ。彼らの会話を悠長に聞いている場合ではなかった。さっさと逃げるべきだったのだ。しかし、とても聞き逃せるような話ではなかった。

屋根の向こう側へ隠れたのか、姿の見えなくなった不思議紳士達に向かって瑞樹は叫んだ。

「お願いだ！　こいつを殺してくれ！　ぼくはどうなってもいい！　こいつだけは逃がしたくないんだ！　こいつは……こいつは九条先生を殺したんだ！」

「黙れ小僧」

腕の中で闇雲に暴れる瑞樹を、隊長は銃把で殴りつけた。頭の中で火花が飛び散り、ふうっと意識を失いそうになる。

「九条を殺した……？　どういう意味だ。九条ならまだあそこに──」

そう言って隊長が下を見た瞬間、しゅんっと空気を切り裂く音がして、彼の首に何かが巻き付いた。隊長は瑞樹から手を放し、そのまま後ろへ引き離される。百合江が、鞭《むち》か投げ縄のようなものを使って隊長の首を絞め、引っ張っているようだった。

隊長は拳銃を振り回して百合江を狙おうとするが、一瞬で間合いを詰められたと思うと、次の瞬間には宙を舞い、瓦《かわら》屋根に叩きつけられて盛大に破片を飛ばしていた。

瑞樹は慎重に、しかしできるだけ早く大作のところまで降りて行った。

「——一柳さんは？」

「生きてる……と思う。だが意識がない」

最初から重傷の大作にとって、一柳の身体を支えるのももう限界かもしれない。しかし、二人を引っ張り上げるだけの力も余裕も瑞樹にはない。

「もう少しだ。もう少しだけ頑張って」

瑞樹は大作の背中に差してあるＰＰＫを抜いた。

「おい、やめろ。あいつは不思議紳士に任せとけ！」

大作は言ったが、聞けない相談だった。瑞樹は指で探って安全装置を外し、再び屋根を登り始めた。

屋根の上では既に決着はついていたようだった。完全に伸びている隊長に息があるかどうか、百合江は診ていた。その脇にこちらを向いて立つ不思議紳士。

瑞樹はＰＰＫを、倒れた男へと向ける。

「やめなさい。——瑞樹くん」

不思議紳士が静かな声でそう言った。まるで響太郎の言葉のようだ、と瑞樹は思った。

「——ぼくはあなたが、本物の不思議紳士が、先生を殺したのかと思っていました。ここへは仇討《かたきう》ちに来たんです。あなたが先生を殺したのでないなら、邪魔をしないで下さい」

百合江が近寄り、ＰＰＫに手を伸ばそうとする。

「やめてください！　たとえあなたでも撃ちますよ」

「嘘おっしゃい。そんな子じゃないことは知っていますよ。――それにわたしたち、鉄砲くらいでは死ななくてよ？」

「……特殊な繊維のチョッキを着てるからでしょう。頭を撃ったらどうなんですか？」

二人は顔を見合わせて笑った。

「君は本当に面白い子だな。九条くんが見込んだだけのことはある」

悪い気はしないが、何とも複雑な心境だった。

「とにかく、退《ど》いてください。ぼくはそいつを殺します」

止めようとする百合江の肩に、不思議議紳士は手を置いて首を振った。

「分かったよ。できるものならやってみるといい」

そう言って二人は一歩脇へ退いた。

瑞樹はさらに近づき、倒れている隊長の額にＰＰＫの銃口を向け、引き金に指をかけた。左手は痛むが、片手では狙いが定まらないので軽く添える。

燃えさかる炎。泣き叫ぶ蝶子。黒焦げの遺体。

絶対許さないと誓った。今、ようやく復讐《ふくしゅう》の機会が訪れたのだ。躊躇《ためら》うな。躊躇う必要なんかない。

「――瑞樹くん！　やめるんだ。わたしはここにいる。わたしはここにいるじゃないか！　復讐なんて必要ない！」

大作だ。大作が叫んでいる。もちろん彼は響太郎なんかではない。響太郎は死んだのだ。

響太郎は――

「あーっ！」

叫んで、引き金を引いた。銃弾は隊長の頭の脇の屋根を貫く。ものすごい反動と煙、そして灼《や》けた銃身を濡《ぬ》らしては蒸発していく雨――。

瑞樹はがっくりと膝《ひざ》を突き、ＰＰＫを取り落として泣いていた。

「この男は官憲の手に渡せばそれでいい。そうだろう？　君が手を汚す必要などない」

不思議紳士は慰めるように言った。

「いい加減誰か来る頃合いだ。行くぞ」

「はい」

二人はロープへ――気球へ向かって歩いていく。

瑞樹は我に返って訊《たず》ねた。

「……あなたは……あなたは誰なんですか？　龍乗寺百合江という人は存在するんですか？　子爵は？」

「もちろん、子爵も百合江さんもいらっしゃるわ。屋敷の物置をくまなく調べればちゃんと見つかります」

「ぼくたちのところへ——九条先生のところへ来たのは、あなただったんですか。それとも……」

「さあ。どうだったのかしらね」

ちらりとこちらを向いて笑ったような気がした。

三角屋根の方からガタガタとたくさんの足音がする。

「こっちだ！」

スミスの声が響いて、振り向くと屋根窓から何人もの警官が飛び出してきた。

顔を戻したときにはもう、不思議紳士はロープに飛びついてするすると上り始めていた。百合江の手が一閃《いっせん》したかと思うとロープは断ち切られ、そこに飛びついた百合江とともにあっという間に投光器の光から逃れてしまった。スミスが飛び出してきて闇の向こうに拳銃を撃ちまくったが、何の手応《てごた》えもなく吸い込まれていっただけだった。たとえ何発か当たったところで、恐らく二人には傷一つ与えることはできなかっただろうと瑞樹は思った。

やがて屋根の上に警官が溢《あふ》れ、隊長以下四人の部下達を捕らえ、木箱を一つ取り返すことには成功した。

長い夜の終わりだった。

終わりと始まり

百合江——に化けていた女の言葉通り、屋敷の中で軟禁されていた龍乗寺兼正と百合江が見つかった。二人とも、そこに大人しくしていた方が安全であると思わされていた様子で、食事もこっそりと運ばれていたらしく健康には何の問題もなかった。

百合江の顔は、長年付き添っている運転手の山口でさえ気づかぬほど似ていて、恐らくはあの女の本当の顔ではないのだろうと思われた。屋敷に籠城《ろうじょう》すると決めたときに百合江も検査の対象になったはずだが、顔を触っても分からぬほどの変装技術を、本物の不思議紳士は持っているということなのだろうと判断するしかなかった。

翌日、匿名の通報によって多摩《たま》の農村に着陸している熱気球に、一人の男が手錠をかけられたまま乗っているのを発見されていて、熱気球を操縦してきた偽不思議紳士の一味と判明した。

一柳刑事は救急隊によって病院に運ばれ、一時生死の境を彷徨《さまよ》ったが、何とか持ちこたえた。安井刑事はほぼ即死だったのが救いとも言える状態だったが、後に差出人不明の大金が遺族の元に届けられていたという。

不思議紳士を騙《かた》った八名の男達は全員逮捕、起訴された。浅井男爵邸の事件も開き直って何もかも自供していて、少なくとも首謀者——隊長の死刑は免れないだろう。瑞樹はそう聞いてもなお、自分の手で殺していたらどうだったのだろうと考えずにはいられない。


今日は富士見《ふじみ》の警察病院に入院、手術を受けた大作が退院する日だった。蝶子はすでに慣れ始めた響太郎の車を運転して瑞樹と共に迎えに来ていた。いまだ石膏《せっこう》ギプスで固められている瑞樹の左手は時折痛むようだったが、入院はせず一応普段通りの生活を九条邸で送っているようだ。それさえ見なければ、梅雨の晴れ間のひどく心地よい日で、この間の夜のことは何もかも悪い夢だったのではないかと思える。

「——蝶子さん」

助手席に座る瑞樹が、窓の外の皇居を眺めながら妙に神妙な様子で口を開いた。

「何？」

「俺、あいつを撃てなかったよ。あいつは気を失ってて、俺は先生の銃を持ってて、頭を吹っ飛ばしてやればそれでよかったのに……でも殺せなかった。とんだ意気地なしだ」

蝶子はその話を既に大作に聞いていたが、初めて聞いた振りをした。

「そう……それでよかったんじゃないかしら？　意気地がないなんて思わないわ。何かをするのに勇気がいることもあるし、始めたことをやめるのにも勇気が必要なことって、あるでしょう？」

「やめる……勇気？」

「あなたは、先生の仇討《かたきう》ちができたのに、しないという決断をしたんでしょう。それはとても勇気のいることだったと思うのよ。勇気がないから殺せなかったんじゃない。勇気があったから、殺さなかったのよ」

瑞樹は納得したのかどうか、しばらく黙っていた。

「――蝶子さんも、仇を討ちたいって言ってたよね。今目の前に奴がいたら、蝶子さんはどうする？　蝶子さんもやっぱり、殺さない？」

蝶子も考えたことのある問いだった。もう一度少し考えてみたが、やはり答えは出なかったので正直に言った。

「ごめんなさい。分からないの。――でも多分、どっちかが正しくて、どっちかが間違ってる、そういうことじゃないと思うな。そして多分、どっちを選んでも、後悔しないなんてことはない。あなたはこれから、あの時ああしておけばよかった、こうしておけばよかったって思うことがたくさんあるでしょう。今度のこともそう。もしかしたら、あの時殺しておけばよかったって思うことがあるかもしれない。でももしもう一度時間を戻してあの屋根の上に立ったら、あなたはやっぱり彼を殺さない選択をするでしょう。

「それは、あなたがあなたである限りは変わらないことなのよ」

瑞樹はしばらく黙っていたが、向こうを向いたまま服の袖《そで》で顔をごしごしとこすった。

「……蝶子さんの言うことはよく分かんねえな」

不服げにそう言ったが、心とは裏腹の言葉であるように蝶子には聞こえた。


車は九段下《くだんした》を抜け、坂を上って警察病院に着く。玄関前に車を停めるなり、手荷物をぶら下げた大作が飛び出してきてすぐさま乗り込む。

「ありがとう。すぐ出してくれ」

「なんですの？　そんなに慌てて」

蝶子は再び発進させながら訊《たず》ねたが、病院から数人の男達が走り出てくるのを見て事情を察した。

「新聞記者だよ。退院するって聞きつけたんだな。うるさいったらありゃしない」

新聞もラジオも連日このニュースで持ちきりだ。ひどく歪《ゆが》んだ情報や明らかなデマも飛んでいて、国民の多くは何が真実か分からないような状態だ。九条響太郎は事件の要《かなめ》といってもいい重要人物だから、記者がその生の声を聞きたがるのは当然といっていい。

「あんたはもう、九条響太郎のふりをしなくてもいいんだぜ」

瑞樹がぽつりと言った言葉に、蝶子ははっとした。

殺さなかったにせよ、響太郎の仇討ちはもう終わった。つまりは大作は用済みということだ。

　しかし大作は座席に背を預け、不敵な笑みを浮かべて言った。

「そうかね？　九条響太郎事務所にたくさん依頼が来てるってのにか？」

　瑞樹は顔をしかめる。

「何で知ってるんだ」

「記者が言ってたんだ。新聞社宛に依頼を送ってくるやつもいるらしいぞ」

　事務所を時折覗《のぞ》きに行っている蝶子も、そのことは承知していた。依頼の手紙はいつも郵便受けから溢《あふ》れていて、今は全部局留めにしてもらっている。

「依頼なんか受けられるわけないだろ。先生はもういないんだから」

「お前が言ったんじゃないか。事務所を引き継ぐって。大人になるまで、俺が先生のふりをしてればいいって」

「……俺が馬鹿だった。甘かったんだよ。おかげでたくさんの人が死ぬとこだった」

　たくさんの人。多分、瑞樹の頭には女中の田中スズ子のことがあるのだろう。あの無《む》垢《く》な少女を死の瀬戸際に立たせてしまったことをいつまでも悔やんでいるのだ。しかし彼女も今はすっかり元気を取り戻し、変わらず龍乗寺邸で働いている。

「なんだお前、責任感じてるのか？　結構うまくやった方じゃねえか、俺たち。まあ、残念なこともありはしたけど」

　安井刑事のことを言っているのだろう。

「うまくやったなんて、とんでもない！　不思議紳士と百合江さんが助けてくれなかったら、あんたも俺も確実に死んでただろ。一柳さんだって」

「あーそうそう！　見舞いの花に、こんなカードが入ってたんだ。見てみろよ」

大作はそう言って座り直し、ポケットから出したカードを瑞樹と蝶子の間に突き出す。瑞樹は気のなさそうな様子でそのカードを受け取ったが、それを読むうち、様子が変わるのが空気で分かった。

「何なの？　何が書いてあるの？」

蝶子は気を取られて蛇行してしまい、慌てて運転に集中し直す。瑞樹が少し怒ったような口調でそれを読み上げる。

「『山田大作様　先日はきちんと御挨拶《あいさつ》申し上げず失礼致しました。一日も早い貴方《あなた》様の御快復をお祈り致します。草野瑞樹様共々再会する日が来ますこと、楽しみにしております。　名もなき女より』……だってよ！」

「真っ白な百合の花束だったよ。ほんと、あの人にそっくりだった」

妙に嬉《うれ》しそうに大作が言う。

「あれは変装だったんでしょ。名前も百合江じゃないだろうし、元がどんな顔だかも分からないじゃない」

「いやあ、そりゃ、美人なのは間違いないだろうよ。着物を脱いだ身体もよかったねえ。映画スタアでもなかなかいない欧米人みたいな体つきだったよ。すらっとしてるのに、出るとこ出てて」

「あんた屋根から落ちそうになってたのに、あいつの身体に見とれてたのかよ！」

「ちょっと待って。百合江さん、裸だったの？」

蝶子はぎょっとして聞き返す。何だか妙に腹が立ってくる。

「いや、裸ってわけじゃ……なあ？」

「う、うん。裸じゃ……ないよ。ぴたっとしてたけど」

「そうそう。ぴたっとな」

男達は突然共犯者になったかのように言葉を合わせる。蝶子は苛々《いらいら》して、頭が痛くなってきた。

「そもそも、『山田大作様』ってどういうことなの？　何であの女――不思議紳士が、あなたの本名を知ってるわけ？　まずいじゃない！」

「……隊長のこと、『先生の仇』って言っちゃったからかな？　でも別に驚いてはなかったような気がする」

「あいつらは、最初っから俺たちの上を行ってたんだ。何もかも知ってたっておかしくはないだろ。俺たちみんなを手のひらの上で転がして、誰も死なないように配慮しつつ、悪党どもを捕まえさせ、ついでに自分の仕事もやっていきやがった。自分たちは昔も今も変わらぬただの泥棒だって言わんばかりにな」

「……これからも泥棒は続ける、そういうことだよね？」

瑞樹は急に元気になったように腰を浮かせて後ろを向く。

「そうだろうさ。またお目にかかれる日が楽しみだって言ってるんだぜ？　これはつまり、捕まえられるものなら捕まえてみろってことだろ。お前と二人でな。こんな挑戦を受けて、引き下がろうってのか、お前は？」

蝶子は熱い視線を感じて横を窺《うかが》うと、瑞樹と大作の二人がじっとこちらを見ていることを知った。

「何？　何なの？」

「……蝶子さんは、どう思う？」

「どう思うって、九条探偵事務所を続けるべきかどうかってこと？」

「うん」

すぐには答えなかったが、迷いはなかった。

「大作さん、どっちみち仕事ないんでしょう？　瑞樹さんは見た目もそうだけど、探偵としちゃまだまだ半人前もいいとこ。二人いたら、少しは誰かのお役に立てるんじゃなくて？　——そのためにはわたくしの支えも必要でしょうけど」

車内が笑い声に満ちた。

蝶子は、ここしばらく感じたことのない幸せと、ほんの少しの罪悪感を感じていた。

瑞樹は響太郎の仇を殺さず見逃した。大作は、響太郎の名を騙り、世間を欺いて生活している。そして蝶子は、その偽響太郎のフィアンセであるかのようなふりをしている。

どれもこれも、響太郎に対する裏切りだ。そして何より最大の裏切りは、響太郎の死を乗り越えようとしていることだ。

——いいですよね、先生。わたくしたち、幸せになっても？

単行本版あとがき

本書は、結構特殊な経緯を辿《たど》って書かれた作品なので、まずそこを説明しておきたいと思う。

アニメファンなら誰もが知っているだろう人気声優に、関智一《せきともかず》さんという方がおられる。二枚目ヒーローから癖のある役まで幅広いレパートリーを持つ人で、今ならスネ夫やウィスパーの人と言えば誰でも分かるかもしれない。アニメファンでも少し濃い人なら知っているかもしれないが、この関さんはヘロヘロQカムパニーという劇団も主催しており、声優の仕事と並行して、声優・俳優を育て、定期公演を長年続けて来てもおられるエネルギッシュな人だ。

で、このヘロヘロQカムパニー（以下ヘロQ）の初期代表作に『怪盗《かいとう》不《ふ》思《し》議《ぎ》紳士《しんし》』という演目があったそうなのだ。

以前に一度、『獄門島《ごくもんとう》』の舞台化の際少しだけ脚本協力した縁からか、『怪盗不思議紳士』を再演したいのだけど、新たにリメイクしてもらえないか、と関さんから依頼があったのだ。

残念ながら、当時の映像も、台本も残っていないという。骨子としては、「不思議紳士」という怪盗がいて、九条響太郎《くじょうきょうたろう》という名探偵がいるのだが、実際にはその探偵はボンクラ？で、助手の方が賢いんです、コナンみたいですけどコナンの前に書いてたのでパクリではないんです断じて違います――というようなことを関さんは言ったように思う。多分。

舞台の脚本なんて書き方も分からないし、「リメイク」というのも最初は意味がよく分からなかったのだが、どうやら相当自由にやってもいいらしいということが分かってきて興味が湧いてきた。とにかく、今までの人生「やったことないもの」の依頼が来ると、結局全部引き受けてしまっているのだ。舞台も面白いかもしれない。

しかし、新たに何かアイデアを加えられなければ作品を書くモチベーションというものが出てこない。そこで、不思議議紳士と九条響太郎という名前とイメージだけはそのままに、人物関係に関するある設定を盛り込むことで俄然《がぜん》やる気が湧いてきて、近年にないほど楽しく書くことができた。が、舞台で生身の役者が演じる、という制約がこんなにも大変なことなのか、というのも書きながら痛感した。場面転換一つとっても、小説ではいたって普通のことが舞台となるとできないのだ（色々と演出法はあるのだろうけど、こちらはそれも分からないので）。何度かの直しを経て、最後はヘロQ側でいじってもらって二〇一五年六月、『怪盗不思議紳士 twice』として上演に漕ぎ着けた。

ダブルキャストなどもあったので三回ほど観劇させていただいたが、ぼくの台本にはなかった様々な要素が付け加えられていること、生身の役者陣の熱演、アクション、音楽のおかげもあり、悔しいくらい面白い作品になっていたし、実際連日満員のお客さんの反応も上々だった（DVD化されているのでぜひ確認してみてください）。そして同時に、やはり舞台には舞台の面白さがあるけれど、小説には小説の面白さがあるなあということを感じてもいた。台本には書ききれなかったキャラクターたちの想いとか（内面を書くのはやはり小説が一歩抜きんでていると思う）、書ききれなかったエピソードを何とかできないものかと思っていたところ、以前から連載を打診してくれていたKADOKAWA（当時は違う名前だったかもしれない）の編集者から「キャラクターの立った作品をお願いしたいんです」と言われ、これこそちょうどいいのではないかと書き始めたのだった。

ぼくは普段プロットというものを書かないので、毎度毎度シーンが代わるたびに次どうしようと苦労するのだが、今回は細かいプロットが既にできているようなものだから一気呵成《かせい》に書けるに違いない、と楽観していた。しかし、とんだ思い違いだった。大筋としては最初の台本に近いのだけれど、それでもあれこれ書き足していると結局プロットなしで書いてる時とスピードはほとんど変わらないという不思議。連載数回プラス書き下ろしで本にするはずが、結局（いつも通り）一年以上かかってしまった。

ともかく、こんなふうにして関さんとキャッチボールをした結果できあがったのがこの作品というわけで、あの舞台に負けない作品になっていれば、と願います。

そういうわけで、まずはすべてのきっかけを作っていただいた関智一さんに感謝します。そして舞台で各キャラクターを熱演してくださったヘロQの団員及び客演の皆さん。あの舞台があったおかげで、余計に彼らに愛着を感じるようになったのは確かだと思います。数年越しで何度も京都に来てくださって原稿を急《せ》かしてくれたGさん及び、それを引き継いでくださった編集の方々（筆が遅いと担当が一人ではすまないことも多いのです）、長い間ご苦労をおかけしました。

二〇一八年一月

我孫子武丸

解説

関《せき》 智《とも》 一《かず》(声優)

わたし関智一は声優です。

なぜ声優である私が我孫子先生の小説の解説を書いているのか。その経緯からお話しさせて頂きましょう。

わたし関智一は声優でありながら一方で劇団の主宰もしております。「劇団ヘロヘロQカムパニー」これが、わが劇団の名前です。

その劇団の第27回公演「獄門島」を上演した時の事です。この作品はご存知、横溝正史《よこみぞせいし》先生の作品ですが、上演にあたってエピソードを追加しようという話が持ち上がりました。ニューギニアの戦地で起きた事件を、居合わせた金田一耕助《きんだいちこうすけ》が解決してみせるという「獄門島」の前日譚です。しかしながら原作に無い名探偵・金田一耕助の推理を創作するのは我々にとっては余りに荷が重い。困り果てている所にフッと頭を過《よぎ》ったのが、以前知人に紹介して頂いた我孫子武丸先生のお名前だったのです。

藁《わら》にもすがる思いで我孫子先生に連絡を差し上げますと、快く(多分!)お引き受けくださり、瞬く間に(確か!)原稿を仕上げてくださいました。こうして、語られる機会の無かった（私の知る限りでは）戦場における金田一耕助の名推理が我孫子武丸先生の筆によって鮮やかに描き出されたのでした。この前日譚が、お客様から好評を頂いたのは言うまでもありません。

そして3年後。第31回公演の演目として白羽の矢が立ったのが「怪盗不思議紳士」でありました。そもそも「怪盗不思議紳士」とは、劇団ヘロヘロQカムパニーの第4回公演の演目で、その初期作を19年振りにリニューアル上演しようという話になったのです。

19年前の私は「迷探偵シャーロック・ホームズ／最後の冒険」というイギリスの映画に夢中でした。この映画のシャーロック・ホームズは実はワトソンが雇った売れない俳優で、コミュ障のワトソンが自身の名推理を披露するための傀儡《くぐつ》として用いるというパロディ作品でした。序盤はビジネスライクな関係の二人が、事件を通じて絆を深めていく姿に面白さを感じ、舞台を日本に置き換えて戯曲化したのが「怪盗不思議紳士」の始まりです。

大正時代の日本に舞台を置き換え、不思議な発明品で財宝を次々せしめる怪盗・不思議紳士を創作。その好敵手として登場させたのが明智《あけち》小五郎《こごろう》ならぬ、名探偵・九条響太郎。だがその九条探偵の実態は助手である少年探偵、草野瑞樹の操り人形だったのである。こんな書き出しで「怪盗不思議紳士」の世界はスタートしました。

確かに19年前の「怪盗不思議紳士」は、わが劇団にとって思い出深い大切な作品に違いありません。しかしリニューアルするからには更なるスケールアップを図りたい。何倍も面白い作品に育てたい。そのためには前作に深い思い入れのある自分が書き直すよりも、信頼できる方にお任せして自由に書いてもらった方が良いのではないか……考えがそこに至った時、フッと頭に過ったのが……そう、お分かりですね。再び登場、我孫子武丸先生その人だったのです。思い立ったが吉日。直ぐに電話をかけました。半ば断られる覚悟です。「獄門島」の時に比べて、その労力は何十倍にもなるであろう事は、想像に難くなかったからです。ガチャ。

「はい、我孫子です」

先生は直ぐに電話に出てくださいました。恐る恐る事情を説明する私。

「はい……はい」

静かに話を聞いてくださる先生。

「そこで、我孫子先生に執筆を……」

ついに本題を切り出す私。ほんの僅かな時間、先生はお考えになってお答えになりました。

「……やりましょう」

自分の耳を疑いました。

「あの……今何と？」

「やってみましょう」

聞き間違いではありませんでした。我孫子先生は確かに引き受けるとおっしゃってくださったのです。

「ありがとうございます！」

私はあまりの喜びに泣いてしまいました。やがて落ち着きを取り戻した私は、先生と様々な事項を確認していきます。名探偵と少年探偵の関係性、怪盗不思議紳士の存在、それさえ踏襲して頂ければ他は自由に書いてくださって構わない事、舞台に出演する役者の人数、第一稿の締め切り等々。

「関さん、私から一つ提案が」

「はい、何でしょう」

「今、依頼の来ている小説の題材として、この「怪盗不思議紳士」を提案しても良いでしょうか」

私は驚きました。上手く事が運べば、我孫子武丸先生の小説として「怪盗不思議紳士」が世に出版されるかもしれないのですから。

「寧ろこちらからお願いしたいくらいです。是非お願い致します」


このような経緯で話は嘘のようにまとまり、劇団ヘロヘロQカムパニー第31回公演「怪盗不思議紳士 twice」として上演されるに至りました。

本書と舞台版とでは、事情と都合によって様々な違いがあります。舞台版をご覧になっていない方も居られると思いますのでネタバレは避けたいところですが、大きな相違点を一つ挙げますと……時代背景が違います。舞台版は大正時代が舞台となっており、それに伴って登場人物にも多少変化があります。

ラストにはトンデモないモノも登場します。

舞台版のＤＶＤは２０２０年現在、劇団ホームページで購入可能ですので、小説版との相違点も含めてお楽しみ頂けましたら幸いです。

本書をご覧になったみなさんもお感じになっていると思いますが、これは始まりの物語。

本当の冒険はここから始まるのです。

実は、観劇にいらっしゃった先生とこの先の構想についてもお話ししました。九条は本当に死んでしまったのか。不思議紳士の本当の狙いは何なのか。もしかすると近いうちに、続編という形でみなさんにお披露目する機会があるかもしれません。あくまで私の妄想ですが……我孫子先生、楽しみにしてて良いですか？

「やってみましょう」

そう言ってくださる事に期待しつつ、我々も舞台の準備を進めて待つ事に致します。

本書は、二〇一八年三月に小社より刊行された
単行本を加筆修正の上、文庫化したものです。

怪盗不思議紳士《かいとうふしぎしんし》

我孫子武丸《あびこたけまる》

令和2年 8月25日 初版発行

発行者●青柳昌行

発行●株式会社KADOKAWA
〒102-8177 東京都千代田区富士見2-13-3
電話 0570-002-301(ナビダイヤル)

角川文庫 22283

印刷所●旭印刷株式会社
製本所●株式会社ビルディング・ブックセンター

表紙画●和田三造

●お問い合わせ
https://www.kadokawa.co.jp/ (「お問い合わせ」へお進みください)
※内容によっては、お答えできない場合があります。
※サポートは日本国内のみとさせていただきます。
※Japanese text only

ISBN 978-4-04-109694-9 C0193

JASRAC 出 2005078-001

◇◇◇

角川文庫発刊に際して

角川源義

第二次世界大戦の敗北は、軍事力の敗北であった以上に、私たちの若い文化力の敗退であった。私たちの文化が戦争に対して如何に無力であり、単なるあだ花に過ぎなかったかを、私たちは身を以て体験し痛感した。西洋近代文化の摂取にとって、明治以後八十年の歳月は決して短かすぎたとは言えない。にもかかわらず、近代文化の伝統を確立し、自由な批判と柔軟な良識に富む文化層として自らを形成することに私たちは失敗して来た。そしてこれは、各層への文化の普及滲透を任務とする出版人の責任でもあった。

一九四五年以来、私たちは再び振出しに戻り、第一歩から踏み出すことを余儀なくされた。これは大きな不幸ではあるが、反面、これまでの混沌・未熟・歪曲の中にあった我が国の文化に秩序と確たる基礎を齎らすためには絶好の機会でもある。角川書店は、このような祖国の文化的危機にあたり、微力をも顧みず再建の礎石たるべき抱負と決意とをもって出発したが、ここに創立以来の念願を果すべく角川文庫を発刊する。これまで刊行されたあらゆる全集叢書文庫類の長所と短所とを検討し、古今東西の不朽の典籍を、良心的編集のもとに、廉価に、そして書架にふさわしい美本として、多くのひとびとに提供しようとする。しかし私たちは徒らに百科全書的な知識のジレッタントを作ることを目的とせず、あくまで祖国の文化に秩序と再建への道を示し、この文庫を角川書店の栄ある事業として、今後永久に継続発展せしめ、学芸と教養との殿堂として大成せんことを期したい。多くの読書子の愛情ある忠言と支持とによって、この希望と抱負とを完遂せしめられんことを願う。

一九四九年五月三日

角川文庫ベストセラー

壁抜け男の謎　有栖川有栖

犯人当て小説から近未来小説、敬愛する作家へのオマージュから本格パズラー、そして官能的な物語まで。有栖川有栖の魅力を余すところなく満載した傑作短編集。

赤い月、廃駅の上に　有栖川有栖

廃線跡、捨てられた駅舎。赤い月の夜、異形のモノたちが動き出す——。鉄道は、私たちを目的地に運ぶだけでなく、異界を垣間見せ、連れ去っていく。震えるほど恐ろしく、時にじんわり心に沁みる著者初の怪談集！

幻坂　有栖川有栖

坂の傍らに咲く山茶花の花に、死んだ幼なじみを偲ぶ「清水坂」。自らの嫉妬のために、恋人を死に追いやってしまった男の苦悩が哀切な「愛染坂」。大坂で頓死した芭蕉の最期を描く「枯野」など抒情豊かな9篇。

怪しい店　有栖川有栖

誰にも言えない悩みをただ聴いてくれる不思議なお店〈みみや〉。その女性店主が殺された。臨床犯罪学者・火村英生と推理作家・有栖川有栖が謎に挑む表題作「怪しい店」ほか、お店が舞台の本格ミステリ作品集。

狩人の悪夢　有栖川有栖

ミステリ作家の有栖川有栖は、今をときめくホラー作家、白布施と対談することに。「眠ると必ず悪夢を見る」という部屋のある、白布施の家に行くことになったアリスだが、殺人事件に巻き込まれてしまい……。

角川文庫ベストセラー

濱地健三郎の霊《くしび》なる事件簿　有栖川有栖

心霊探偵・濱地健三郎には鋭い推理力と幽霊を視る能力がある。事件の被疑者が同じ時刻に違う場所にいた謎、ホラー作家のもとを訪れる幽霊の謎、突然態度が豹変した恋人の謎……ミステリと怪異の驚異の融合！

最後の記憶　綾辻行人

脳の病を患い、ほとんどすべての記憶を失いつつある母・千鶴。彼女に残されたのは、幼い頃に経験したというすさまじい恐怖の記憶だけだった。死に瀕した彼女を今なお苦しめる、「最後の記憶」の正体とは？

眼球綺譚　綾辻行人

大学の後輩から郵便が届いた。「読んでください。夜中に、一人で」という手紙とともに、その中にはある地方都市での奇怪な事件を題材にした小説の原稿がおさめられていて……珠玉のホラー短編集。

フリークス　綾辻行人

狂気の科学者J・Mは、五人の子供に人体改造を施し、〝怪物〟と呼んで責め苛む。ある日彼は惨殺体となって発見されたが⁉——本格ミステリと恐怖、そして異形への真摯な愛が生みだした三つの物語。

殺人鬼——覚醒篇　綾辻行人

90年代のある夏、双葉山に集った〈TCメンバーズ〉の一行は、突如出現した殺人鬼により、一人、また一人と惨殺されてゆく……いつ果てるとも知れない地獄の饗宴。その奥底に仕込まれた驚愕の仕掛けとは？

角川文庫ベストセラー

殺人鬼 ――逆襲篇　綾辻行人

伝説の『殺人鬼』ふたたび！……蘇った殺戮の化身は山を降り、麓の街へ。いっそう凄惨さを増した地獄の饗宴にただ一人立ち向かうのは、ある「能力」を持った少年・真実哉！……はたして対決の行方は?!

Another (上)(下)　綾辻行人

1998年春、夜見山北中学に転校してきた榊原恒一は、何かに怯えているようなクラスの空気に違和感を覚える。そして起こり始める、恐るべき死の連鎖！名手・綾辻行人の新たな代表作となった本格ホラー。

霧越邸殺人事件〈完全改訂版〉(上)(下)　綾辻行人

信州の山中に建つ謎の洋館「霧越邸」。訪れた劇団「暗色天幕」の一行を迎える怪しい住人たち。邸内で発生する不可思議な現象の数々…。閉ざされた〝吹雪の山荘〟でやがて、美しき連続殺人劇の幕が上がる！

深泥丘奇談《みどろがおかきだん》　綾辻行人

ミステリ作家の「私」が住む〝もうひとつの京都〟。その裏側に潜む秘密めいたものたち。古い病室の壁に、長びく雨の日に、送り火の夜に……魅惑的な怪異の数々が日常を侵蝕し、見慣れた風景を一変させる。

深泥丘奇談《みどろがおかきだん》・続《ぞく》　綾辻行人

激しい眩暈が古都に蠢くモノたちとの邂逅へ作家を誘う。廃神社に響く〝鈴〟、閏年に狂い咲く〝桜〟、神社で起きた〝死体切断事件〟。ミステリ作家の「私」が遭遇する怪異は、読む者の現実を揺さぶる――。

角川文庫ベストセラー